KB113513

철학과 문학이 만나는

인생론 카페

@harvard.edu

이수정 에세이

철학과 문학이 만나는

인생론 카페
@harvard.edu

철학과 현실사

차례

1부. 찰스강을 거닐며

2부. 대서양의 숨결

3부. 봉황의 날갯짓

4부. 젊은 날의 편린들

서문

철학과 문학. 나는 이 둘을 다 갖고 싶었다. 욕심일까? 문학은 내 소년시절의 강이었고 철학은 내 청년시절의 산이었다. 그런 사람이 그렇게 많지는 않겠지만 또 그렇게 적지도 않아 보인다. 어디선가 누군가는 고개를 끄덕일 것이다. 내가 굳이 별나 보이게 『편지로 쓴 철학사』나 『시로 쓴 철학사』 같은 책을 낸 것도 그 때문이다. '편지'와 '시'를 써 보았으니 이번엔 '에세이'를 써보고 싶어졌다.

때마침 연구년을 얻어 미국의 보스턴에서 생활하는 기회를 갖게 되었다. 하버드의 교정과 아름다운 찰스강의 풍경은 오랫동안 내 안에 잠복해 있던 문학적 감수성을 자극했다. 또, 우수하고 다감한 사람들과의 이런저런 만남과 대화는 은빛처럼 반짝이는 시간들을 선사해줬다. 그것이 펜을 잡도록 거들었다. 그렇게 해서 이 글들이 만들어졌다.

쓰다 보니 평소에 생각하던 철학들이 자연스럽게 글 속에 녹아들었다. '철학을 말하는 문학', '문학에 녹아든 철학'. 요즘 유행하는 이른바 '융합'이니 '통섭'이니 하는 것들에 나도 모르게 일부 가담한 셈이다. 나는 이런 글들이 솔직히 내가 쓴 저 묵직한 연구서나 논문들보다 더 사랑스럽다.

문학의 형식 속에 단편의 형태로 메시지를 던지는 철학, 이런 것이 '철학함'의 한 새로운 형태가 될 수도 있지 않을까, 하고 나는 생각해본다. 소크라테스 이전 철학자들의 단편이나 공자의 『논어』가 그러했던 것처럼 단편들이라고 해서 결코 그 철학적 의미가 작지는 않은 것이다.

이 글들을 통해 내가 아끼는 철학들이 조금이라도 사람들의 가슴에 '스밀' 수 있기를 나는 바란다. 마치 포털의 게시물을 궁금해하듯 호기심의 눈빛으로 이 책의 페이지들을 넘기며, 인생의 과정에서 만나게 되는 이런저런 주제들을 함께 생각해준다면 좋겠다.

나는 희망한다. 우리 시대 우리 사회의 철학적 관심이 이런 주제들을 사다리 삼아 조금이라도 더 올라갔으면 좋겠다. 위로. 그리고 이것을 이정표 삼아 조금이라도 더 나아갔으면 좋겠다. 앞으로.

하버드의 교정에서 혹은 하버드 스퀘어의 이런저런 카페에서 나눈 진지한 대화들을 통해 나는 이 책의 제목이 상징하는 그런 하나의 지적 공간이 가능할 수 있음을 확인했다. 나는 많은 분들을 이 공간으로 초대하고 싶다. 이것은 어쩌면 우리 시대의 인문학적 황폐화에 맞설 수 있는 하나의 교두보가 될지도 모르겠다. 나는 이 카페에 오신 모든 손님들이 함께 그 교두보를 지키고 넓혀나갈 든든한 아군이 되어주기를 기대해 마지않는다.

이 글은 일상적인 직무에서 벗어난 약간의 정신적 여유와 자극이 있었기에 가능했다. 그 기회를 제공해준 하버드대학 철학과의 션 켈리(Sean D. Kelly) 교수에게 감사한다. 그리고 언제나 우리 철학계의 든든한 버팀목이 되어주시는 철학과현실사에 깊이 감사한다.

2013년 여름, 보스턴에서

이수정

1부. 찰스강을 거닐며

무엇을 좋아하세요?

좋아한다는 현상 속에는 오래된 창조의 한 원리가, 그리고 일종의 구원이 내재한다.

찰스강 쪽으로 동네를 산책하다가 보니 어느 집 마당에 수선화가 예쁘게 피어 있었다. 그냥 가기가 아쉬워 '찰칵' 카메라에 담았다. (요즘은 누구나 주머니 속에 카메라가 있다.) 마침 옆을 지나던 한 백인 할머니가 말을 걸었다. "꽃, 좋아하세요?" "네, 꽃도 좋아하고, 사진도 좋아해요." "나도 꽃 좋아하는데…" 하며 할머니는 꽃처럼 환하게 웃어주었다.

남자가, 그것도 나이 들어가는 남자가 꽃을 좋아한다고 해서 이상할 건 없다. 뉴욕에 사는 내 친구 H도 꽃만 보면 그저 카메라를 들이댄다.

산보를 계속하면서 'Do you like…?' 'I like…' 하던 말들이 왠지 머릿속을 맴돌았다. 생각해보니 나도 '좋아하는 것'들이 없지 않았다. 대학 선생이니 '공부'가 좋고, 명색이 시인이니 '시'가 좋고, 남자다 보니 마누라가 좋고, 아비다 보니 자식들이 좋고…. 그런 당연한 것 말고

도 좋아하는 것들이 얼마든지 있었다. 나는 음악을 좋아한다. 그림을
좋아한다. 또 산을 좋아하고 강을 좋아한다. 자전거도 좋다. 그런 것들
은 아무런 조건이 없다. 그냥 무조건 좋은 것이다. 좋아서 그냥 '땡기
는' 것이다. 그런 것들은 아주 자연스럽게 우리의 관심을 끌고 그리로
발걸음을 향하게 한다. 『푸른 시간들』이라는 시집에 이런 시가 있다.

어느 친절한 적막의 화두

왜 나는 산으로 갔을까?
하늘은 눈부시게 푸르고 바람조차 고운 날
스무 살 뜨거운 몸뚱아리로
그때 나는 왜 산으로 갔을까?

왜 나는 강으로 갔을까?
낮달이 아는 듯 모르는 듯
비밀스런 마음 한 자락 꽂인 양 가슴에 품고
왜 하필 나는 강으로 갔을까?

왜 나는 그때 숲으로, 그리고 바다로,
나비가 꽃으로 가듯, 갔을까?

반백년 숱한 발걸음들을 되돌아보며 나는 묻는다

이 물음들 속에 오래 찾던 진리가 숨어 있음을
여기저기 숨어서 웃고 있음을

어느 친절한 적막이 넌지시 알려준다

무심한 강아지 한 마리 지나간다. 진리다
해는 구름 속에 숨었다가
다시 얼굴을 내밀고 따스하게 웃는다. 진리다

만유는 저리도 착실하고, 그리고 푸르다
무릇, 이와 같다

　시인은 이 시에서 '나비가 꽃으로 가듯' 가는 그런 발걸음들을, 그런 자연스러운 모든 전개들을 '진리'라고까지 표현했다. 사람들은 그렇게 모두 각자 아주 자연스럽게 '좋아하는' 것들로 향하고 있다.
　그런데 그 좋아하는 것들의 내용은 사람에 따라 정말 가지가지다. 그리고 같은 사람에게서도 그 내용은 얼마든지 다르게 변할 수 있다. 나만 하더라도 어릴 적에는 개를 무척 좋아했는데, 그 녀석이 어느 날 뭔가를 잘못 먹고 죽은 후에는 더 이상 개를 좋아하지 않는다. 특히 나이가 들면 이 '좋아한다'는 행위 자체가 쇠퇴하는 경향이 있는 것도 같다. 예전에 아주 오랜만에 도쿄를 방문해 유학시절의 지도교수님을 찾아뵀는데, 식사를 하면서 그분이 하시던 말씀이 잊히지 않았다. "(70이 넘은) 이 나이가 되니까 뭘 먹어도, 어디를 가도, 뭘 봐도 별로 좋은 게 없어…." 특별히 존경하던 분이라 그런지 그런 말씀까지도 뭔가 진리처럼 느껴졌다. 하지만 나는 아직도 좋아하는 게 많으니 다행스럽다. 앞으로의 추이가 어떨지는 지켜봐야겠다.
　그런데 '좋아한다'는 이 현상은 실은 중요한 철학적, 현상학적, 인생론적인 의미를 간직하고 있다. 좋아한다는 이 현상은 인생을 살아가는 우리 인간들에게 주어진 하나의 축복이라고도 말할 수 있다. 이런 현상은 우리 안에서 아주 자연스럽게 일어난다. 그것은 결코 만만치 않은 우리의 이 인생살이, 세상살이에서 그때그때 작은 구원이 된다. 아주 큰 '문제'만 없다면, 그런 작은 구원들이 모이고 모여 '행복'이라는 것으로도 연결이 된다.

나는 언어분석철학자는 아니지만 우리의 언어 표현을 봐도 그것은 확인이 된다. "나는 파란색이 좋아", "나는 시금치보다는 배추가 좋아", "나는 운전을 좋아해", "나는 비오는 날이 좋아", "나는 커피가 좋아" … 우리는 그렇게 얼마나 많은 '나는 ○○ 좋아'를 갖고 있는가.

우리는 종종 그것을 잊고 지낼 뿐이다. 잘 생각해보면 '내가 좋아하는 것'들은 나의 일상 속에 무수히 깃들어 있다. 가끔씩은 그것을 확인해보고 그 힘이 미약해지면 또 새로운 뭔가를 찾아봐야 한다. 왜냐하면 '좋아한다'는 그것이 결국은 인생을 살아가는 이 '나'라는 존재의 '정체'이니까. 내 인생의 '내용'이니까.

"무엇을 좋아하는가. 그것이 곧 당신이/그가 어떤 사람인가를 알려준다." ― 시인 L

거리의 상대성

눈은 제 눈을 보지 못한다. 그것을 볼 수 있는 유일한 길은 바깥에다 그것을 비춰 보는 것이다.

요즘 시대에 '외국에 나와보니까 어떻더라' 하는 이야기는 전혀 새로울 것도 없을뿐더러 자칫 경원시될 우려조차도 없지 않지만, 그래도 선입견 없이 들어보면 귀기울일 바가 없는 것도 아니다.

서울에서 열 몇 시간의 장거리 비행 끝에 도착한 보스턴은 정말 먼 곳이었다. 밤과 낮이 고스란히 뒤바뀐 무려 14시간의 시차는, 알게 모르게 우리 곁에 있었던 태평양 대신 손에 닿을 듯 눈에 들어오는 대서양과 더불어, 그 거리가 얼마만큼 먼 것인지를 상징적으로 알려준다. 또한 바로 집앞 거리를 오가는 희고 검은 낯선 얼굴들이며, 낯선 언어들, 그리고 하루아침에 달라진 아직 익숙지 않은 문화 등은 가뜩이나 먼 거리의 차이에 약간의 차이를 더 벌려놓는다. 한국의 모든 것들이 한순간에 아득한 저편으로 물러난다.

하지만 그것도 그야말로 잠시. 하루 이틀, 생활이 조금씩 익숙해지자

밀려났던 그 모든 것들이 야금야금 미국의 시간들을 잠식하면서 다시 되살아나는 것을 느끼게 된다. 그 과정에서 무엇보다도 결정적인 역할을 하는 것이 인터넷이다. 인터넷이 접속되자 모든 것이, 그야말로 모든 것이 또한 한순간에 현재진행형임을 여지없이 알려온다. 문자나 통화는 말할 것도 없고 스카이프를 열면 영상을 통해 곧바로 한국 집의 거실로 들어간다. 한국의 모든 뉴스들 또한 실시간이다. 그것들을 검색하는 동안에 생활은 한국에서의 그것과 완벽하게 일치해버린다. 한국에서의 사무적인 일들도 실시간으로 미국에서 처리된다. 한국과 미국 간의 거리의 차이는 그렇게 해서 사라진다.

하지만 며칠이 더 지나면서 사정은 또 달라진다. 이제 조금씩 '미국에서의 한국'이 눈에 들어오기 시작하면서 그 현실적인 '거리'가 느껴져 오는 것이다. 물론 그것은 생각했던 것보다는 훨씬 가깝다. 『뉴욕타임스』나 『워싱턴포스트』 같은 신문에 게재되는, 그리고 ABC나 CNN 같은 TV 채널에 보도되는 한국 관련 뉴스들, 또 가끔씩 접하게 되는 삼성, 엘지, 현대의 광고나 한국 영화들, 거기에 더해 보스턴 시내에서 너무나도 자주 눈에 띄는 한국 차와 한국인들…, 특히나 한인타운은 말할 것도 없고 시내 곳곳에 점재해 있는 한국 가게들과 한국 교회들은 그 거리의 가까움을 실감하게 한다. 그 옛날 서재필과 이승만이 이곳에서 살던 시절과 비교한다면, 정말이지 격세지감이 없을 수 없다.

그러나 결코 좋아만 할 일은 아니다. 우리가 만일 오늘날의 세계를 주도하는 것이 아직도 여전히 미국임을 인정한다면, 그리고 우리가 한국이라는 국가를 운명적인 삶의 조건이라고 인식한다면, 우리 한국은 좀 더 미국과 가까워지지 않으면 안 된다. 왜냐하면 우리와 미국 사이에, 우리보다 훨씬 더 가까운 곳에 중국과 일본이 이미 자리하고 있기 때문이다. 우리는 그 사실을 직시하지 않으면 안 된다. 그들과 비교해

볼 때 우리 한국과 미국의 거리는 아직도 멀다. 보스턴 시내 한복판에 위치한 차이나타운, 상당수 생활용품에 찍혀 있는 'Made in China', 그리고 곳곳에서 발견되는 일본어와 확고히 자리잡은 일본 음식들, 게다가 시내를 달리는 차들의 태반이 일본 차들임을 보면 좀 섬뜩한 느낌이 들기조차 한다.

인터넷을 통해 한중일의 소식을, 그것도 미국에서 접하는 기분은 참으로 묘하다. 이 기묘한 경쟁심과 경계심은 어쩌면 한국인으로서의 숙명인지도 모르겠다. 우리들의 역사가 그러했다. 중국과 일본은 한국에게 주어진 영원한 숙제다. 그것을 결코 만만하게 봐서는 안 된다. 일본의 기초는 우리가 만만하게 보기에는 생각보다 훨씬 더 탄탄하고, 중국의 덩치는 우리가 대충 생각하는 것보다는 훨씬 더 크다. 미국에서는 그것이 한눈에 들어온다.

그 거리를 조금이라도 좁힐 수 있는 유일한 길은 '사람'밖에 없다. 그것이 한국의 최대 자산임을 우리는 명심하고 또 명심해야 한다. 그런데 지금 우리는 그 '사람'을 제대로 키우고 있는 것일까…. 혹은 그나마 있는 인재조차도 살리지 못한 채 아깝게 묻어버리고 있는 것은 아닐까…. 인터넷을 들여다보면 또 공연히 걱정만 늘어간다.

하버드의 꽃그늘

청년은 모두 하나씩의 씨앗들이다. 그중 어떤 것들은 자라 하늘에 닿고 어떤 것들은 땅과 물을 만나지 못해 시들어간다.

도무지 끝날 것 같지 않던 긴 겨울이 지나고 하버드의 교정에도 봄꽃들이 피었다. 철학과 건물 에머슨 홀 2층의 도서관에서 책을 읽다가 문득 창밖으로 눈길이 갔다. 아마도 화사한 봄 탓이리라. 유리창에 비치는 풍경이 그대로 마치 한 폭의 그림 같다. 그 그림 속으로 나는 잠시 나의 의식을 맡겨놓는다. 자유로운 상상이 저 나른한 아지랑이 속에서 나래를 편다.

창밖에는 거대한 고목이 있고 그 고목에는 눈부실 만큼 새하얀 꽃들이 가득 피었다. 그 꽃그늘 아래 한 여학생이 앉아 있고, 그 무릎을 베고 한 남학생이 누워 있다. 그 여학생의 머리 근처로 나비 한 마리가 날아간다.

— 제대로 된 나비군, 하고 남학생이 말한다.

— 무슨 말이야?

— 지금 하버드에서 제일 예쁘고 달콤한 꽃을 찾아온 녀석이니까….

여학생은 웃는다. 그녀의 이름은 아마도 제니고 남학생의 이름은 올리버이리라.

근처의 나무 아래에는 벤치가 있고 거기에 한 남학생이 앉아 물끄러미 다정한 그들을 바라본다. 그의 이름은 어쩌면 에릭 시걸이다. 그는 그 장면에서 한 편의 소설을 구상한다. 그 소설의 제목은 어쩌면 『러브 스토리』다.

그때 갑자기 다람쥐 한 마리가 나타난다. 그 녀석은 고목을 타고 올라가면서 보였다가는 숨고 숨었다가는 보이기를 반복한다. 그것을 지나던 한 학생이 걸음을 멈추고 지켜본다. 거기서 힌트를 얻은 그는 한 철학을 구상한다. 그의 이름은 어쩌면 윌리엄 제임스고 그 철학은 이윽고 '프래그머티즘'이라는 이름으로 불리게 된다.

잠시 후 맞은편 건물의 문이 열리고 흑인 학생 하나가 책을 끼고 나온다. 그 책의 제목은 어쩌면 『희망과 도전』 같은 것인지도 모른다. 그는 지금 함께 점심을 먹기 위해 미셸을 만나러 가는 길일지도 모른다. 그의 책 속표지에는 아마도 버락 오바마라는 이름이 적혀 있을 것이다.

그 버락 군이 돌아 지나간 건물의 창문으로는 그 방 안의 모습이 희미하게 비치는데, 그 방에는 학교용 컴퓨터 한 대가 놓여 있고 그 컴퓨터 앞에 몇 시간째 꼼짝을 않고 그것을 주무르는 한 학생이 있다. 그는 어쩌면 그것 속으로 들어가버릴 것도 같은 자세로 그 일에 몰입해 있다. 그 방으로 들어온 한 다른 학생이 그에게 말을 건넨다.

— 헤이, 빌 게이츠, 너 아직도 그러고 있냐? 화장실은 다녀왔어?

그래도 그는 움직이지 않는다.

그래, 그냥 해보는 상상들이다. 봄날의 아지랑이 같은 상상들일 뿐이다. 그러나 그것이 그냥 황당한 상상만은 아니라는 것을 우리 모두는 잘 알고 있다. 이곳 로스쿨 학생식당의 어느 한 자리는 조지 부시가 즐겨 앉았던 자리라고 해서 인기가 있다고 한다. 또 어떤 자리는 버락 오바마의 팬들이 점심 때마다 그곳을 노린다고 한다. 그들은 특별히 공화당도 아니고 민주당도 아니다. 그냥 아직 평범한, 다만 아주 우수한, 학생들일 뿐이다. 하지만 그들 모두는 무한한 가능성의 존재다. 그들은 마치 하나씩의 씨앗과 같다. 그 씨앗은 하버드라는 풍토의 영양을 섭취하면서 누구는 대통령으로, 누구는 작가로, 학자로, CEO로 자라난다. 그중의 누군가는 마치 동화 속 잭의 콩나무처럼 하늘 끝까지도 뻗어나갈 기세로 자라난다. 여기서 펼쳐지는 그들의 공부가 결국은 세계를 움직인다는 것이 참으로 부럽다. 교정을 걸어서 다니다 보면 지나쳐가는 학생들 하나하나가 예사로 보이지가 않는다. 저 녀석이 혹시 나중에 대통령이 될까? 저 녀석은 월스트리트의 거물이 될까? 또 저 녀석은? 저 녀석은…?

그런데 잘 살펴보면, 그중에 한국 학생들도 적지가 않다. 나는 그들이 마음껏 그 젊은 꿈을 펼치며, 그 꿈이 그저 자신의 조그만 출세만이 아닌, 세계를 품는 큰 꿈으로 자라는 것을 지켜보고 싶다. 이제는 세계라는 것이 우리 모두의 도전을 기다리는 삶의 무대가 되었으므로. 꿈의 '현장'이 되었으므로.

마음이라는 이름의 흉기

모든 범죄를 들여다보면 그 밑바닥엔 반드시 상처 받은 마음이 있다.

도쿄에서 살고 있을 때 마치 형제처럼 가까이 지냈던 일본인 선배 T는 지금 60이 넘은 나이인데도 매일 조깅을 한다. 그는 몇 년 전 보스턴 마라톤 대회에 참가한 것을 지금도 기회 있을 때마다 자랑을 한다. 그러나 이제 그는 더 이상 편한 마음으로 그것을 자랑만 할 수는 없을 것이다. 보스턴 마라톤이라는 그 이름 자체가 이제는 피로 얼룩진 테러의 상징으로 변해버렸고 그 이미지는 앞으로도 당분간은 쉽게 지워지지가 않을 테니까.

테러가 발생했던 바로 그날 나는 현장에서 아주 가까운 근처를 지나갔다. 대회가 있는 줄은 몰랐고 사건이 발생한 것도 나중에야 알았다. 세 명이 목숨을 잃고 백 수십 명이 부상을 당한 그 참사의 현장 보일스턴 거리는 내가 가끔씩 한가롭게 산책을 즐기던 곳이었다.

도대체 '그들'은 왜 그 끔찍한 짓을 저질렀을까? 생각해보면 그런

'그들'은 그들만으로 다가 아니며 '그' 끔찍한 짓도 보스턴의 그것으로 다가 아니다. 오사마 빈 라덴과 뉴욕의 9·11을 우리는 아직도 생생한 느낌으로 기억한다. 우리는 또한 한국계 미국인 조승희와 2007년 버지니아 공대의 총기 난사 사건도 기억한다. 그런 일들은 무릇 시간과 공간을 초월해 '인간세상'에 그다지 드물지도 않은 일이 되고 말았다. 그때마다 얼마나 많은 사람들이 얼마나 큰 아픔을 겪게 되는지를 우리는 피해 당사자들의 피와 눈물 속에서 헤아려보지 않으면 안 된다. 보스턴의 저 희생자 가족들도 아마 평생을 그 아픔에서 벗어나지 못할 것이다.

사건의 현장을 돌아본 나는 무겁고 아픈 심정으로 다시금 물어본다. '그들'은 왜 그런 끔찍한 짓을 저질렀는가? 어쩌면 그런 짓의 원형이라고도 할 수 있을 상징적 사건이 저 오래된 성서에 기록된 카인과 아벨의 이야기일지도 모르겠다. 카인이 동생 아벨을 쳐 죽인 이유는 질투와 그로 인한 불만 내지 미움이었다. 그것은 결국 한 조각 '마음'이었다. 모든 악행은 결국 눈에 보이지도 않는 가슴속의 그 한 조각 마음에서부터 비롯된다. 바로 그 마음이라는 것이 인간으로 하여금 칼을 휘두르게 하고, 방아쇠를 당기게 하고 그리고 폭탄을 터트리게 한다. 진실의 구조는 참 단순하다. 우리는 그것을 직시하지 않으면 안 된다.

개인적으로든 사회적으로든, 그래서 우리는 이 '마음'(특히 '불만', '증오')이라는 것을 주목하면서 그것을 다스려나가는 작업을 결코 등한시하지 말아야 한다. "마음이 모든 진리의 근본(心爲法本)"이라는 『법구경』의 저 첫 구절은 그런 점에서 훌륭한 귀감이 된다.

마음이란, 사실 부처가 저 팔만대장경에서 가르치듯이 불변의 실체로서 존재하는 그런 것이 아니다. 그것은 주변의 요소들에 의해서 연기적으로 발생하는 가변적인 실체다. 그것은 마치 구름과도 같다. 없다가 생기기도 하고, 생기면 변하기도 하고 그러다가 또 없어지기도 하고 또 생겨나기도 한다. 그래서 우리는 그것을 마치 화초를 돌보듯 물도 주고 잡초도 뽑고 하면서 꾸준히 가꾸어나가지 않으면 안 되는 것이다.

흉흉한 마음은 그 자체가 바로 흉기가 되지만, 아름다운 마음은 또한 한량없는 선행의 근본이 되며 궁극적으로는 이 세상을 푸른 오아시스로도 만들어간다. 보스턴에서 테러가 일어난 그 현장에서, 주자들 중의 몇몇은 그 길로 병원까지 달려가 헌혈을 했다. 저녁에는 촛불을 든 시민들이 무수히 모여 애도를 했고 다음 날 아침 희생자의 십 앞에는 또 누가 가져왔는지도 모르는 꽃다발이 조용히 놓여 있었다. 시내 일원의 성조기들은 어느새 모두 다 조기로 걸렸다. 그 또한 모두가 '마음'이었다.

테러가 지나고 보스턴에도 꽃은 피었다. 그 꽃그늘 아래를 사람들은 다시 걷는다. 이제 우리는 그 꽃을 바라보듯이 사람의 마음을 들여다봐야 한다는 교훈을 얻었다. 그것이 나든 '그'든, 그 속에 어떤 마음이 움직이는지, 또는 어떤 마음을 깃들게 할지, 그것이 곧 삶의 일부가 되지 않으면 안 될 것이다. 왜냐하면, 그것이 곧 '세상'을 결정하는 열쇠이므로.

관심에 관한 관심

관심이라는 것에 한 인간의 정체가 숨어 있다. 그 관심이 인식을 결정한다. 그리고 그것이 결국 인생을 결정한다.

'관심?' 요즘 같은 시대에 사람들은 이런 단어에 그다지 관심이 없을지도 모르겠다. 하지만 어쩌면 이것은 대단히 중요한, 삶의 진실을 밝히는 철학적 단서가 될 수도 있다.

생각해보면, 사람들의 행동이라는 것은 철두철미하게 그 사람의 관심에 따라 움직인다. 그림에 전혀 관심이 없는 사람은 미술관에 가는 일이 없을 것이고, 음악에 전혀 관심이 없는 사람은 십 년이 지나더라도 콘서트 같은 데는 가지 않을 것이다. 예컨대 골프나 낚시나 크루즈에 전혀 관심이 없는 사람은 그런 것을 절대 하지 않을뿐더러 그것이 화제가 되기만 해도 슬그머니 시계가 궁금해진다.

반면에 무언가에 관심이 깊이 꽂힌 사람은 그것에 매달리면서 많은 정보와 지식들을 갖게 되고 그것이 곧 그 사람의 생활 내지는 인생 자체로 이어지는 경우도 있다. 예컨대 내가 아는 어떤 친구는 어릴 때부터 새에 대해 특별한 관심이 있었는데 결국 조류학자가 되었고 또 어떤 친구는 책에 특별한 관심이 있었는데 결국 출판사의 사장님이 되었다.

20세기 철학의 한 거장인 프랑크푸르트학파의 위르겐 하버마스는 『인식과 관심』이라는 책에서 기술적, 실천적, 해방적 관심 등을 논의하면서 "인식은 삶에 대한 관심에 의해 이끌린다"는 대단히 흥미로운 지적을 하고 있다. 누군가가 무언가를 잘 알고 있다면 그 바탕에는 반드시 그것에 대한 진정한 관심이 선행하고 있다는 말이다. 이는 무언가를 잘 알기 위해서도 그것에 대한 진지한 관심이 필요하다는 것을 일러준다.

그렇다면 요즘 우리들의 삶은 어떤 관심들로 채워지고 있는 것일까? 21세기의 삶에서 이미 필수불가결한 것이 되어 있는 인터넷과 휴대폰을 보면 그 한 단면이 잘 드러난다. 모든 정보의 바다와도 같은 그 사이버 세계에서 사람들은 각자 고유한 관심에 따라 클릭과 터치를 거듭한다. 그것이 곧 자신의 숨겨진 정체인지도 알지 못한 채.

그런데 그 세계를 조금 관심 있게 지켜보면 그 관심의 향방이라는 것이 참으로 우려스러움을 금할 수 없다. 예외야 없지 않지만 그 대부분은 사실 아무래도 좋을 피상적인에 것에 쏠려 있는 것이 부인할 수 없는 현실이기 때문이다. 문제는 그런 관심들이 이제는 삶 그 자체 그리고 세계 그 자체가 되어버렸다는 것이다. 그 과정에서 어떤 소중한 것이 관심 밖으로 밀려나고 말았는지를 사람들은 이제 인식조차 제대로 하지 못한다.

미국에서 생활하면서 의도적으로 하루에 한 시간씩 TV를 시청하고 있는데, 우연히 『초원의 작은 집(Little House on the Prairie)』이라는 드라마를 시리즈로 보게 되었다. 예전에 한국에서도 재미있게 본 추억이 있어 관심을 갖게 되었는데, 매일매일 거기서 전해지는 작은 감동

들이 이국생활의 쓸쓸함에 제법 쏠쏠한 위안을 주고 있다. 이 드라마에
는 초창기 미국인들이 지향하고 추구했던 가치들이 다양한 에피소드
안에 잘 버무려져 있다. 특히 인상적인 것은, 자연의 혹독함에 맞서는
육체적, 정신적 강인함과 시련을 헤쳐나가기 위한 가족애 그리고 이웃
과의 연대, 공동체를 건전하게 유지하기 위한 사회적 정의, 노동과 자
본의 가치, 인간성에 대한 신뢰, 타인에 대한 배려, 더 나은 미래에 대
한 희망… 그런 것들이다. 이런 것들이 어디 그들만의 가치이며 또 그
때만의 가치이겠는가.

그러다가 문득, 이런 가치들이 지금 현재의 미국인들에게는 얼마만
큼 관심의 대상이 되고 있을까 하는 생각이 스쳐갔다. 그것은 요즈음
만들어지는 저 할리우드 영화들의 세계와는 상당한 거리가 느껴지기
때문이다. "이기는 것이 다가 아니란다. (통나무 자르기 시합에서) 이
긴 저 노인이 느끼는 행복은 참으로 크겠지만, (저 노인이 행복해하는
모습을 지켜보는) 패배한 나의 이 행복보다 더 크지는 않을 거야"라는
그 주인공의 멋진 대사는 지금도 이곳에서 여전히 유효한 것일까? 이
제는 그런 것에도 좀 관심을 가지고 지켜봐야겠다. 어쨌거나 오늘도 보
스턴 앞바다의 대서양 물은 청교도들이 이곳에 당도했던 그때보다 크
게 오염된 것 같지는 않아 보인다. 그 속은 어떤지 아직 잘 모르겠지만.

방의 장소론(topology)

인간의 진정한 거주는 방에서 이루어진다. 그 방의 운명은 그 방의 주인이 거기서 무엇을 하느냐에 따라 결정적으로 달라진다.

보통 외국 여행을 하다 보면, 지금까지 익숙했던 풍경과는 사뭇 다른 도시 풍경을 접하게 되고 거기서 신선한 재미를 느끼기도 한다. 그중에서도 큰 비중을 차지하는 것이 아마도 건축물이 아닐까 싶다. 예컨대, 파리나 뉴욕이나 로마 등등은 건축물들이 곧 관광상품이며 심지어 그 도시 자체라고 해도 크게 틀린 말은 아닐 것이다.

그런데 단순한 관광이 아니라 그곳에서 한동안 생활을 하게 되는 경우가 생기면 조금씩 그 풍경에 익숙해지고 나아가 그 건축물들을 들락거리며 그곳이 생활공간이 되기도 한다. 전 세계의 수많은 관광객들이 북적거리는 하버드 대학, 그 한 건물에서 세미나를 마치고 나오다가 어느 날 문득 그런 생각이 들었다. 건축물이란 그냥 하나의 구경거리, 하나의 거대한 덩치로만 존재하는 것이 아니라 그 안에는 수많은 '방'들이 있지 않은가. 이 방들은 다 제가끔 자신에게 고유한 용도를 가지고 존재하는 것이 아니었던가. 그것이 그 건물의 의미들을 비로소 구성해주는 것이 아니었던가.

물론 애당초 방이라고 하는 것은 가혹한 자연으로부터 우리를 보호하기 위해 만들어졌을 것이다. 그것이 가장 기본적인 본질임에는 틀림없다. 요즘 즐겨 보는 『초원의 작은 집』이라는 미국 드라마의 한 에피소드에, 주인공 가족이 마차로 여행을 떠났다가 눈폭풍을 만나 헤매던 중 버려진 빈집을 하나 발견하고 피신을 하게 되는데, 거기서 주인공이 "벽 네 개와 지붕 하나가 있으니 이제 됐군" 하고 말하는 장면이 나온다. 그래, 아마도 그렇게 방이라는 것은 시작되었을 것이다.

그러나 역사의 진행 속에서는 모든 것이 발전 내지 변화의 길을 걸으며 방 또한 그렇게 변화해왔다. 어떤 방이나 대체로는 네 개의 벽과 하나의 천장을 가지고 있으나, 어떤 것은 대통령의 집무실이 되고 어떤 것은 강의실이 되며, 어떤 것은 증권사 객장, 어떤 것은 공장, 침실, 콘서트홀, 전시장, 공연장, 유치장 등등이 된다. PC방, 노래방, 금은방처럼 아예 방이 업소의 명칭이 되기도 한다. 벽과 천장은 다 같은 것이건만 그 운명들은 용도에 따라 천차만별로 갈라진다.

예컨대 베르사유 궁전의 거울의 방이나 마리 앙트와네트의 침실, 혹은 하이델베르크 대학의 학생감옥, 오사카 성에 있는 히데요시의 황금다실 등은 방 그 자체가 관광상품으로서의 가치를 지니고 있다. 독일본에 있는 베토벤의 방이나 튀빙겐에 있는 횔덜린의 방, 네덜란드 암스테르담에 있는 안네 프랑크의 방 또한 마찬가지다. 아우슈비츠에 있는 가스실은 또 다른 의미에서 우리의 눈길을 오랫동안 머물게 한다. 그런 많은 '특별한 방'들이 있다.

이런 것을 생각해볼 때, 우리는 우리의 삶에서 주어지는 방들을 어떤 용도로 사용해야 할지를 각자 하나의 과제로서 떠안게 된다. 결국은 그

방을 사용하는 사람(들)이 어떤 사람이며 거기서 어떤 생각을 가지고 어떤 일을 하느냐가 그 방의 운명을 결정하게 된다. 대통령의 집무실도 거기서 대통령이 역사의 물줄기를 돌려놓을 수 있는 중요한 결제를 한다면 위대한 공간이 되겠지만, 같은 그곳에서 어떤 부적절한 행위를 한다면 한갓 가십의 배경으로 전락하게 된다. 한편, 비록 천막으로 만들어진 초라한 간이공간 같은 방에서도 만일 인간과 세계를 염려하는 진지한 대화기 오고간다면, 그리고 거기서 어떤 위대한 인물이나 작품이 길러진다면, 그 방은 그 어떤 황금의 방보다 더욱 찬란하게 빛나는 공간이 될 수도 있을 것이다.

그러니 가끔씩은 창문을 열고 맑은 공기를 갈아 넣으며 한번 진지하게 생각해보기로 하자. 지금 나는 이 방에서 도대체 무엇을 하고 있는지….

입에 관한 고찰

말의 양이 그 질을 결정하지는 않는다. 경우에 따라서는 한마디의 말이 백 권의 전집을 능가하는 경우도 얼마든지 있다.

좀 엉뚱하게 들릴지도 모르겠지만 생각해보면 우리 인간들의 신체라고 하는 것은 실로 엄청나게 많은 부분들로 구성되어 있다. 그 모든 부분들을 다 포괄하자면 어쩌면 억이나 조의 단위가 필요할지도 모르겠다. 물론 크게는 몸통에 머리 그리고 팔다리가 기본이지만 그 하나하나가 또한 무수한 요소들로 구성된다는 것을 우리는 잘 알고 있다. 예컨대 몸통만 하더라도 거기에는 온갖 종류의 장기들이 가득 들어차 있지 않은가. 겸허하게 생각해보면 그 모든 것이 다 엄청난 신비요 축복이라고 아니 할 수 없다.

그런데 그 모든 부분들이 대개는 하나씩의 고유한 기능들을 가지고 있는 데 비해 유독 입이라고 하는 것은 여러 가지 기능들을 동시에 가지고 있어서 흥미롭다. 물론 기본적으로는 먹는다고 하는 것이 입의 주된 기능이겠지만, 입은 또한 마시기도 할뿐더러 말도 하고 노래도 하고 웃음도 지으며 더욱이 키스 같은 특별한 기능까지도 담당하고 있다. 게다가 가끔씩은 코 대신 숨도 쉬고 사람에 따라서는 담배를 피우기도 하고 피리처럼 휘파람을 불기도 한다. 그 하나하나가 우리의 인생에서 불가결한 것들임은 말할 것도 없다.

그런 점에서 우리의 입은 참으로 바빠 좀처럼 쉴 틈이 없다. 그 많은 기능들 중에서 어디에 방점을 찍느냐 하는 것을 보면 그 인간의 대체적인 정체가 짐작되기도 한다. 그 하나하나에 무수한 이야깃거리가 있겠지만, 일단 '말'이라는 것에 초점을 맞춰보기로 하자. 그것도 사실은 책 몇 권으로도 모자랄 방대한 주제가 될 터이니 그중에서 아주 작은 한 가지만을 짚어보기로 한다.

우리의 주변에는 말이 많고 입이 가벼운 사람이 있는가 하면 말수가 적고 입이 무거운 사람이 있다. 나는 비교적 후자에 가까운 사람인데 어쩌다가 말하는 것을 직업으로 갖게 되었으니 그야말로 삶의 아이러니가 아닐 수 없다. 가뜩이나 말수가 적은 사람이 어쩌다가 일본, 독일, 미국으로 세 번씩이나 외국생활을 경험하게 되었는데, 그때마다 그 새로운 언어에 익숙해질 때까지 어쩔 수 없이 한동안 침묵을 지키며 그러지 않아도 무거운 입이 더욱 무거워지는 시기를 거치고는 했다. 그래 맞아, 하고 공감하는 분들이 아마 한둘은 아닐 것이다.

최근 하버드와 MIT, 보스턴 대학 등의 세미나에 몇 차례 참석하면서 활발하게 질의응답이 오가는 열띤 분위기에 부러움과 감동 비슷한 것을 느끼고는 했다. 그런데 사실 국내에서도 비슷하지만, 주로 발언하는 사람들이 따로 정해져 있다는 것은 이곳 미국에서도 크게 다를 바가 없었다. 낯선 환경이기에 그런 현상은 더 잘 눈에 들어온다. 그렇다면 그 자리에서 침묵을 지키는 사람들은 과연 무엇일까? 무언가 모자라는 사람들일까? 천만에. 그게 아니라는 사실은 세미나가 끝난 후에 이어지는 이른바 '2차' 같은 데서 곧바로 증명이 되기도 한다. 우리는 침묵하던 그 입에서 뜻밖의 중요한 발언들이 조심스럽게 새어 나오는 것을 곧잘 듣게 되는 것이다. 그들은 침묵 속에서도 끊임없이 무언가를 생각하고 있었던 것이다. 말의 양이나 속도는 사실 부차적이다. 예수와 공자는 아주 적은 말로도 역사에 길이 그 흔적을 남기지 않았는가. "말로써 말 많으니 말 말을까 하노라"라는 말도 괜히 나온 것은 아니리라.

공자가 남긴 말 중에 "천하언재(天何言哉)"라는 것이 있다. "하늘은 어떻게 말하는가. 사시가 행해지고 백물이 생육한다. 하늘은 어떻게 말하는가"라고 그분은 말했다. 하늘에는 입이 없다. 그러나 하늘은 엄정한 행위로, 결과로, 현상으로, 엄연히 그의 말을 말하고 있는 것이다.

침묵은 결코 무식이나 무지가 아니며, 더욱이 무관심도 아니다. 어떤 점에서는 끊임없이 열려 있는 입보다 내내 닫혀 있는 입이 훨씬 더 많은 말을 갖고 있는지도 모른다. 그런 점에서 우리는 지금 세상에 가득 찬 저 속시끄러운 말들보다도 묵묵히 자신의 오늘을 감내하면서 굳건히 삶을 밀고 나가는 저 닫혀 있는 수많은 입들에 더 귀를 기울여야 하는지도 모른다. 거기서 보석처럼 반짝이는 진짜 소리를 들어내는 것이 이제 다음 시대를 열어야 할 우리들의 진정한 과제일지도 모르겠다.

정상과 비정상

모든 존재는 각각 그 본연의 정상을 지향한다. 그 지향을 돕는 것이 곧 선이다.

이런…. 인터넷에 이상이 생겼다. 아마도 통신사 시스템에 뭔가 문제가 생긴 듯하다. 특히나 외국생활을 하면서 이런 일을 당하니 갑자기 생활의 주요 기능들이 마비되면서 답답하기가 이를 데 없다. 하지만 이 주말이 지나고 새 주가 되면 다시 또 어떻게든 복구가 되겠지….

복구라는 것은 정상으로 되돌아간다는 것을 의미한다. 우리는 생활을 하면서 수많은 고장, 이상, 탈 등을 경험한다. 이 모든 것들은 이른바 비정상이다. 그런 비정상 상태는 우리에게 불편을 느끼게 한다. 칼이나 종이 같은 것에 새끼손가락 하나만 살짝 베어도 그 상태는 얼마나 우리를 불편하게 하던가. 하수구가 막히는 것도, 보일러가 멈추는 것도, 문이 열리지 않는 것도 다 마찬가지다. 그런 것이 어디 한두 가지겠는가. 우리 몸의 여기저기는 말할 것도 없고 생활 주변의 여러 물건들, 심지어는 사회조직의 이곳저곳에서도 이상상태는 끊임없이 발생하면서 삶을 영위하는 우리들에게 '문제'로서 다가온다.

생각해보면 우리 인간들의 역사라고 하는 것은 이런 문제들, 이상들, 비정상들과의 대결 속에서 그 발전을 이룩해온 측면이 없지 않다. 의학의 발전이 특히 그렇고, 어떻게 보면 과학의 발전도 그런 측면이 없지 않으며, 혁명을 위시한 사회의 발전도 그렇게 해석될 여지는 충분히 있다. (정-반-합이라는 헤겔 변증법의 본질도 결국은 이것과 멀지 않다.)

나는 평소에 그 어렵다고 하는 칸트의 철학을 학생들에게 설명하면서 반드시 그 출발 배경을 이해하라고 권유한다. 즉 철학이라는 것의 학문성에 문제가 있으니 그것을 해결하자는 것이 근본취지라는 것이다. 말하자면 칸트의 철학은 "얘, 철학아, 너는 나이가 이제 그만큼이나 됐는데 왜 아직도 그 모냥 그 꼴이라니. 옆집의 수학이와 과학이를 좀 보렴, 쟤네들은 얼마나 똘똘하게 저 할 일들을 잘하고 있니. 너도 제발 쟤네들처럼 확실하게 기초를 다져 믿을 만한 인식을 좀 가져야 하지 않겠니"라는 식의 문제의식이 그의 이른바 이성비판을 출발시켰다는 것이다. 당시의 철학이 그에게는 일종의 비정상으로 인식되었던 셈이었다.

공자의 철학도 마찬가지다. 그에게는 당시의 세상이 온통 문제투성이, 잘못(過)투성이로 비쳤다. 특히 그가 이상으로 생각했던 이른바 3대(하-은-주)의 요, 순, 우, 탕, 문, 무, 주공 같은 훌륭한 군주가 다스리던 그 시대에 비해 모든 질서와 인간관계가 엉망진창으로 흐트러져 온갖 문제를 드러내고 있으니 이를 바로잡을 인물상(군자, 선비)과 가치들(인, 의, 예, 지, 신, 충, 서 등등)이 필요하다는 것이 그의 핵심사상이었던 셈이다.

어떤 경우든, 문제 내지 이상에 대한 시정의 시도는 '정상'이라는 상태를 전제로 한다. 그런 것이 과연 존재하는지, 무엇이 그런 상태인지 하는 것은 만만치 않은 철학적 주제가 된다. 하지만 한 가지 분명한 것은, 그런 정상의 상태가 플라톤의 이른바 '이데아' 같은 상태로 아프리오리하게 존재하는지 어떤지는 차치하고서라도, 우리가 그냥 이성적으로 판단해 '정상'이라고 부를 수 있는 상태는 분명히 존재하며 만유는 모두 그런 정상의 상태를 지향하고 있다는 것이다. 바로 그런 상태를 향해 우리는 밥도 먹고 잠도 자고 배설도 하고 사랑도 하고 운동도 하는 것이며, 바로 그런 상태를 향해 지구는 자전과 공전을 하고 비가 오고 바람이 불고 파도도 치는 것이다. 온 우주의 삼라만상이 다 그렇게 정상 상태를 향해 움직이고 있음을 우리는 직시하고 거기서 무언가 깊은 의미를 읽어내지 않으면 안 된다.

2013년의 한국사회를 바라보는 우리들의 시선은 그다지 편치 못하다. 그 불편은 그것이 여전히 비정상임을 우리에게 시사해준다. 그러나 그 불편은 역사가 지금껏 그랬던 것처럼 극복을 통한 발전의 계기로 작용할 수 있다. 그래야만 한다. 그것을 기대해보자. 물론 그 불편이 불편이 아니라고 우긴다면… 그때는 도리가 없다. 그냥 비정상으로 살아갈밖에.

기억의 창고

과거는 사라져 없어지는 것이 아니라, 끊임없이 만들어져 쌓이는 것이다. 과거는 영원히 남는 최후의 승자다.

철학의 눈으로 바라보면 이 세상 모든 현상들 하나하나가 신비 아닌 것이 없다. 대부분의 철학 교과서들이 그 첫 부분에서 '경이(thaumazein)'라고 하는 아리스토텔레스의 저 유명한 단어를 소개하는 것도 사실 우연만은 아니다. 모든 당연이 경이가 될 때 그때 비로소 철학은 날갯짓을 한다.

그렇게 신기하기 짝이 없는 것 중의 하나가 '시간'이라는 것이다. 이것을 두고 철학적인 이야기를 하자면 한도 끝도 없다. 그러니 그런 이야기는 재미없는 책이나 논문 따위의 주제로 밀쳐두는 것이 좋다. 다만 한 가지 거기서 끌어오고 싶은 것이 있다. 그것은 그 많고 어려운 철학적 시간론들 중에 '기억'과 '대면'과 '기대'라는 것이 이른바 과거—현재—미래라는 시간의 본질적 장소라는 것이다. 아마도 아우구스티누스였던가? 이 기발한 이론의 위대한 주인은.

나는 개인적으로 '과거'라는 시간 양태에 대해 특별히 관심이 많다. 그래서 과거의 의미를 새기는 시를 써본 적도 있다. 과거야말로 최후의 승리자라는. 아무튼 그 과거의 핵심인 '기억'이라는 것은 참 신기하고도 흥미롭다.

미국에서 연구생활을 한 지도 한참이 되어 가끔씩은 고요한 휴식을 시간을 갖기도 한다. 그럴 때는 그냥 침대에 뒹굴며 모든 것을 시간의 흐름에 맡겨놓는다. 그러면 이 시간이라는 것이 제멋대로 노를 휘저어 나의 의식을 종횡무진 시간 속의 이곳저곳으로 데려가기도 한다. 예컨대 나는 거기서 아직 20대의 앳된 청년이고 연분홍 꽃처럼 청초하게 피어 있는 역시 20대의 한 어여쁜 아가씨를 보고 가슴 설렌다. (그녀는 지금 머지않아 회갑을 바라보는 나의 아내다.) 또는 거기서 나는 아직 취학 전의 어린아이며 난생 처음 보는 바나나라는 것을 무척 신기해한다. 혹은 거기서 나는 동네 꼬마들과 어울려 저물녘까지 병정놀이를 하기도 한다. 그 모든 것들이 한때의 생생한 '현재'들이었다. 그런 현재들의 수가 무려 얼마였던가! 얼마나 많은 일들이, 얼마나 많은 희로애락들이 그 현재를 거쳐갔던가! 그 모든 현재들은 지금 다 어디로 간 것일까….

그 많은 일들 중 아주 적은 일부만이 우리들의 현실에 남아서 지금과 연결이 된다. 나머지 대부분은 그냥 기억 속으로 가라앉는다. 그러나 가끔씩은 그중의 일부가 의식 위로 떠올라 이따금 추억으로 혹은 상처로 반추되기도 하며 또 일부는 무의식 속에서 희미한 그림자처럼 움직이기도 한다.

문득 한 30여 년 전, 대학을 마치고 동경으로 유학을 떠났을 때가 생각이 났다. 그때 참으로 많은 일들이 있었다. 그래, 청춘의 한복판이었으니까. 까마득히 잊혀 있던 그때가 문득 그리워 그중의 몇몇 친구들의 근황을 찾아보았다. 인터넷이라는 기막힌 도구를 통해.

일요일이면 함께 교외로 나가 바닷가에서 스케치도 하고 또 같은 기숙사의 한 한국 여학생을 연모하기도 했던 그리스의 PS는 아테네에서, 그리고 시부야의 뒷골목을 훤히 꿰뚫고 있던 독일의 PP는 뮌헨에서 각각 명성을 얻고 있었다. 한편 타이완의 ZS는 거의 타이베이의 스타가 되어 있었다. 그들의 늙어버린 사진들도 몇 장 거기 있었다. 그 사진들은 뭐라 말할 수 없는 묘한 느낌으로 다가왔다. 내 기억 속의 그 청년과 지금 이 사진 속의 인물은 분명 동일 인물이건만 '그 녀석'과 '이분'은 분명 다른 인물이기도 했다. 그동안의 세월이 이들의 얼굴 속에는 반영되어 있었다. 다행히도 그것은 흐뭇한 일이었다. 하지만 그때 그 시간을 함께했었던 KS는 몇 년 전에 고인이 되었고, UK는 좌절 뒤에 친구들과 연락을 끊고 십 년 넘게 소식을 알 수 없다고 한다.

또 얼마나 많은 일들이, 얼마나 많은 웃음과 한숨이 그 시간 속을 스쳐갔던가. 그 모든 것들이 지금도 '기억'이라는 창고 속에는 고스란히 남아 있을 것이다. 그 모든 것이 결국은 우리 인간들의 인생이 아니었던가. 그러니 가끔씩은 그 창고에 들어가 매캐한 먼지 냄새 같은 것을 맡으며 '그때 그 일들'이 어디에 있지? 하면서 여기저기를 뒤져보는 것도 나쁘지만은 않을 것 같다. 그 또한 시간 속에서 살아가는 우리 인생의 재미가 될 수도 있을 테니까.

강변의 서정

인간은 이성적 존재다. 그러나 그 이전에 인간이 서정적 존재임을 아는 자는 조금 더 인생의 성공에 가까이 다가간다.

요즘 시대에도 서정이라고 하는 것이 과연 유효한 것인지 모르겠으나 나는 그것을 강하게 주장하고 싶은 한 사람이다. 아니, 모든 것이 전자화된 요즘 시대일수록 우리는 서정을 잃지 않기 위해 각별한 노력을 기울이지 않으면 안 된다는 것을 나는 거의 하나의 '철학'처럼 내세우고 싶다.

나는 낙동강이 시작되는 한 조그만 소읍에서 내 어린 시절을 보냈다. 지금 생각해보면 그건 내 인생에 주어진 가장 큰 축복의 하나가 아니었나 싶기도 하다. 집에서 한 십여 분만 걸으면 거기엔 맑고 푸른 강물과 눈부실 만큼 새하얀 드넓은 백사장, 그리고 강둑엔 온갖 풀들과 들꽃들이 싱싱했고 이따금씩은 상큼한 바람 사이로 푸르르 메뚜기가 날기도 했다. 그 모든 것들이 찬란한 햇살 아래 빛나고 있었고 거기서 아이들은 한없이 푸르고 큰 꿈들을 키워나갔다. 거기엔 훗날 내가 독일의 철학자 마르틴 하이데거에게서 배운 '존재(Sein)'라는 것이 생동하는 그 자체로서 펼쳐지고 있었다.

게다가 그곳이 강의 시발점이라는 것은 하나의 특별한 의미를 더해주었다. 우리는 거기서 인생 그 자체로서의 '놀이'를 하며 우리의 놀이터였던 그 강물이 대구나 밀양이나 부산 같은 큰 도시들을 거쳐 이윽고는 남해 그리고 태평양으로 갈 것이라는 이야기를 하며 마치 태평양과도 같은 사고의 스케일을 키워가기도 했던 것이다.

훗날 철학이라는 것을 배우게 되면서, "모든 것은 흐른다", "우리는 같은 강물에 들어가는 것이기도 하고 아니기도 하다"라는 헤라클레이토스의 수수께끼 같은 말을 들었을 때, 나는 그 어떤 보충설명도 없이 곧바로 그의 말을 이해할 수 있었다. 공자의 이른바 '천상탄(川上嘆)', "가는 것이 이와 같구나. 밤낮을 가리지 않네" 같은 것도 마찬가지였다. 나는 그들이 그 옛날 강가에서 함께 놀이를 하던 친구, 아니 선배들처럼 친근하게 느껴지기도 했다. 적어도 우리는 강이라는 것을 공유하고 있으니….

우연인지는 모르겠으나 내 삶의 가까이에는 늘 강이 함께 있었다. 중학교 이후 서울에서 오래 생활하면서 나는 어린 시절의 꿈을 한강으로 옮겨갔고, 일본 유학시절에는 집 근처를 흐르는 아라카와 그리고 에도가와가 마치 그곳이 고향인 양 쓸쓸한 이국의 고독을 어루만져주기도 했다. 독일 하이델베르크에 살았을 때는 네카강이, 프라이부르크에 살았을 때는 정겨운 드라이잠과 함께 머지않은 곳에 라인강과 도나우강이 있어 주말이면 발길을 그리로 이끌기도 했다.

세월이 흐르고 인생도 흘러 어쩌다가 미국의 보스턴(케임브리지)에서 인생의 한때를 보내게 되었다. 이곳에는 한강의 한 절반쯤 되는 규모의 찰스강이 고요히 흐르고 있다. 기나긴 겨울이 지나고 날이 풀리면

강변에는 성급한 젊음들이 싱싱한 초록 속에서 일광욕을 즐기기도 하고 강변을 달리기도 한다. 거기에 자전거의 행렬은 바람을 가르고 새하얀 요트들은 물살을 가른다. 오늘도 보스턴을 찾은 저 수많은 여행객들은 저마다의 느낌으로 찰스강을 거닐며 아마 무엇보다도 저 강변의 고즈넉한 풍경을 그들의 가슴 깊숙한 곳에 담아 가리라. 이곳에서 그들의 청춘을 보내고 있는 하버드, MIT, 보스턴 대학의 저 수많은 젊은이들도 어쩌면 그들의 강의실, 도서관, 실험실에서 배운 것보다 더욱 소중한 그 무엇을 저 찰스강으로부터 배우고 있을지도 모른다.

무릇 인간이란 마음과 더불어 인생을 사는 실존적 존재임을 우리는 항상 되뇌지 않으면 안 된다. 인간은 분명 이성적 존재임에 틀림없지만, 또한 동시에 '서정적 존재'임을 그 누구도 부인할 수는 없다. 오늘도 세계의 이곳저곳에서는 강물이 흐르고 있다. 그 강물들은 결코 그저 상류에서 하류로 흐르는 단순한 빗물의 집합체 또는 H_2O가 아니다. 그것은 우리의 가슴속을 함께 흐르면서 새들과 함께 즐거운 노래를 들려주기도 하고 때로는 기나긴 서사를 들려주기도 하는 여신임을 망각하지 말자. 그런 서정을 통해 우리는 이 시대의 화두가 된 바로 그 힐링이라는 것에 다다를 수도 있다.

문득, 김소월의 저 시구가 떠오른다. "엄마야 누나야 강변 살자. 뜰에는 반짝이는 금모랫빛. 뒷문 밖에는 갈잎의 노래. 엄마야 누나야 강변 살자." 그래, 소월은 역시 그래서 소월이었다.

재미에 대하여

재미는 거부할 수 없는 인생의 한 원리다. 그러나 그 재미에도 종류와 무게와 깊이와 길이가 있다는 것을 아는 이는 뜻밖에 적다.

어느 날 저녁, TV를 보다가 모처럼 키득 하고 웃음이 나왔다. 언제나 점잖고 성실하고 진지하고 듬직한 아빠가 저녁상에서 어린 딸에게 농담을 한다. "이 야구라고 하는 게 말이야, 얼마나 재미있는지 성경에도 그 이야기가 나온단다." "에? 어디?" "창세기를 보렴. 거기 이런 말이 있다니까. 'In the big inning….'" 뭐 대충 그런 내용이었다. ('태초에(beginning)'를 '큰 이닝에(big inning)'로 비틀어 읽음.) 이런 말장난이 요즘에도 재미있는 것으로 인정될지 어떨지 나에게는 좀 궁금한 부분이다.

나는 체질적으로 재미와는 거리가 멀어 이 재미라는 것에 대해 늘 어떤 콤플렉스 비슷한 것을 가지고 있다. 특히 말을 재미있게 해 언제나 좌중을 웃게 만드는 몇몇 동료들을 보면 마냥 부럽기도 해 가끔씩은 집에서도 어설픈 농담을 던져보는데 아이들은 물론 아내에게서도 "응?

그거 지금 농담이었어? 썰렁하기는…" 하는 반응이 돌아와 늘 머쓱해지고는 만다.

애당초 어울리지 않는 짓은 하는 게 아니었다고 포기하고는 있지만 좀 재미있기를 바라는 염원 자체는 항상 가슴 한 켠에 접어두고 있다.

그러니 재미에 관한 재미없는 이야기를 하더라도 부디 그런가 보다 하고 이해해주시면 좋겠다.

사실 재미라는 것은 웃음 속에만 있는 것은 아니다. 이를테면 『엽기적인 그녀』나 『과속 스캔들』처럼 기발하고 파격적인 행동들로 우리를 웃게 만드는 재미도 있지만, 우리는 또한 웃기는 것과는 아무런 상관도 없는 『닥터 지바고』나 『사운드 오브 뮤직』 같은 것도 재미있다고 하고, 심지어는 탈옥을 다룬 『빠삐용』이나 『쇼생크 탈출』 같은 것도 재미있다고 인정을 한다. 그렇다면 그 재미라고 하는 것의 정체 내지 본질은 도대체 무엇일까?

그것은, 말이든 이야기든, 혹은 음악이든 그림이든, 의외성을 동반한 어떤 특별한 장면을 접했을 때 우리의 정신 안에 생겨나는 아주 특이한, 솔깃하고도 긍정적인 즐거움의 반응을 가리킨다. 부정적인 느낌에 대해 우리가 '재미있다'고 말하는 경우는 절대로 없다. 재미있는 그 무엇은 아주 자연스럽게 우리의 관심을 끌어 정신의 한 부분을 잠시 또는 한동안 즐겁게 만드는 공통점이 있다.

그런데 우리가 간과하지 말아야 할 것은 그 재미라는 것에도 여러 '종류'가 있다는 것이다. 『개그콘서트』도 재미있고 여름철 물놀이도 재미있고 셰익스피어도 스필버그도 재미있지만, 그 재미들의 내용은 각각 다른 것이다. 그 다양성을 우리는 주목해야 한다.

요사이는 재미라는 것도 곧바로 자본과 연결이 된다. 재미있으면 곧 돈이 되는 것이다. 이 위대한 자본의 시대에 감히 돈을 탓할 수는 없다.

하지만 "그게 다는 아니다"라는 소리는 꾸준히 누군가에 의해서 외쳐지지 않으면 안 된다. 돈이 되는 재미와 돈은 안 되지만 재미는 있는 것, 이 양자가 모두 공존하지 않으면 안 된다. 좀 더 정확하게 말하자면 보통 재미없다고 외면당하는 것이 지니고 있는 속 깊은 재미, 그런 것을 우리는 놓치지 말아야 한다는 것이다. "그런 것이 있어?"라고 묻는다면 나는 단호하게 "있다!"고 대답할 것이다. "그게 뭔데? 어떤 건데?" 하고 묻는다면 나는 넌지시 그 앞에다 인문학의 책들을 들이밀고 싶다.

그것들의 재미는 한량이 없다. 문학, 역사, 철학, 그리고 폭넓은 문화와 예술들. 그 모두가 다 인문학이다. 반짝하는 아이디어의 재미는 금세 끊임없이 새것들로 대체되지만 인문학의 재미는 경우에 따라 며칠, 몇 년, 심지어는 천 년도 넘게 지속이 된다. 『아라비안나이트』나 『삼국지연의』 혹은 『겐지이야기』 같은 것, 혹은 『삼국유사』나 『화랑세기』, 플라톤이나 『논어』 같은 것을 편견 없이 읽어본다면 그 재미가 얼마나 크며 가치 있는 것인지를 인정하지 않을 수 없을 것이다. 물론, 그 재미가 재미인 줄 알게 되기까지는 어쩌면 상당한 세월과 연륜이 필요할지는 모르겠다.

그날 하버드에서

—

　진정한 언어는 언젠가 어디선가 반드시 그것을 들어주는 귀를 만나게 된다.

　"많이 배웠습니다. 감사합니다" 하는 말을 미소와 함께 남기고 금발의 그녀는 강의실을 나섰다. "좋은 질문을 해주셔서 고맙습니다"라고 나는 인사했던 것 같다. 역시 미소와 함께.

　2013년 5월 31일 금요일, 하버드 한국인 펠로우 협회(HKFS)의 요청으로 특강을 했다. 이미 시험도 끝난 방학이고 졸업식 바로 다음 날이라 나는 이 특강의 흥행 실패는 '필연'이라고 생각하며 아주 '가벼운' 마음으로 행사장이 있는 건물로 들어갔다. 그런데 현관 로비에서 한 미국인 노신사가 강의실의 위치를 묻는데 바로 우리에게 배정된 그 방이었다. 뜻밖이었다. 함께 강의실을 향하며 잠시 대화를 나누었는데, 그가 밝힌 이름이 좀 독특하기에 혹시 하고 물어보았더니, 역시나 그는 스위스 출신이었다. 제네바가 고향인 그는 25년 전 이곳 미국에 와서 정착했고 지금은 은퇴한 메디컬 닥터였다. 철학에 관심이 많다고 했다. 예전에 제네바에 갔던 일을 화제 삼아 오랜만에 독일어로 좀 수다를 떨었다.

아니나 다를까. 강의실에 들어서니 '손님'이 없었다. 나는 함께 온 협회의 임원들과 그리고 그 스위스 출신 S씨와의 '오붓한' 간담회를 마음속으로 준비했다. 아니, 그런데 이게 웬일. 정해진 시간이 되자 하나둘 손님들이 들어오더니 조금씩 자리를 채워 모양새를 갖춰 나갔다. 이건 그동안 내가 손님으로 참석했던 여느 세미나들과 똑같은 행사가 되고 만 것이다. 당초 이 특강은 하버드의 한국인들을 위한 행사로 기획한 것이라 한국어로 진행할 예정이었는데, 모인 손님들 중 거의 절반이 현지인이라 급거 나는 어설픈 영어로 이 특강을 할 수밖에 없게 되었다.

그날 내가 내건 주제는 '철학의 형성: 서양 vs 동양'이라는 것이었다. 나중에 느낀 바지만 '하버드 가제트(Harvard Gazette)'(홈페이지상의 관보 내지 행사 예정표)에 공지했던 이 타이틀이 결국 그 많은 손님을 끌어들인 셈이었다. 워낙 정해진 시간이 짧아서 나는 대략 '핵심철학 내지 기축철학'이라고 내가 이름 붙인 공자, 석가, 소크라테스, 예수의 기본사상들을 간단히 정리해 소개하고 그들이 '왜' 그때 거기서 그런 말을 하게 되었는지를 그 '문제의 현장'에 서서 되물어보아야 한다는 것을, 즉 그 결과를 뒤집어 원인을 읽어보아야 한다는 것을 강조했다. 그러면서 그들의 삶의 현장에서는 그들이 그렇게 '나설' 수밖에 없었던 '문제 그 자체'들이 있었음을 역설했다.

군(君), 신(臣), 부(父), 자(子) 등 온갖 이름들이 그 본분을 잃고 세상의 질서들이 엉망진창이 되어 사람답지 못한 사람들이 온갖 문제를 야기하던, 그래서 노인들은 편안하지 못하고 벗들은 서로 믿지 못하고 어린이는 품어지지 못하던 공자의 경우, 또 헛된 무상의 실체인 자아의 실상을 알지 못한 채 모든 중생이 욕망에 집착해 2고, 4고, 8고, 108번뇌로 괴로워하던, 그래서 삶 자체가 온통 괴로움의 바다였던 석가모니 부처의 경우, 또 진리, 선, 정의, 덕, 사려 등 인간이 진정으로 추구해야 할 것에는 너무나도 무지하고 돈이나 명예나 평판만을 추구하며 영혼의 향상 따위는 안중에도 없는, 그래서 "너 자신을 알라(gnothi seauton)"고 외칠 수밖에 없었던 소크라테스의 경우, 그리고 이 신비롭기 짝이 없는 세상과 그 세상의 온갖 피조물들의 경이로운 질서들을 보면서도 마치 인간이 세상의 주인인 듯 신을 두려워하지 않고 더욱이 인간이 서로를 미워하며 원수가 되던, 하여 영혼의 가난을 알지 못하고 남을 애통하게 하고 온유하지 못하고 평화를 깨트리고 의로움 따위에는 관심도 없고 남을 핍박하고…, 그래서 그렇지 않은 자들에게 복이 있나니 하고 소리를 높일 수밖에 없었던 예수의 경우.

그날 나는 더듬거리면서도 제법 많은 이야기를 그리고 정말로 중요한 철학들을 들려주었다. 그리고 그들에게서 사소한 문화적 차이보다는 동서를 초월한 공통점을 보라고 권유했다. 거기에는 한결같이 '진정한 문제 그 자체'가 있고, 그리고 그 문제들을 해결한 어떤 '좋음'에로의 강렬한 지향이 있음을 알려주었다. 맨 마지막에 이르러서는 그 모든 철학들이 긴 역사의 과정에서 한갓된 '지식'들로 화석화되고 박제화되어 있음을 지적한 뒤 그것들을 자기 자신의 문제로 받아들여 '읽으면서' 그것을 사유화하고 내면화하는 것이 진정한 철학의 의미라는 것을 다시 한 번 강조했다.

그런 이야기를 듣는 그들의 표정은 진지했다. 솔직히 나는 지난 30년간 얼마나 그런 표정들을 간구했던가. 그토록 기대했던, 그러나 언제나 실망만 되풀이했던 그 진지함의 분위기를 나는 참으로 뒤늦게 이곳 하버드에서 잠시나마 맛볼 수 있었다. 질문은 더욱 진지했다. 이곳 토론 그룹의 한 멤버라는 금발의 그녀는 "예수의 하늘과 부처의 니르바나는 어떻게 다른가?" 하는 질문을 했고, 또 다른 푸른 눈의 그녀는 "불교에서 제법무아라고 한다면 니르바나를 경험하는 그 자아는 도대체 어떤 자아인가?" 하는 질문을 했다. 그리고 제법 불교에 선행지식이 있는 듯한 한 청년은 "서양사상과 동양사상이 문화적 차이에도 불구하고 서로 소통하는 것이 가능한가?" 하는 취지의 질문을 했다. 그리고 또 한 여성은 "공자가 '다움(정명)'을 꾀하였다면 그 다움의 기준은 도대체 누가 정하는가?" 하는 질문을 던졌다.

첫 번째 질문에 대해 나는 '하늘'이란 '신의 세계'이며 그것은 '위'에도 있고 모든 인간들의 '안'에도 있어 그 양자는 영적으로 연결돼 있다는 것, 그리고 니르바나는 '각'과 '행'을 통한 '고'의 해탈로서 하나의 경지라는 것, 그래서 그 양자는 굳이 '와'라는 말로 연결해 비교할 필요가 없는 각각의 서로 다른 차원 내지 논의의 세계라는 것 등을 다른 보충 설명과 함께 들려주었다. 두 번째 질문에 대해서는 일단 관련된 지식들을 소개하고 난 후, 그 질문에 대한 대답은 니르바나라는 그 경지에 실제로 이르러본 자만이 제대로 답할 수 있고 아직 그것을 경험하지 못한 내가 함부로 그것을 언급할 수는 없다고 솔직히 말하였다. "안다는 것을 안다고 하고 모르는 것을 모른다고 하는 것 바로 그것이 안다는 것(知之謂知之不知謂不知是知也)"이라고 공자도 그러지 않았던가. 다만, 니르바나가 온갖 욕망의 불꽃이 꺼진 상태와 같다는 비유는 제대로 알려주었고, 내친 김에 그 불꽃의 핵심은 욕망이며 초 자체는 곧 자아, 그 타서 줄어듦이 곧 생이라고도 알려주었다. 세 번째 질문에 대해서는 먼저 동서를 떠나 세계 자체가 유일무이한 존재의 세계이며 모든 존재는 동일한 그 하나의 세계 안에 존재한다는 것을 설명한 뒤,

문화적 차이라는 것은 그 동일성 안에서의 차이라는 것을 하이데거를 동원해가며 알려주었다. 그리고 특히 지금의 시대는 이미 나 자신이 그러한 것처럼 동서의 구분 자체가 무의미할 정도로 세계화되었다고, 그러니 동서의 소통은 당연히 가능한 것이라고 답하였다. 또 네 번째 질문에 대해서는 사람의 본분에 대한 기준이 우선 무엇보다도 공자 자신 안에, 그에게 내재한 이성 안에, 하나의 '이상'으로서 그려져 있었고 그 정당성은 '그렇게 행동하는 게 좋더라' 하는 그 실천적 결과에 의해 확인 가능한 것이라고 답하였다.

사실 생각해보면 쉬운 질문도 아니었고 쉬운 대답도 아니었다. 하지만 앞자리의 나도 옆자리와 뒷자리의 그들도 그 시간이 어떤 충실함으로 채워지고 있음을 느끼며 뭔가 만족해했다. 나는 분명히 동양 출신의 한 한국인이고 그들은 분명히 서양에 속한 미국인이었지만, 적어도 그 자리에는 동서의 구별이 따로 없었다. 그곳은 그냥 '철학의 자리'였다. 진지한 철학의 언어와 마음들이 오고갔다. 그래서 나는 보고 삼아 여기에 적어둔다. 2013년 5월 31일 금요일 오후 4시 반에서 6시까지, 하버드대학 Thomas Chan-Soo Kang Room(S050), CGIS South Building, 1730 Cambridge Street, Cambridge, MA, 02138. 거기에는 비록 한 사람의 기자도 한 대의 촬영 카메라도 없었지만, 제법 거대한 철학이 논의되었던 한 조그만 '사건'이 있었다, 라고. 그리고 그것은 한 철학자에게 오래도록 기억에 남을, 진지한, 충실한, 그리고 무엇보다도 행복한 시간의 한 토막이었다, 라고.

시장의 풍경

인생은 세상에서 살아진다. 그 세상의 한복판에 시장이 있다. 시장에서는 인생이 거래된다. 시장처럼 훌륭한 인생의 교실도 흔하지 않다.

미국의 보스턴에는 '퀸시 마켓'이라는 제법 유명한 시장이 있다. 나도 그곳을 즐겨 찾는다. 1824-26년에 지어진 이 시장은 이를 건설한 당시 보스턴 시의 시장(市長) 조사이아 퀸시(Josiah Quincy)를 기려 그의 이름으로 불리고 있다. 널리 알려진 관광지이기도 한 이곳은 늘 세계 각지에서 온 손님들로 북적거린다. 여기서는 이곳 명물 로브스터 롤(Lobster Roll)을 비롯한 다양한 먹거리들과 함께 아기자기한 기념품들도 찾는 이의 눈을 즐겁게 한다.

나는 유년시절을 지방의 한 조그만 소읍에서 보냈는데, 집 바로 근처에 재래식 구시장이 있어서 시장의 풍경이라는 것이 늘 친근했다. 어린 시절의 감각으로는, 그곳에는 '세상의 모든 것'이 다 있는 듯했다. 고기며 생선이며 나물들이며 별의별 식품들이 다 있었고, 옷이며 그릇이며 도구들까지 그야말로 돈으로 살 수 있는 것들은 없는 것이 없었다. 거기에 더해 그곳에는 영화관도 있었고 지금은 흔적조차 사라진 대장간, 함석집, 염색집도 있었고 그리고 유기점도 방앗간도 술도가도 있었다. 바로 근처에 학교나 관공서까지 있었던 것을 생각해보면 그곳은 의식주는 물론 문화와 교육, 행정까지도 포괄하는 그야말로 '세상' 그 자체였다. 거기엔 늘 활기가 있었고, 당시로서는 잘 몰랐었지만 지금 돌이켜보면 그 활기 속에는 온갖 종류의 희로애락들, 즉 '인생'이 함께 있었나.

그런 영향인지는 모르겠으나 나는 시장을 보는 것이 낯설지 않나. 이 따금씩 남대문시장이나 동대문시장을 가면 제법 흥정도 잘해 드물게 아내에게 칭찬을 듣기도 한다. 예전에 독일의 하이델베르크와 프라이부르크에서 지냈을 때는 주말마다 서는 가설시장에서 신선한 과일과 채소를 사는 것이 큰 재미였다. 독일의 거의 모든 도시들은 사실 이 장터(Marktplatz)를 중심에 두고 거기에 교회와 시청이 함께 서 있다. 그리고 그것을 둘러싸고 집들이 전개돼 나간 특이한 구조를 지니고 있다. 시장이 도시의 중심인 것이다. 그것은 참으로 인간적이다. 그래서 독일의 재래시장은 더욱 정겹다.

그런데 요즘 우리 주변에서는 전통시장의 존폐를 걱정하는 목소리가 커지고 있다. 대기업의 자본력과 기획력 등에 밀려서 점점 더 그 입지가 좁아지고 있다는 것이다. 자본주의 시대, 자본주의 사회에서, 아니 더 엄밀하게는 자본만능의 시대와 사회에서 누가 그것을 탓할 수 있으랴. 그 어떤 논리보다도 우선하는 것이 '시장의 논리'가 아니었던가. 손님이 없으면 시장은 죽는다. 자본이 손님을 당기는 것은 어쩔 수도 없다.

그뿐만도 아니다. 재래시장의 인간적 풍경 운운하기에는 이제 시대가 변해도 너무 변했다. 시장 자체가 이제는 전 세계로 그 규모가 커져버렸고, 거래 자체도 이젠 전자화되어 최근에는 손바닥 안에서 주문과 배송이 이루어진다. 아마 모르긴 해도, 이러한 변화는 더 커지면 커졌지 다시 그 거래의 양상이 옛날로 되돌아가는 일은 없을 것이다. 그럼 도대체 어쩌란 말이냐 하고 재래시장의 상인들은 화를 내며 목소리를 높일지도 모른다. 그렇다고 정부가 나서 대기업이 시장 잠식을 법규 등으로 규제하는 것도 능사는 아닌 것 같다.

하지만 이대로 포기하고 시대의 흐름에 운명을 맡기기에는 전통시장의 그 '인간적 풍경'이라는 것이 너무나도 걸린다. 거기서 느낄 수 있는 삶의 냄새 같은 것은 버리기에는 정말로 아까운 것이 아니었던가. 그래서 나는 시장 상인들에게 말하고 싶다. 어떻게 해서든 살아남으시라고. 조합을 결성하든 어떻게 하든, 대기업의 기획팀장을 모셔오든 어떻게 하든, 변해서 변하지 말아야 할 그것을 지켜내라고. 그러려면 손님의 발길을 이끌 수 있는 무언가가 있어야 한다. 어쩌면 보스턴의 퀸시 마켓이 좋은 모델이 될지도 모르겠다. 깨끗하고 다채롭고 흥미로워야 한다. 그렇게 해서 브랜드 가치를 확보해야 한다. 그 정도는 우리에게도 불가능은 아닐 터. 아마추어의 꿈같은 이야기일지는 모르겠으나 나는 그런 식으로 업그레이드된 남대문시장과 동대문시장, 그리고 평화, 광장, 방산, 또는 노량진 시장에서 언젠가 외국에서 온 내 친구들을 안내하면서 자랑스럽게 비빔밥 같은 거라도 사주고 싶다. 바로 여기가 네가 찾던 그 유명한 시장이라며.

명성의 구조

대부분의 명성은 모래 위에 쓰인다. 아주 드문 이름들만이 바위 위에 새겨져 저 역사의 풍화를 견디어낸다.

어쩌다 대학에서 몇 년간 '학장'이라는 일을 해나가면서 나는 몇 가지를 잃었고 몇 가지를 얻었다. 녹록지 않았던 그 시간들이 지나간 지금 돌이켜보면 그 기회를 통해 얻은 소중한 경험 중의 하나가 이른바 '유명인사'들을 지근거리에서 접할 수 있었던 게 아닐까 싶다. 그것은 길거리에서 그냥 지나가다가 우연히 촬영 중인 전지현이나 김태희를 보았다는 것과는 차원이 다른 것이었다. 때로는 그들과 일대일로, 때로는 일대다 중의 하나로 대면해 그 육성을 듣고 그들의 체온을 직접 느낄 수 있었던 것은 사실 평범한 사람의 입장에서는 입이 근질근질할 정도로 자랑하고 싶은 일이기도 하다.

생각해보니 그 수가 제법 만만치 않다. 이름만 들어도 누구나가 알 음악가 K씨, 만화가 L씨, 연극인 P씨, 시인 K씨, 소설가 K씨, 같은 동업자인 대학교수 중의 유명인사는 헤아릴 수도 없고, 장관, 장군, 그리고 몇몇 의원들도 있었다. 이제는 제법 만만치 않은 숫자를 갖게 된 내 삶의 연륜으로 판단하자면, 이분들의 이른바 '명성'에는 반드시 그만한 '까닭'들이 있었다. 예사롭지 않은 능력과 노력, 그리고 주변의 도움이나 기막힌 행운 같은 것들. 그중의 더러는 TV를 통해서도 소개되었다. 이분들과의 만남이 있을 때마다 나는 거의 예외없이 그 옛날 대학 1학년 때 배웠던 논리학 교과서의 한 토막을 떠올리곤 했다. "모든 것에는 그 근거가 있다"는 이른바 '충족이유율'. 그렇다. 인간세상이 어떤 곳인데… 그 살벌하고 각박한 곳에서 나름 인정을 받고 이름이 알려진다는 일이 근거도 없이 거저 그렇게 될 턱은 없는 것이다.

그런데 이것도 철학자의 고질병인지, 나는 이 명성이라고 하는 것의 구조를 분석적으로 검토해본다. 잘 생각해보면 그 명성이라는 것에도 여러 종류가 있다. 좀 극단적일지는 몰라도 대도 조세형이나 탈주범 신창원 같은 이도 나름 유명인사인 것은 사실이지만, 그런 명성과 이를테면 김수환, 성철 같은 분의 명성이 같을 수가 없다. 긍정적인 의미의 명성이라도 금세 세상에서 사라져버리는 일시적인 것과, 오래되어도, 아니 오래될수록 더욱 빛나는 그런 명성도 있는 것이다. 내가 만났던 그 많은 저명인사들 중의 상당수도 아마 시간의 흐름 속에서 잊히는 경우가 태반일 것이다.

중요한 것은 그 명성의 본질이 '세상의 인정'이라는 것인데, 그 세상의 정체라는 것이 실은 애매하기가 짝이 없다. 오늘날에는 그것을 대변하는 것이 아마도 신문과 TV 그리고 스마트폰을 포함한 인터넷일 것이다. 대중들을 거느리고 있는 이 매체들은 사실상 정치권력과 자본권력에 뒤지지 않는 엄청난 위력의 문화권력들이다. 그 권좌에 몇몇 사람들이 군림하고 있다. 결국은 그들이 명성의 가부를 결정하는 것이다. 문제는 그들이 지니고 있는 그 '기준'이다. 우리는 언젠가 그 '기준'이라는 것을 엄정한 철학으로 검토해볼 필요가 있다.

왜냐하면 그것이 언제나 합당한 잣대가 되지만은 않기 때문이다. 일례로 철학자 쇼펜하우어가 지금은 유명해진 저 『의지와 표상으로서의 세계』를 처음 냈을 때, 세상은 전혀 그것을 알아주지 않았다. 천재 시인 횔덜린도 그의 사후에야 겨우 지금의 명성을 얻을 수가 있었고, 오죽하면 공자도 "남이 알아주지 않아도 화내지 않으면 또한 군자답지 않은가"라고 말했겠는가.

그렇다면 그 합당한 기준은 대체 어디에 있는 것일까? 그것은 눈에 보이지 않는 어딘가 '제3의 지대'에 있다. 거기엔 역시 우리 눈에 보이지 않는 '제3의 이성'이라는 것이 있다. 그것은 한두 개인에게 속하지 않는다. 그것은 제대로 된 판단력을 가지고 있어 언젠가는 진짜와 가짜를 판별해낸다. 그의 승인을 받고서야만 비로소 제대로 된 명성은 역사 속에서 그 빛을 발하게 된다. 하지만 그것은 적어도 그럴 만한 무언가가 있는 어디에서만 그 모습을 드러낸다.

지금 세상에서 가장 유명하다는 하버드 대학을 드나들면서 바로 그 제3의 이성이 어디선가 날카로운 눈빛으로 이곳의 교수와 학생들을 예의주시하고 있는 것 같은 느낌이 얼핏 들었다. 나는 그를 어떻게든 우리 한국으로 데려가고 싶다. 그리고 그것이 이왕이면 서울이 아닌 지방 어디라면 더욱 좋겠다. 하버드가 뉴욕이 아닌 조그만 케임브리지에 있는 것처럼.

서민주의라는 이름의 윤리

어떤 사람은 위쪽을 보고 어떤 사람은 아래쪽을 본다. 그 시선의 각도가 그 삶의 높이를 결정해간다.

나는 천성적으로 모질지를 못해서 어떤 사안에 대해 "나는 반대요!"라는 말을 잘 하지 못한다. 그래서 웬만하면 내키지 않으면서도 찬성해주고, 그리고 나서 속으로는 "사실 그건 좀 아닌데…" 하며 혼자서 속앓이를 하는 경우도 없지 않았다.

하지만 이따금씩은 용기를 내서 말하기도 한다. 그중의 하나가 우리 한국사회에서 거의 하나의 윤리처럼 통하고 있는 '서민주의'다. "그 사람은 참 서민적이다"라고 하는 말은 기본적으로 어떤 긍정성을 지닌 칭찬으로 통한다. 특히, 전혀 서민이 아닌 어떤 사람이, 예컨대 대통령이나 기업총수 같은 그런 사람이, 서민들처럼 먹거나 입을 경우에, 사람들은 그것을 화제 삼으며 '서민적'이라는 말로 칭찬을 한다. 하지만 생각해보면 좀 이상하지 않은가. 그들이 돈이 없어서 칼국수를 먹거나 돈이 없어서 해진 구두를 신고 다니는 것은 절대 아니며, 그렇게 소박하게 먹거나 입는다고 해서 그들이 서민들과 동격인 것은 절대 아니다. 당연하지만, 서민들이 그들을 서민처럼 대할 수도 없는 것이다.

거기에는 어쩌면, 미묘하고 기묘한 역사학과 심리학이 작용하고 있는 것인지도 모르겠다. 이를테면 마리 앙투아네트의 저 유명한 "빵이 없으면 케이크를 먹지" 같은 말이 상징하듯이, 또는 『춘향전』에 나오는 이몽룡의 시 "금준미주는 천인혈이요 옥반가효는 만성고라…" 같은 말이 상징하듯이, 이런 사고의 배경에는 서민들의 피눈물로 호의호식한 천인공노할 귀족이나 탐관오리들이 실재했던 역사가 (그에 대한 시민적 증오가) 하나의 사회적 무의식처럼 작용하는 것일지도 모를 일이다. 혹은, 실제로 서민은 아닌 '그'가 서민인 '나'처럼 행동하니까, '나'도 서민이 아닌 '그'와 같을 수도 있겠다는 어떤 심리적인 착각이 역시하나의 무의식으로 작용하는 것일지도 모를 일이다.

하지만 우리는 착각이 진실을 바꾸지는 못한다는 점을 직시해야 한다. 인간의 사회에는 분명히 서민과 서민 아닌 사람들이 나누어져 있다. 인류의 보편역사가 그러할진대 그것을 부인하려 한들 소용이 없다. 전자가 후자를 타도해 평등사회를 실현하자는 저 엄청난 실험도 20세기를 피로 물들였을 뿐 결국 하나의 꿈으로 끝나고 말았다.

그렇다면 우리는 한 가지 선택을 하지 않으면 안 된다. 즉 우리의 삶이 서민을 서민 아닌 쪽으로 이끄는 방향으로 노력할 건지, 반대로 서민 아닌 자를 서민화시키는 쪽으로 노력할 건지. 그 답은 각자 자신에게 물어보면 알 수가 있다. '나'라면 과연 그중 어느 쪽이 좋겠는지를.

나는, 내 고향 풍토의 영향인지는 모르겠으나, '양반'과 '상놈'이라는 하나의 명백한 대비적 가치관을 지니고 있다. (태생적인 사회적 신분으로서의 양반과 상놈을 말하는 것은 절대 아니다.) 그런 가치는 당연히 '만인의 양반화'를 지향한다. 구별이 곧 차별과 배제는 아닌 것이다.

비록 실상은 내가 엄연한 서민이며 또 평생을 서민으로 살 수밖에 없을지라도, 그 지향만큼은 '양반' 쪽을 향해 있어야, 그래야만 뭔가 한 치라도 삶의 상승이라는 것이 가능할 게 아니겠는가. 적어도 그 상승의 지향이라는 점에서는 나도 어쩌면 니체주의자일지도 모르겠다.

그 이름이 양반이든 귀족이든 또 무엇이든 간에, 상놈 아닌 자, 서민 아닌 자들이 이루어놓은 이른바 고급의 문화들이 있다. (건축은 물론, 음악사와 미술사에서도 그 부분은 결코 배제될 수 없다.) 그 문화들이, 오늘날 우리가 사는 이 세상을 그래도 이만큼이나 훌륭한 그 무엇으로 만들어놓은 공적을 부인할 수는 없지 않은가.

언젠가 베르사유와 루브르를 돌아보던 날, 로마와 베네치아를 돌아보던 날, 그리고 자금성과 서호를 돌아보던 날, 그날들도 나는 문득 '정신적 귀족주의'라는 말을 떠올리곤 했다. 그 말은 대학시절의 내 절친이었던 P가 늘 책상 앞에 써 붙여놓고 있던 말이었다. 나는 바로 그 말로써 우리 사회의 좀 이상한, 왜곡된 서민주의를 대체하고 싶다. 모두가 귀족스러워지는 그런 날을 꿈꾸며.

2부. 대서양의 숨결

사람의 얼굴

사람의 얼굴은 곧 그 사람이다. 그 절반은 타고나는 것이고 다른 절반은 그 삶으로써 만들어가는 것이다.

하버드의 교실을 나와 센트럴의 집까지 걸어오는 동안, 희고 검은 수많은 얼굴들이 지나쳐갔다. 그 별의별 얼굴들을 마주하면서 문득 이런 생각도 지나쳐갔다.

모든 사람은 각각 하나씩 얼굴이라는 것을 가지고 있다. 당연하기 짝이 없는 이야기지만, 사실 이 얼굴이라는 것은 참으로 묘한 존재라 아니 할 수 없다. 이 세상에는 무려 70억의 인간들이 살고 있는데, 그 70억 인간들의 얼굴이 하나하나 모조리 다 다른 것이다. 흔히 쌍둥이는 똑같다고 하지만 그것도 자세히 보면 구별이 된다. 나는 고등학교 때 쌍둥이 중의 한 명과 친구였는데, 다른 반이었던 그 쌍둥이 형과 그를 혼동한 적은 전혀 없었다.

사람의 얼굴이라는 것은 경우에 따라 인생을 좌우하는 결정적인 변수로도 작용한다. 여성의 경우는 특히 그렇다. "클레오파트라의 코가 조금만 낮았더라면…” 하는 유명한 말은 그 점을 알려주는 하나의 상징과도 같다. 양귀비(楊貴妃)나 서시(西施), 왕소군(王昭君)의 경우도 마찬가지다. 경국지색이라는 말은 그들의 얼굴이 한 나라의 운명도 뒤흔들 수 있다는 말이 아닌가. (미인계라는 말도 비슷한 경우다.) 남자들도 사실 다를 바 없다. 얼굴은 인상이라는 것과 연결되어서 그것이 입사시험의 당락도 결정하지 않는가. 그래서 아마 옛날에는 관상 운운하는 것도 생겼으리라.

그런 것을 생각해보면 그 얼굴이라는 것을 가꾸기 위해 온갖 종류의 화장품 산업이 번창하거나 심지어 성형수술이 대성황을 이루는 것도 이해가 간다. 인류의 문화유산 중 가장 오래된 것에 거울이라는 것도 꼭 있지 않던가. 그런 점에서 얼굴은 하나의 철학적 대상이 되어야 할지도 모르겠다. 아니 실제로 하나의 철학적 개념이 되기도 한다. 프랑스의 철학자 에마뉘엘 레비나스의 철학적 개념들 중 가장 유명한 것이 바로 ‘얼굴(visage)’이다. 물론 그의 경우는 그 의미가 사뭇 다르다. 그것은 “사람을 죽이지 말라는 하나의 명령”이라고 해석되기도 한다.

아무튼, 한 가지 재미난 것은 이 얼굴이라는 것이 사람마다 다를 뿐 아니라 같은 사람의 경우라도 그것은 매일매일 다를 수 있고, 더욱이 긴 세월이 지나면 전혀 다른 얼굴이 되기도 한다는 것이다. 생각해보면 사람의 얼굴은 그 내면에 의해, 또는 주변의 상황이나 여건에 따라 적지 않은 영향을 받게 된다. 즉 어떤 사정 속에서 어떤 생각을 하며 사느냐에 따라 그 삶이 얼굴에도 반영되는 것이다. “나이가 들면 자기 얼굴에 책임을 져야 한다”는 링컨의 말이나 유명한 ‘큰 바위 얼굴’ 이야기도 결국은 그런 취지다. 무엇보다도, 좋은 일이 있으면 웃는 얼굴, 밝은 얼굴이 되고, 나쁜 일이 있으면 찌푸린 얼굴, 어두운 얼굴이 될 수밖에 없다. 그것이 오랜 세월 지속이 되면 알게 모르게 얼굴도 변해가는 것이다.

얼마 전 뉴욕에서 40년 만에 옛 고교 동창을 만났다. 내 기억 속의 그는 그저 앳된 얌전한 학생이었다. 그랬던 그의 얼굴에서 이제는 어떤 단단함과 무게 같은 것이 느껴졌다. 그것은 단지 까까머리가 은백으로 변했기 때문만은 아니었다. 솔직히 학창시절의 그는 그다지 눈에 띄는 존재는 아니었다. 그랬던 그의 얼굴에서 느껴지는 이 무게의 정체는 도대체 무엇일까? 나는 그것이 삶의 경륜이라고 직감했다. 그는 한국의 대학에서 철학을 전공했으나 그 학문의 꿈을 이루지 못하고 미국으로 건너왔다. 대화에서 언뜻언뜻 느껴지는 그의 삶은 결코 만만치가 않았다. 그 풍파를 견뎌내면서 그는 이 광활한 미국 대륙의 한 모퉁이에 그의 삶을 뿌리 내린 것이다. 철학에 대한 애정도 유지하면서. 그런 점에서, 어딘가 대서양의 숨결이 스민 듯도 한 그의 지금 얼굴은 세월 속에서 그 자신이 만들어낸 작품이었다.

우리 모두는 각자의 얼굴에 대해 하나의 숙제를 가지고 살아간다. 십 년 후 혹은 이삼십 년 후, 또는 인생이 붉은 노을빛으로 물들어갈 무렵, 거울 속에 비친 자신의 늙은 얼굴을 보며 거기서 그저 그냥 그런 얼굴이 아닌, 온갖 풍파를 꿋꿋이 견뎌낸, 깊이 있는 표정을 지닌, 혹은 세상과 인생을 따스한 눈빛으로 바라볼 줄 아는, 진정한 '사람의 얼굴'을 발견할 수 있어야 한다는 그런 숙제를.

제자론의 한 조각

훌륭한 삶과 훌륭한 말은 자석과도 같아서 철 있는 누군가를 끌어당기며 이윽고 그들을 통해 글로 남는다.

뉴욕에 있는 친구 H와 긴 통화를 했다. 이 친구의 여러 이야기들 중 하나가 가슴에 남아 마치 하나의 숙제처럼 나를 긴장시켰다. 그것은 "선생이란 자는 적어도 자기에게 혹한 제자 한둘은 가져야 한다. 그렇지 않으면 선생이라고 할 수가 없다"는 것이 그 골자였다. 평생을 강단에서 지내온 입장에서는 그 말이 그냥 예사로 들리지가 않았다.

생각해보면 인류의 위대한 스승들에게도 하나같이 뛰어난 제자들이 있었고, 그들이 있어 그 스승도 비로소 스승인 그가 될 수 있었던 측면이 없지 않았다. 예컨대 예수에게는 베드로를 비롯한 열두 제자가, 붓다에게는 초전법륜을 들은 다섯 제자를 시작으로 아난, 가섭, 사리불 등등 십대 제자가, 그리고 공자에게는 안회를 비롯, 유약, 자공, 증삼 등등 역시 무수한 제자가 뒤를 따랐고, 소크라테스 역시 플라톤을 위시해 크리톤, 크세노폰 등등 수많은 제자들이 그 주변에 있었다.

기묘하게도 그 스승들은 한결같이 글을 쓰지 않았다. 그럼에도 불구하고 그들의 '말'이 남아서 2천 년 넘게 인류의 귀감이 될 수 있었던 것은 모두가 다 그 제자들 덕분이었다. 예수의 말과 행적을 전하는 이른바 복음서들도 마태, 마가, 누가, 요한 등등 제자 그룹에 의한 것이고, 소크라테스의 그것은 전적으로 플라톤의 문재 덕분이며, 불경의 첫 구절 '여시아문(如是我聞)'과 『논어』의 첫 구절인 '자왈(子曰)' 또한 그것이 제자들에 의한 것임을 잘 알려준다.

나는 최근에 철학자 레비나스에 관한 저서 하나를 번역했는네, 이 책에서도 슈샤니와 레비나스, 그리고 레비나스와 저자 본인의 관계를 소재로 제법 긴 사제관계론이 전개되어 있었다. 이런 이야기에서 하나같이 공통된 것은 그 스승들에게 우선 '뭔가'가 있어서 그것이 제자들을 속된 말로 '뿅가게' 만들었다는 것, 그리고 그 제자들이 그것을 부풀리든 어떻게 해서든 그것을 사람들에게 내지는 이 세상에 '퍼트렸다'는 것이다.

물론 이런 경우는 아주 드물어 이것을 쉽게 일반화할 수는 없다. 경우의 수는 여러 가지다. 제자가 스승 못지않은 역량이 있으면 독립해서 일가를 이루는 경우도 적지 않다. 플라톤의 제자였던 아리스토텔레스, 러셀의 제자였던 비트겐슈타인, 후설의 제자였던 하이데거, 하이데거의 제자였던 가다머 등도 모두 그런 경우다. 또는 칸트나 헤겔 등처럼 뚜렷한 제자 없이도 그 저작을 통해 충분히 사표가 되는 경우 또한 무수히 많다.

어쨌든 간에, 훌륭한 제자를 갖는다는 것은 무릇 '가르침'이라는 것을 인생의 일부로 영위한 자에게는 더할 수 없는 복이 아닐 수 없다. "득천하영재이교육지(得天下英才而敎育之)"가 군자삼락의 하나라는 맹자의 말도 그런 뜻이다. 그리고 생각해보면 그 역도 또한 마찬가지다. 배움의 과정을 겪은 자 중에 '스승'이라 할 만한 분을 단 한 명이라도 가졌었다면 그것은 그야말로 천복이 아닐 수 없다.

　나는 과연 어떠한가. 나는 과연 스승이라 할 만한 분이 있었던가. 나는 과연 제자라고 할 만한 녀석이 있었던가. 아니 무엇보다도 나 자신은 스승이라고 할 만한 그 '뭔가'를 갖고 있는가. 생각은 꼬리를 물고 여기저기를 짚어보게 한다. 모두 다 뭔가 있는 것 같기도 하고 아닌 것 같기도 하다.

　하지만 조급한 결론을 내지는 말자. 역사가 그것을 증명하듯이 거대한 뭔가를 움직이는 힘은 항상 우리 인식의 저편에 있다. 스승과 제자, 가르침과 배움의 메커니즘도 마찬가지다. 원인이 될 만한 뭔가만 정말 있다면 알 수 없는 어떤 힘에 의해서 그 결과도 반드시 만들어진다. 그것이 언제 어디서 어떤 모양으로 생겨날지는 아직 모른다. 그러니 기다려보자. 우선은 그 '뭔가'가 먼저 있어야 한다. 그것이 모자란다면 다음의 뭔가를 기대하는 것은 애당초 어렵다. 우리 시대에 그 '뭔가'를 가진 누군가가 있는지도 기다려보자. 아직은 모른다. 그것이 저 산란한 전파들의 장난질 속에, 마치 심해의 조가비 속 진주알처럼 그 영롱한 빛을 간직한 채 때를 기다리고 있는 건지도.

이런저런 인생들

이 지상에서는 70억의 인간들이 매일 70억 편의 드라마를 그 삶으로 만들고 있다. 그 드라마들은 때로 죽음 이후까지도 그 속편이 이어져가는 연속극이다.

이따금씩 사람들이 살아온 이야기를 듣다가 보면 참 드라마 같다는 생각이 들 때가 많다. 그런 드라마들 중 어떤 것들은 글솜씨가 뛰어난 주인을 만나 멋진 에세이나 소설로 남기도 한다. 나는 그런 글들을 읽고 곧잘 감동을 한다. 이를테면 김훈의 에세이집 『밥벌이의 지겨움』 같은 것도 그런 축에 속한다. 그의 글이나 말들이 사람의 마음을 움직이는 것은, 시대를 대표하는 그의 뛰어난 글솜씨도 글솜씨지만, 그보다 더욱 중요한 것은 그의 그 글이나 말들이 그 자신의 치열한 인생역정을 거쳐서 나온 어떤 단단한 내공에 의해 받쳐졌기 때문이라는 것을 나는 잘 알고 있다. 그것이 그 무뚝뚝하고 재미없는 양반을 내가 좋아하는 이유다.

또 내가 아는 시인 L씨는 나와 청춘시절의 일부를 공유한다. 그 덕에 나는 그의 그 시절이 얼마나 혹독하고 힘겨운 것이었는지를 누구보다

잘 안다. 그런 아픔과 방황이 세월의 풍파를 거치더니만 이윽고는 수정처럼 단단하고 투명한 시로 남았다. 그것이 이것이 될 줄은 그때로선 몰랐다. 그래서 나는 그의 시들이 마치 인생의 밀알 같다는 느낌이 든다. 그가 뜻하지 않은 암으로 세상을 뜬 후 이제 그의 시들은 하나의 기념비처럼 이 세상에 남게 되었다.

사람의 인생은 참 가지가지다.

1972년쯤 같다. 지방 A시에서 같은 초등학교를 다닌 친구들 다섯이 도봉산에 모였다. 그들의 그 고등학생 시절은 엇비슷했다. 그들의 즐거운 그날은 몇 장의 희미한 흑백 사진으로 남겨졌다. 아직은 컬러 사진이란 것이 나오기 전이었다.

그 사진에 남은 친구 I는 대학시절에 만난 친구와 우연히 장난처럼 가게 하나를 시작했다. 그는 그것이 그의 평생의 일터가 될 줄은 알지 못했다. 그렇게 평범한 인생을 살게 됐지만, 그는 바로 그 가게 덕분에 거래 은행의 한 여직원과 만나 결혼을 했다. 그는 지금 대기업의 동네 진출을 걱정하면서 분개하고 있지만, 난초와 등산을 즐기면서 나름의 행복한 인생을 지내고 있다.

또 한 친구 P는 원하던 대학에 낙방을 하고 당시 후기 모집의 한 대학에 들어갔는데, 우연한 사건에 말려 모욕적인 언사를 들은 것을 계기로 방향을 틀어 명문대학에 편입을 했고, 이른바 고시에도 합격해 고위 공직에까지 이르렀다. 그는 지금 모 대기업 임원으로 자리를 옮겨 가끔씩은 신문기사에도 이름이 오르내린다.

또 한 친구 G는 대학 재학 중 군대를 갔는데, 한 여학생을 몹시 좋아하고 있었다. 그는 제대 후 그녀를 다시 만날 생각에 기쁨이 충만했다. 그런데 제대를 딱 하루 앞둔 날, 예기치 못한 부대 내 사고로 목숨을 잃고 말았다. 친구들 중 가장 키가 크고 힘이 세어서 늘 골목대장 노릇을

했던 그가 가장 먼저 세상을 뜨게 될 줄은 아무도 몰랐다. 그는 지금 동작동 국립묘지에서 영면을 취하고 있다.

또 한 친구 K는 대학 졸업 후 학과의 조교로 남게 됐는데, 함께 조교를 하던 Y양에게 호감을 가졌다. 그러나 어렵게 그녀의 마음을 확인했을 때 그녀는 가족과 함께 미국으로 이민을 갔다. 그는 절망으로 한동안 괴로워했지만, 얼마 후 용기 있게도 그녀를 따라 유학을 떠났다. 그는 결국 그녀를 얻었다. 그 덕에 그는 학위도 땄고 이윽고는 모 대학의 교수님으로 귀국을 했다. 그러나 이런저런 사정들 때문에 가족들은 미국에 남았고 그는 본의 아니게 시대의 유행이기도 한 소위 기러기 생활을 하게 되었다. 그의 뛰어난 재능은 성과를 올려 몇 번인가 TV 뉴스에 얼굴을 비치기도 했다. 하지만 일과 고독의 무게는 만만치 않아 어느 날 그는 쓰러졌고 사랑하는 가족들의 얼굴도 보지 못한 채 끝내 눈을 감고 말았다.

또 한 친구 S는 대학 졸업 후 우연한 기회에 큰 장학금을 받아 일본으로 갔다. 유학 중에 그는 전혀 뜻하지 않게 이상적인 한 여학생을 만나 결혼도 했다. 착하고 예쁜 딸들도 둘씩이나 얻었다. 그는 귀국 후 자리를 얻어 교수님이 되었고 많은 저서들을 냈을 뿐만 아니라 고등학교 시절의 취미를 살려 문인으로 등단을 하기도 했다. 언뜻 순탄해 보이는 그의 삶에도 그 굽이굽이에는 수많은 상처들이 없지 않았다. 그러나 속 깊은 그는 그런 상처들을 좀처럼 드러내지 않는다.

빛바랜 사진 속의 다섯 친구는 지금도 환하게 웃고 있다. 그 웃음이 앞으로 어떻게 그 모습을 바꾸어갈지 사진 속의 그들은 짐작조차 못 한 채 그냥 인생의 한때를 웃고 있는 것이다. 지금 이 순간에도 지구상에는 70억의 드라마가 진행 중이다. 그중의 어떤 것은 글로써 남고 대부분은 그저 흔적도 없이 사라지리라. 그 또한 무엇과도 바꿀 수 없는 소중한 인생이건만.

흔적 없이 사라진 세상 모든 부모님들의 나름 드라마 같았던 인생을
아쉬워하며 졸시 한 편을 되읊어본다.

과거에 관한 수정빛 고찰

아깝다, 그때, 그곳, 그 아름다웠던
아깝다, 그와 그, 그녀와 그녀, 그 푸르렀던

그립고 또 그리워 눈물겹다
그때 그곳 그들의 그 숱한 삶의 이야기들
소설 같은, 아니 소설보다 더 소설 같아 눈물겨운
그 기쁨과 슬픔의 나날들
아득히 사라진
흔적조차 희미한…

우리는 때로 시간의 보물창고로 가봐야 한다
아린 가슴을 추스르면서
푸른 발자국 되밟으면서

그들의 그 '그때 거기서…'가 들릴 때까지

일본의 패전?

완전한 승리와 완전한 패배는 있을 수 없다. 우리는 그 승패의 어떻게와 얼마나를 물어보지 않으면 안 된다.

　고등학교 시절의 옛 친구들을 만나러 뉴욕과 워싱턴을 다녀왔다. 보스턴에서 뉴욕까지의 하이웨이는 비교적 단조로워서 연변의 숲들과 이따금씩 나타나는 강, 호수, 바다, 그리고 휴게소 외에 특별히 눈길을 끄는 것은 별로 없었다. 자연히 시선은 눈앞의 도로와 그 도로 위를 달리는 자동차들의 흐름을 따라갔다. 그러다가 한 가지 특이한 사실이 눈에 들어왔다. 그리고 그것은 묘한 느낌으로 한 한국 여행자의 마음을 흔들었다. 그것은, 이곳이 미국의 핵심 도로임에도 불구하고 미국 차들이 그다지 눈에 띄지가 않더라는 것이다. 네댓 시간을 달리는 동안 그야말로 이따금씩 포드나 GM, 크라이슬러가 지나갔고 한국의 현대나 기아, 그리고 스웨덴의 볼보가 드물게 스쳐갔고, 독일의 폭스바겐, 아우디, 벤츠, BMW 등이 제법 빈번히 지나갔고, 나머지 거의 대부분은 토요타와 혼다를 위시한 일본 차였다.

이미 여기저기서 들은 바 있어 특별할 것도 없을지 모르겠지만, 현장에서 느끼는 기분은 많이 달랐다. 그러면서 나는 '미국과 일본'이라는 것을 생각해봤다. 누구나 다 아는 대로 미국과 일본은 1941년의 진주만 공습 이래 전쟁을 치른 적국이었고 일본은 1945년의 히로시마, 나가사키 원폭 투하를 계기로 패전을 했다. 나는 십 년 가까이 일본에 살면서 좀 지겨울 정도로 일본의 그 패전 이야기를 들어왔었다.

그 패전 이후 어언 거의 70년. 지금의 미일관계에서 당시의 흔적은 거의 대부분 지워졌다. 양국은 이제 그 어느 국가들보다 끈끈한 동맹관계를 맺고 있다. 그런데 이 동맹은 그저 그런 단순한 동맹과는 같을 수 없다. 이 두 나라는 엄연한 교전의 상대국으로 전쟁을 치른 역사가 있지 않은가. 그 점을 생각해보면 지금의 이런 현상은 예사롭지 않다. 나에게는 언뜻 이 일본 차들이 마치 미국을 점령한 탱크 같은 느낌이 들기도 했다. 오버일까?

미국을 점령한 일본의 흔적은 비단 자동차만이 아니었다. 그들은 무엇보다도 미국인들의 마음을 점령했다. 미국인들의 마음에 새겨진 '일본'은 하나의 거대한 브랜드였다. 'Made in Japan'의 소비는 미국인들에게 마치 하나의 동경인 듯 보이기도 했다. 그 계기의 시초는 물론 청일전쟁과 러일전쟁을 승리로 이끈 군사력이었다. 그 다음은 전후에 그들이 이룩한 기적 같은 경제력이었고 그 다음은 소니와 토요타 등으로 상징되는 탁월한 기술력, 그리고 그 다음은 마치 물이 종이를 적시듯 사람의 마음속을 파고든 문화력이었다. (나는 이 넷을 '칼', '돈', '손', '붓'이라는 말로 요약한다.) 일본의 문화들은 일단 '고급'으로 통한다. (한때 프랑스의 파리를 휘감았던 소위 '자포니슴'도 바로 그런 거였다.)

워싱턴에서 친구들과 함께 꽃놀이 하는 동안도 사실 마음은 편치 않앉다. 그 호수(Tidal Basin)를 에워싼 그 엄청난 벗나무들은 1912년 '미-일' 우의의 기념으로 도쿄 시장 오자키 유키오가 선사한 것이었고, 사람들은 다투어 일본식 탑과 안내문을 카메라에 담고 있었다. 나는 호수에 비친 그 한량없는 꽃들 하나하나가 워싱턴을 점령한 일본의 군인들처럼 생각되었다. 구경 나온 엄청난 군중들이 제퍼슨 기념관 앞 무대 주변에 모여들었다. 그들은 일본 고유 복장으로 북을 치는 일본 그룹들에게 열광적인 박수를 아끼지 않았다. 그 그룹에는 몇몇 미국인도 섞여 있었다.

그래서 나는 다시금 물어본다. 일본은 과연 미국과의 전쟁에서 패한 것인가. 그래 그것은 분명한 사실이었다. 그러나 일본의 패배 방식은 여러 가지로 특이했다. 어쨌거나 그들의 천황도 살아남았고, 일본은 고스란히 미국을 받아들였고 그리고 한편으로는 그들의 심장부를 파고들었다. 그래서 우리는 이제 새로운 방식으로 물어봐야 한다. "일본은 과연 미국에게 '얼마나' 패배했는가"라고. 그들의 패전은 결코 '완전한 패배'가 아니었다.

이런 물음들이 내내 나를 불편하게 한 것은, 바로 그 일본과, 미국 덕분에 해방을 맞은 우리 한국과의 관계를 어떻게 생각해야 할 것인가 하는 결코 가벼울 수 없는 과제가 우리 앞에 여전히 가로놓여 있기 때문이었다. 일본은 과연 한국에게도 '진' 것이었나. 한국은 일본을 '이긴' 것인가. 한국의 도로와 한국인의 마음속에는 지금 어떤 모습으로 일본이 되돌아와 있는가. 한국인들은 그것을 아는가 모르는가.

어쨌거나, 미국의 방방곡곡에서는 지금도 해마다 많은 나무들이 잘려나가고 대신에 화려한 벗나무들이 늘어나고 있다고, 한 미국 친구는 만면에 웃음을 띠고 내게 말했다.

기념의 윤리학

세상에는 온갖 종류의 기념이 있었고 있으며 있을 것이다. 그러나 정작 가장 기념해야 할 일들은 당연 속에 가린 채 너무나 오랜 세월 잊혀 있다.

한인들이 많이 살고 있는 뉴욕 퀸즈의 플러싱에는 키세나 파크라는 제법 큰 공원이 있다. 친구를 찾아 그곳에 갔다가 산보를 하며 뜻밖에 한국전쟁 기념 조형물 하나를 발견했다. 제법 컸다. 반가움과 숙연함이 교차하는 뭔가 좀 미묘한 감정이 마음속에 잠시 파문을 그렸다. 경우는 정반대지만, 워싱턴에서 한창 꽃구경을 하다가 그 벚나무들이 일본의 선물이라는 기념비를 우연히 발견했을 때도 비슷한 느낌이었다. 아니 그 파문은 조금 더 컸다. 그 잠시의 파문이 지나간 후, 철학자의 일종의 직업병인지 '기념'이라는 것의 철학적 의미가 가슴 한구석을 파고들었다.

생각해보면, 무언가를 기념한다는 것에는 좀 특별한 윤리적 의미가 있는 것 같다. 왜냐하면 기념이란 애당초 이미 지나가버린 과거의 어떤 일을 현재 속에서 되새기려는, 그리고 망각으로부터 지켜내려는 일종의 정신적 노력이기 때문이리라. 그것이 윤리적이라는 것은 기념하려는 그 대상(사람이든 일이든)에 대한 존중과 애정이 그것의 본질임을 전제로 한다. 그것은 지금 여기서 살고 있는 나 또는 우리의 가치관 내지 인품과도 통한다.

우리는 살아가면서 실로 다양한 형태로 이런저런 것들을 기념한다. 좀 거창하게는 국가의 공휴일들, 이를테면 삼일절, 광복절, 제헌절 등등이 다 그런 것이다. 부처님 오신 날이나 크리스마스도 마찬가지다. 개인적인 차원에서는 생일과 제사도 그런 것이고, 결혼기념일, 금혼식 등도 다를 바 없다. 심지어 요즘 젊은이들은 '만난 지 며칠' 같은 것들도 다 기념한다.

그렇다면 우리는 한 번쯤 그 기념하는 내용이 무엇인지를 그 원점에서 곱씹어볼 필요가 있지 않을까. 무엇이든 시간이 지나고 장소가 달라지면서 당초의 생생한 감정이 퇴색되는 측면이 없지 않을 테니까. 그런 취지만 제대로 살린다면, 별의별 기념일들이 다 있어도 좋겠다. '맨처음 심부름으로 시장 갔던 날', '시를 써본 날', '친구 아무개와 싸운 뒤 화해한 날', '처음으로 샐러드를 만들어본 날' 기타 등등.

이를테면 나는 '세계창조일' 같은 기념일을 생각해본다. 우리가 살고 있는 이 세계가 처음으로 존재하게 된 그날, 모든 사건들 중의 최고 사건인 그날이 도대체 언제였는지 우리는 가늠할 길도 없다. 그것이 과연 종교적 의미의 창조였는지, 과학자들이 주장하는 '빅뱅' 같은 것이었는지 그 어느 쪽도 확인할 방도는 없다. 하지만 언젠가 무언가 그런 어떤 날이 있지 않았을까 짐작할 수는 있다. 바로 그 어느 날을 기념해보는 것은 어떨까. 너무 지나치게 철학적인가?

아무튼! 그런 어떤 날을 상상해본다면 그것이 얼마나 어마어마한 사건이었는지도 조금은 더 가까이 느껴질 수 있다. 나는 바로 그 어느 기념일 X로 사람들의 마음을 안내하고 싶다. 그것이 가령 신의 의지든 혹은 우연이든 간에, 그것은 무엇보다도 우리가 기념해야 할 그 무엇이 아닐 수 없다. 우리가 아는 일체존재가 바로 그 X에서 기원하므로. 그런데도 그것은 너무나도 뻔하고 당연한 그 무엇이 되어 이젠 아무도 그것을 주목하지 않는다. 경외도 감사도 당연히 없다. 사람들은 그저 자신들이 만들어낸 세계 안에서 거의 평생의 대부분을 소비한다.

철학자 파르메니데스와 하이데거 덕분에 나는 반평생 그것을 바라보면서 살아왔다. 존재하는 이 세계는 신비 중의 신비다. 그것은 모든 오래된 것 중 가장 오래된 것임을 알아야 한다. 그 오래된 것이 지금도 여전히 우리 주변에 '세계'라는 이름으로 펼쳐져 있다. 온갖 별들과 온갖 사물과 온갖 질서들이 반짝이면서 우주적 아름다움을 연출해낸다. 바로 거기서 꽃들은 피고, 새들은 노래하고, 강물은 흐르고, 바다는 출렁거린다. 바로 그것을, 그 기원을, 감사하면서 기념하는 것은 그 일체존재 안에서 삶을 영위하는 자의 기본적인 윤리라 아니 할 수 없다. 바로 그것이 철학이라는 것의 본질이었다.

오늘은 왠지 철학적으로 하루가 흘러간다. 서쪽 하늘에 번지는 붉은 노을도 뭔가 깊은 철학을 말하는 것 같다. '세계창조일' 그날도 이렇게 태양이 타고 구름이 끼고 하늘엔 붉은 노을이 그려졌을까? 오늘처럼 이렇게, 아름답게.

움직임에 관한 단상

모든 발걸음에는 방향이 있다. 그리고 그 발걸음들은 인품이라는 이름의
발자국을 남긴다.

움직임이라는 것에 대해 생각해본 적이 있는가. 아니, 이 바쁜 세상
에 대체 누가 그런 것을 생각한다는 말인가. 하지만 우리들의 시대가
전 세계적으로 이토록 바쁘다는 것 자체가 결국은 그만큼 세계가 크게
움직이고 있다는 것은 아닐까. 예전에는 이 움직임이라는 것이 아마도
이렇게 많고 크고 빠르지는 않았을 것이다. 가령 우주에서 지구 표면을
관찰한다면 그 모든 정신없는 움직임들이 한눈에 들어올 것이다.

움직임이라는 것은 사실은 대단히 철학적인 개념이다. 그것을 보통
사람들은 잘 알지 못한다. 이 개념은 그 옛날 대철인 아리스토텔레스의
가장 핵심적인 형이상학적 개념의 하나이기도 했다. 이를테면 A가 B
로 되는 것, 은덩어리가 접시로 되는 것도, 통나무가 집으로 되는 것도
움직임이었다. 그런 모든 움직임의 '원인'을 생각해본 것이 이른바 형
이상학의 핵심이었다. 토마스 아퀴나스는 이 개념을 통해 신의 존재를

증명하려고도 했다. 움직임이라는 현상이 곧 신의 증거인 셈이다.

아무튼, 움직임에는 두 가지 종류가 있는데 하나는 원인을 알 수 있는 움직임이고 또 하나는 원인을 알 수 없는 움직임이다. 이를테면 지구를 비롯한 별들의 움직임, 물과 대기의 움직임 등은 그 궁극적인 원인을 알 수가 없다. 탄생에서 죽음을 향한 인생의 움직임도 마찬가지다. 하지만 인간사와 관련된 움직임들은 대체로 그 원인을 알 수가 있다. 예컨대 소방차가 움직이는 것은 불이 났기 때문이고 구급차가 움직이는 것은 응급환자가 생겼기 때문이다.

참으로 궁금하고도 중요한 것은 사람의 '발걸음'이라는 움직임이다. 사람의 발걸음은 끊임없이 어디에서 어딘가로 향한다. 작게는 이 방에서 저 방으로, 집 안에서 집 밖으로 움직이고, 크게는 외국으로 혹은 달과 같은 외계로도 움직인다. 그런 발걸음에는, 크든 작든 그것을 움직이게 하는 까닭이 있다. 증권사 객장으로 향하는 발걸음은 오직 '돈'이 그 원인이다. 시장으로 향하는 발걸음은 오직 '먹기'가 그 원인이다. 이런 발걸음의 원인들을 다 정리해본다면 바로 거기에 아마 '인생'이라는 것이 그 적나라한 모습을 드러낼 것이다.

그것들 중 철학 강의를 향한 발걸음을 한번 생각해보자. 오늘날 그 발걸음은 현저하게 줄어들고 있다. 적어도 1970년대와 80년대, 그리고 1990년대까지만 해도 철학을 향한 발걸음들은 우리 사회의 한 부분에서 (강의실뿐만 아니라 서점, 출판사를 향하는) 그 확실한 소리를 들려주었다. 그런 발걸음 소리가 우리 사회의 건전성을 담보하는 데 적지 않게 기여하였음을 많은 사람들이 기억하고 있다.

미국 케임브리지에 있는 하버드 대학 철학과에서는 2013년 현재에도 정규 수업 외에 꾸준히 이런저런 세미나가 열린다. 여기에는 일반인들을 포함한 남녀노소 수십 명이 자유롭게 참여하여 발표를 듣고 질의

응답을 한다. 인근의 MIT나 보스턴 대학도 마찬가지다. 그 열기가 제법 만만치 않다. 좀 예전이기는 하지만, 독일 하이델베르크 대학과 프라이부르크 대학에서도 비슷한 분위기를 본 적이 있다. 도대체 무엇이 사람들의 발걸음을 대학의 철학 강의로 향하게 하는가.

사람들은 의식주만으로 만족할 수 없는 존재다. 아니, 바로 그 의식주를 위해서도 철학은 필수적이다. 만일 우리 인간들이 단순한 생존이 아닌 진정한 의미의 '삶'이라는 것을 추구한다면, 즉 그 삶에서 '질'이라는 것을 고려한다면, 철학은 결코 버려서는 안 될 인류의 지적, 문화적 자산임에 틀림없다.

아름다운 계절이 펼쳐지고 있다. 골프도 좋고 꽃구경도 좋지만, 더러는 책방으로 발걸음을 돌려 인생론이라도 한 권 펼쳐보는 것은 어떨까. 오늘보다는 조금이라도 더 나은 내일이, 아니, 오늘과는 전혀 다른 내일이 어쩌면 바로 그 책 한 권에서부터 시작될지도 모르지 않는가.

살면서 우리는 참으로 많은 곳에 발걸음을 하지만, 정작 가야 할, 그러나 아직 그 첫발도 떼지 못한 곳들이 너무나도 많다. 한 번쯤은 그 발걸음들을 새겨봐야겠다.

남은 발자국

마음에 지도를 펼쳐놓고
반백년 다닌 자취를 표시해본다
어디에 발자국이 있는지
어디에 발자국이 없는지

마른 곳 진 곳

나의 정체가 고스란히 드러난다

찍지 못한 발자국들이 문득
스멀스멀 살아나 내 머리를
등을
꼬리를 밟으며 지나간다

내 안에서 뭔가가 슬금슬금
신발끈을 살핀다

푸른 곳으로 가야겠다

한 과묵한 자의 변론

저 하늘의 구름을 보라. 저것은 끝내 말이 없어도 그 침묵으로 얼마나 많은 것들을 말해주는가.

어떻게 살다가 보니 대학의 강단에서 거의 평생을 보내게 됐다. 내가 아는 하버드 로스쿨의 한 펠로우는 대학 강단에 서고 싶어서 변호사까지 그만두었다 하니, 실제로 그렇게 살아온 내 인생에 감사하지 않을 도리는 없다. 그런데 대학의 교수라고 하는 이 '직종'은, '글'이 반이고 '말'이 반이라 해도 과언이 아니다. (넓은 의미에서는 그 둘이 다 '말'이다.) 그것을 다른 말로는 '연구'와 '교육' 또는 '강의'라고도 한다. 나는 글 쓰는 것을 삶의 낙으로 생각하는 사람이다 보니 그것으로 먹고산다는 것은 그야말로 천복이 아닐 수 없다.

그런데 나의 경우 문제는 이 '말'이다. 어려서부터 과묵하다는 소리도 때로 들어왔는데, 그럴 수밖에 없었던 것이 나는 이 말이라는 것과 인연이 엷어서 특별한 말재주가 없을 뿐만 아니라 말하기를 썩 즐기지도 않는다. 그래서 주변에 말재주가 많아 말로써 사람들을 즐겁게 하거나 감동시키는 이들을 보면, 참 대단하다고 부러워한 적도 없지 않아 있다.

하지만 특별히 말 많은 사람들의 그 말이라는 것을 보면, 참 시시하고도 성가시다는 느낌을 받을 때도 많다. 아마 적지 않은 사람들이 동의하리라. 어떻게 보면 지금 우리가 사는 이 시대는 말의 홍수다. 말은 주변 어디에서도 흘러넘친다. 한때 그런 상상을 해본 적도 있다. 요즘 우리 삶의 일부가 되어버린 휴대폰의 신호들을 시각화해서 본다면 그 양상이 대체 어떨까. 혹은 그 전파들을 얼음이나 실, 또는 ABC비스킷처럼 고체화시켜 본다면 또 어떨까. 엉뚱한가? 아무튼 그게 실제로 가능하다면 아마 그 순간에 이 세상은 말들로 가득 차 전 인류가 질식해 멸종의 위기를 맞을 게 틀림없다.

그런데 그 엄청난 양의 말들 가운데, 사람들의 가슴에 남을 말들은 도대체 얼마나 될까? 나는 수많은 말들을 들으며 그것들을 '남게 될 것'과 '사라질 것'으로 분류해보는 습성이 있다. 그렇게 보면, '남게 될 것'이 뜻밖에도 적다는 사실에 놀라게 된다. 대부분의 말들은 입 밖으로 나온 지 하루도 채 못 되어 사라진다. 오직 드문 사람의 드문 말만이 사람들의 가슴에 새겨져 남게 된다. 그렇게 남은 말들은 때로 백 년, 아니 천 년을 전해진다. 예수와 부처, 공자와 소크라테스의 말들이 대표적이다.

그렇다면 그 기준은 도대체 무엇일까? 그것은 아마도 그 내용이 지니는 말의 '무게'이리라. 그 무게라는 것은 그 말을 내뱉은 이의 '인품'에서 나온다. 그것은 마치 곡식과도 같아서 오랜 시간을 두고 익어가는 것이라, 그냥 어쩌다가 우연히 나오는 것이 절대 아니다. '사랑', '깨달음', '어짊', '사려'… 그런 말들. 이런 말들의 무게를 달아본다면 얼마나 될까? 그것은 이 말들에 공감하고 그것을 가슴에 담은 사람들의 심장을 모아서 달아본다면 알 수가 있을지도 모르겠다.

그런 말들이 굳이 많아야 할 필요는 없다. 예수와 공자의 경우가 그렇지 않은가. 그들은 많지 않은 말로써도 충분히 인류의 사표가 됐다. 석가모니와 소크라테스의 경우는 좀 다르지만, 그 내용을 들여다보면 사실은 적은 말들로 압축이 된다.

나는 사실 요즘 유행하는 SNS라고 하는 것에 불만이 많다. 이 장치들은 대개 쓸데없는 말들로 사람들을 엮어놓는다. 너무나 많은 사람들이 너무나 많은 시간을 이곳에서 소비한다. 그 시간 또한 소중한 인생이건만. 그것은 아마 머지않은 장래에 인간들에게 그 반대급부를 요구하리라. '경박한 인류'는 지금 전 지구적인 규모로 착실하게 그들의 영토를 늘려가고 있다. 그들의 세상에서는 아마 예수나 부처가, 그리고 공자나 소크라테스가 다시 오더라도, 그 설 자리가 너무나 비좁을 것이다.

대학교수들에게는 '말'이 숙명과 같다. 그것을 피하는 것은 불가능하다. 그러나 그 말은 뭔가 '달라야' 한다. 그 말은 그윽한 인품과 치열한 연구의 바탕 위에서 '자라나야' 한다. 그렇게 해서, 강의든 논문이든 책이든 간에, 제대로 된 언어가 교수들의 가슴속에서, 5년, 10년의 세월 속에서, 마치 가을 들녘의 곡식들이 익어가듯이 그 무게를 이기지 못해 고개를 숙이는 그런 풍경을 그려내야 한다. 긴 눈으로 그것을 지켜볼 일이다. 지긋이. 보석 같은 한마디 말을 인내하고 기다리면서.

이런저런 고요들

고요는 때로 그 어떤 소리보다도 더 아름다운 소리로 들려온다.

2013년 4월 15일, 보스턴 마라톤 폭발물 테러가 발생했다. 그날 나는 보스턴에 있었다. 그 며칠 뒤인 4월 19일, 형제 범인 중 한 명이 사살당하고 남은 동생이 도주한 터라 일대에는 외출 자제령이 내려졌고 시내는 하루 온종일 거의 인적이 끊어져 마치 계엄령을 방불케 했다. MIT 경관 한 명이 범인에게 살해당한 곳이, 그리고 추격전 중 범인 한 명이 사살된 곳이, 그리고 나머지 한 명이 대치 끝에 검거된 곳이, 모두 다 집에서 20-30분 거리라 나는 영화에서나 나올 법한 그런 거짓말 같은 이야기의 현장에 있었던 셈이다. 총성이 집에서 들렸던가 어땠던가….

하버드, MIT를 비롯한 지역의 모든 대학도 문을 닫았다. 그 덕에 나는 예정되었던 세미나가 취소되면서 본의 아닌 휴식을 취하게 됐다. 주변이 갑자기 쥐 죽은 듯이 고요해졌다. 내가 사는 센트럴스퀘어는 시내

한가운데라 평소에는 온갖 소음들로 시끌벅적한 곳이었다. 그 소음들이 한꺼번에 자취를 감추자 오랜만의 고요는 더욱 인상적으로 피부에 와 닿았다. 그 기묘한 고요는 다른 모든 것들을 지우고 오로지 그 사건만이 남은 듯 그것을 부각시켰다. 그날 나는 다른 시민들과 꼭 마찬가지로 그 사건에 온 관심을 집중했지만, 사건이 지난 후에도 그 특이한 고요의 감각은 한동안 지워지지 않았다.

그것은 그 옛날 1970년대, 위수령으로 탱크가 대학을 장악한 뒤의 고요를 연상시켰다. 텅 빈 거리와 캠퍼스. 그때도 그 고요는 어떤 서내한 사건의 한복판에다 나를 마치 하나의 점처럼 박아놓았다. 그때 나는 정권의 애국과 청년의 애국 사이에서 얼마나 갈등하면서 고뇌했던가. 그때 감옥 대신 도서관으로 향했던 나의 선택은 지금도 이따금씩 욱신거리는 상처로 남아 있다. 고요는 이른바 주변들을 모두 지우고 나라는 것을 어떤 현장의 한가운데에 서 있게 한다.

유학을 마치고 아직 자리를 잡지 못하고 있을 때, 나는 한동안 지방의 한 대학에서 강사를 했다. 그 학교는 지방 분교라 외딴 곳에 있었고 주변에는 이렇다 할 민가도 거의 없었다. 강의와 강의 사이가 비어 시간이 날 때면 나는 유일한 취미인 산보에 나섰다. 바람도 멈춘 그때 어느 오후에 나는 아주 오랜만에 전혀 아무 소리도 들리지 않는 절대고요를 경험했다. 그 고요는 거대한 우주 전체를 '하나'로 묶으며 그 우주 안에다 딸랑 나 하나만을 외로이 남긴 듯했다. 그때 나는 소위 '실존'이라는 것을 온몸으로 느꼈다. 그 느낌은 너무나도 생생해 데카르트의 회의보다도 더욱 선명히 '자아'라는 것의 존재를 부각시켜 주었다.

그런 고요를 나는 그 후 독일 토트나우베르크에 있는 철학자 하이데거의 산장에서 다시 만났다. 그곳의 그 고요는 주변의 모든 풍경들을 하늘과 땅 그리고 신적인 것들과 인간적인 것들로 단순화시키며, 그가 왜 그의 후기 철학에서 존재라는 것을 '단순한 것(das Einfache)'으로, 그리고 '사방세계(das Geviert)'로 묘사했는지, 왜 그것을 '자연(physis)'과 연관지어 가는지를 이해시켜 주었다. 나는 그때 그 고요 속에서 마치 하이데거의 육성이 들릴 것 같은 느낌이 들기도 했다.

불현듯 내 어린 시절의 낙동강이 떠오른다. 아직은 이른바 '신작로'에 자동차도 거의 없던 시절이었다. 낙동강은 늘 고요 속에서 흘러갔다. 하늘은 푸르렀고 구름이 소리 없이 피어올랐고 이따금씩 바람이 그저 숨결처럼 지나갔다. 나는 고요한 강둑에 고요히 앉아 그 풍경을 즐기곤 했다. 아주 가끔씩 저 멀리 철교 위로 기차가 지나갔지만 그 기차 소리는 소음이라기보다 오히려 낙동강의 고요를 부각시켜주는 배경 효과와도 같은 것이었다. 마치 산사의 풍경 소리가 그윽한 고요를 더욱 선명하게 드러내듯이.

우리는 알게 모르게 조금씩 그 고요의 영토를 잠식해왔다. 어디에선가 무언가가 시끄럽다. 사람들의 말들도 대체로 시끄럽다. 들려오는 소식들도 시끄럽다. 왠지 요사이는 음악들조차도 시끄럽다. 이제는 그야말로 명령이라도 있어야 고요를 느낄 수 있는 그런 어수선한 시대가 되고 말았다. '고요를 위하여' 지상의 모든 소음들에게 벌금을 부과하는 그런 법은 어디 없을까? 엄청난 세수가 되지 않을까? 아니면 일 년에 며칠이라도 '소리 없는 날' 같은 것을 만들어보면 또 어떨까? 그러면 우리의 심성이 조금은 더 '인간'이라는 것에 가까워질지도 모르겠다. 기계 소리는 물론, 총소리도 대포 소리도 전혀 없는 그런 '소리 없는 날'….

변하지 않는 변화

변화는 그것을 용감하게 받아들이는 자에게 하나의 선물로서 어떤 변화를 선사한다.

'변하는 것'과 '변하지 않는 것'은 철학의 초창기에 등장하는 중요한 화두다. 많은 교과서들은 바로 이것을 기준으로 철학자 헤라클레이토스와 파르메니데스를 대비시킨다. 아닌 게 아니라, '헤'씨는 "모든 것은 흐른다", "우리는 같은 강물에 두 번 들어갈 수가 없다"는 말을 남겼고, '파'씨는 이른바 불생불멸, 불변부동의 '존재'를 이야기하며, "그것은 동일한 것으로서 동일한 곳에 머무른다"고 말했으므로, 언뜻 보기에 이 둘은 상반되는 두 입장의 대변자인 듯이 보이기도 한다. 하지만 그런 교과서식의 해석은 믿을 것이 못 된다. 그것은 말의 표면만을 들여다볼 뿐 그 말이 가리키고 있는 정작 중요한 내용은 보지 않는다. 실제로 '헤'씨는 변화하는 모든 현상들이 변화하지 않는 '로고스(이법)'에 따라서 변화한다는 사실을 강조한다. 그런 불변의 현상이 철학의 관심사인 것은 말할 것도 없다.

현실세계에서의 '변화'와 '불변'도 다르지 않다. 그것들은 논리학이 말하는 것처럼 절대로 그 어떤 모순이 아니다. 변화 속에 불변이 있고 불변 속에 변화가 있다. 이 둘은 그렇게 공존한다. 논리와 현실은 그 '존재의 장' 자체가 다른 것이다.

사람들은 대개 나이가 들면서 변화를 그다지 달가워하지 않는다. 무엇보다도 늙어가는, 그러면서 쇠퇴해가는 자신의 그 무엇이 싫고 두렵기 때문인지도 모르겠다. 혹은 어렵게 일구어온 자신의 삶의 결과를 상실하는 것이 싫어서인지도 모르겠다. 나 또한 사람인지라 그 점에 대해서는 공감이 간다. 언젠가 내가 개설한 '인생론' 강의를 위해, 나 자신의 사진을 시대별로 편집해 학생들에게 보여준 적이 있다. 60이 가까운 최근의 사진에서부터 40대, 30대, 20대의 사진을 차례로 보이자 몇몇 학생들은 "오우!"(이런 때도 있었어?) 하며 환호를 했고 10대를 거쳐 돌사진에 이르자 그들은 거의 까무러쳤다. 유년에서 노년까지, 한 인간의 변화라는 것이 한눈에 잡혔다. 그런 변화가 누구에겐들 달갑겠는가. 바로 그 변화 속에서 이젠 눈도 침침해지고 머리도 잘 안 돌아가고 걸핏하면 뭔가를 잊어버리고 체력도 예전과는 전혀 다르다.

하지만 잘 들여다보면 그 변화라는 것이 꼭 쇠퇴나 상실처럼 나쁜 것만은 아니다. 세월 속에서 쌓여가는 연륜도 있다. 경력이라는 것도 무시 못해서 예전 같으면 언감생심 꿈도 못 꾸던 일들이 가능해지기도 한다. 그 변화의 결과 우리는 사랑도 하고 결혼도 하고 취직도 하고 내 집도 갖고 경우에 따라서는 고급차로 여행도 하고 세계 각지로 비행기도 타보고 때로는 유명인사들과 악수도 한다. 그런 좋은 쪽으로의 변화들 또한 많지 않은가.

사회적 차원에서도 마찬가지다. 우리 세대들은 아직도 1950년대를 기억한다. 그 궁핍했던 시대를 생각해보면 2013년의 대한민국은 그야말로 완전히 다른 세계다. 먹지 못해 사람이 죽기도 하던 그 시대에서 이제는 너나없이 너무 먹어서 탈이 나는 시대로 변해버렸다. 구멍난 양말에 전구를 넣어 알뜰히 기워서 그것을 신던 기억이 아직도 선명한데, 지금은 재활용 통 안에 유행 지난 옷들이 산더미처럼 쌓이기도 한다. 집들도 또한 마찬가지다. 더러는 그 옛날 움집에서 피난시절도 보냈었지만 이젠 편리한 아파트에서 당연한 듯 엘리베이터를 타고 다닌다.

그러니 변화라는 것은 무조건 회피할 일만은 아닌 것이다. 어차피 피할 수 없는 것이 변화라고 한다면, 용감하게 그 변화의 불살 속에 뛰어들면서 마치 용의 뿔을 잡고 하늘을 날듯 그 방향을 앞으로, 그리고 위로 틀어놓는 것, 그것이 어찌 보면 삶이라는 것이 갖는 큰 매력 내지 재미일지도 모르겠다.

뉴욕 맨해튼에서 오랜 세월 사업을 하는 한 친구를 만났더니만, 그 친구는 맨해튼을 이렇게 정리해줬다. "여기서는 모든 새로운 것들이 끝도 없이 시도되면서, 그런 것이 다 인정이 되고, 그럴 뿐만 아니라 모두가 그런 것들을 기다리고 있다"고. 그리고 "세계의 모든 것들이 다 여기로 모여 새로운 무언가로 재탄생한다"고. 그래서 이곳은 "끊임없는 변화의 현장"이라고. "맨해튼에만 들어오면 늘 마음이 바빠진다"고 말하는 그 친구의 표정은 밝아 보였다. 그는 그런 변화를 즐기는 듯했고 그리고 어쩐지 아직도 젊어 보였다.

배워야 할 유대인

제대로 된 배움은 잊지 않는 것, 그리고 그것을 딛고 자신의 무언가를 성취하는 것이다. 이 단순한 사실을 사람들은 너무나 쉽게 잊어버린다.

학과 조교인 B양으로부터 새로 이메일 하나가 보내져 왔다. '철학 좌담회, 4/23 화요일, 7pm, 하버드 힐렐, Beren Hall….' 행사를 안내하는 메일이었다. 저녁 일곱 시라는 게 영 내키지 않았지만 행사의 내용을 들여다보니 힐러리 퍼트남의 철학이 주메뉴였다. 무엇보다도 퍼트남 본인이 직접 나타나는 자리다. 하버드까지 왔는데 그의 얼굴을 안 볼 수 없다는 아주 인간적인 너무나도 인간적인 이유로 나는 그 늦은 시간에 행사장을 향했다. 부슬부슬 비도 내렸고 4월이라기엔 좀 너무 추웠다.

우산을 접고 계단을 올라가는데 점잖아 보이는 한 할머니가 말을 걸었다. "힐러리를 잘 아세요?" "아뇨." "그럼 어떻게 왔어요?" "학과에서 안내 이메일을 보내줘서요." "아, 그렇군요. 이런 자리가 있다니, 정말 멋진 저녁이죠?" "네." 그렇게 멋쩍은 대화를 하고 올라갔는데, 그분의 표정은 뭔가 들떠 보였다. 행사장은 그 늦은 시각 그 궂은 날씨인데도 거의 백 명이 넘는 사람들로 북적거렸다.

솔직히 나는 독일 철학이 전공분야라 퍼트남에 대해서는 그다지 아는 바가 없었다. 그저 그가 현대 영미 분석철학의 거물 중 한 명이라는 명성을 들어 알 정도…. 그러니 그 내용에 대해 큰 관심이 있는 것도 아니었다. 그런데 좌담이 진행되면서 들려오는 말들은 좀 뜻밖이었다. 패널들은 한결같이 그의 철학이 '삶의 길'이자 '삶의 안내'라고 치켜세웠다. 그리고 그의 철학과 마르틴 부버 및 에마뉘엘 레비나스와의 연관성을 강조했다. "어라 이거 좀 심상치 않은데…" 하고 나는 귀를 쫑긋 세웠다. 그는 이른바 유대 철학에도 깊이 발을 들여놓고 있었던 것이다. 문득 자크 데리다가 떠올랐다. 그도 그랬다. 그는 저 유명한 해체주의로 한때 전 세계의 철학계를 뒤흔든 인물이었다.

1993년이었나? 내가 독일의 하이델베르크에 머물던 무렵, 일본에서 함께 수학한 T대의 TT교수가 파리에 왔다. (그는 일본의 전후 책임을 묻는 일본 내의 이른바 양심적 지식인으로 국내에도 그 이름이 알려져 있다.) 이러저러해서 거기서 재회한 우리는 깊어가는 파리의 밤을 이야기로 지샜다. 그의 초청교수를 묻자 그는 자랑스럽게 '데리다'가 바로 그라고 대답했다. 철학교수를 하는 우리들에겐 그런 거물과 직접 얽힌다는 것은 하나의 '사건'이었다. 당연히 그의 근황을 물어보았다. 그랬더니 역시 뜻밖에 "근래에는 유대 철학에 빠져 있는 것 같다"는 답을 들었다. 데리다도 퍼트남도, 부버도 레비나스도 모두 유대인이었다. '원점에 대한 그들의 지향' 비슷한 것이 느껴졌다. 수천 년을 나라 없이 떠돈 그들의 저 고난의 역사를 생각해보면 그런 것도 충분히 납득이 갔다.

그런데 한 가지 놀라운 사실이 있다. 철학 공부를 하다가 보면, 근세의 저 스피노자를 필두로 해서 철학사에 이름을 남긴 거물들 중에 실로 엄청나게 많은 유대인들이 있다는 것이다. 부버와 레비나스, 데리다와 퍼트남은 물론, 마르크스, 프로이트, 후설, 호르크하이머, 마르쿠제, 프롬, 카시러, 요나스, 아렌트, 베르그송, 마르셀, 레비-스트로스, 비트겐슈타인, 에이어, 포퍼 등등 너무 많아서 그 이름을 다 헤아리기도 쉽지가 않다. (철학 바깥에서는 하이네, 카프카, 로젠츠바이크, 아인슈타인 등도 이름이 높다.) 이들 하나하나가 다 일가를 이룬 거물들이다. 이게 말이 그렇지 쉬운 일인가!

　유대인들의 교육에 대한 집념은 소문나 있다. 유명한 이야기지만, 랍비 요하난 벤 자카이는 예루살렘이 로마에게 점령당하기 전, 로마 황제가 될 장군에게 '학교' 하나만은 남겨줄 것을 청해 허락을 받고 훗날 거기서 그들의 전통을 이어갔다고 한다. 자식에게 생선을 주면 하루의 걱정을 덜고, 자식에게 생선 잡는 법을 가르쳐주면 평생의 걱정을 던다는 말도 그들의 말이다. 가르침과 배움, 그리고 학문, 그것은 그들에게 곧 생존이었다. 그 치열함에서, 그 심각함에서 그 무언가가 나온 거라고 나는 믿는다.

　그 모임에서는, 당연하겠지만, 아우슈비츠와 홀로코스트 같은 말들도 거론되었다. 그런 말들은 그들의 가슴속 깊이에 박혀 절대로 빠질 수 없는 가시 같았다. 그와 관련해서 그들은 신성과 인간성이라는 것을 수도 없이 강조하고 또 강조했다. 그들은 상상을 초월한 저 지옥 속에서 확실한 그 어떤 교훈을 얻은 듯했다. 그래서리라. 그들이 돈과 머리로 이 미국 사회의 중추를 장악하고 있다는 것은 조금도 이상할 게 없었다. 그들은 어떤 한 유대인이 낯선 고장에 새로 오게 되면 그곳 유대인 공동체가 발 벗고 나서 확실하게 그의 정착을 도와준다고 한다. (그래서 미국 거리의 그 많은 거지들 중 유대인 거지는 없다고 그들은 자

랑한다.) 행사가 있었던 그 하버드 힐렐이라는 곳도 알고 보니 하버드
의 유대인들을 위한 일종의 유대 공동체였다.

밤늦은 거리를 걸어 집으로 돌아오는 동안 내 머릿속에서는 자꾸만
유대인과 독일인, 그리고 한국인과 일본인에 대한 비교가 맴돌았다.
기억하는 유대인과 반성하는 독인인, 망각하는 한국인과 망발하는 일
본인. 이 4자는 왜 이렇게도 다른 것일까? 그나마 있던 일본에 대한 연
구도 중국의 부상과 더불어 슬그머니 시들고 있다. 일본은 절대로 그렇
게 잊혀서는 안 되는 나라다. 환기해보라. 36년간 일본의 수탈이 어떠
했는지를. 또 바로 며칠 전, 일본의 국회의원 백 수십 명이, 전범들을
신으로 모시고 있는 야스쿠니 신사에 집단으로 참배를 강행했음을. 그
들은 언제 또다시 새로운 모습의 요로이와 카부토, 그리고 카타나와 텟
포로 무장을 하고 임진년과 경술년처럼 저 해협을 건너올지도 모르는
일인데….

뭘 드시겠어요?

먹히는 자도 먹는 자에게 뭔가 할 말이 있다.

보스턴 대학에서 프린스턴 대학의 피터 싱어 교수를 초청해 특강을 한다기에, 저녁 시간인데도 불구하고 찾아가봤다. 실천윤리, 응용윤리라는 만만치 않은 분야에서 세계적인 명성을 얻고 있는 그라서인지, 모스(Morse) 강당을 가득 채운 청중들은 어림짐작으로도 수백 명은 되어 보였다.

명성은 역시 거저 얻어지는 것이 아니었다. 거의 한 시간 반가량 진행된 강의에서 그는 인간과 동물의 관계를 저 창세기에서부터 되짚어보며(철학사를 관통한 그의 박식함은 대단했다), 그리고 작금의 사육된 식품으로서의 동물의 실상을 여지없이 고발했다. 동물도 인간처럼 '의식'이 있음을 강조하면서. 그것은 이 문제에 거의 무관심했던 나 같은 사람도 강의 내내 많은 생각을 하게 했고, 강의가 끝났을 때는 많은 지지자들로부터 기립 박수와 함께 환호도 터져 나왔다.

그의 전략은 무엇보다도 사진과 숫자를 십분 활용했다는 점에서 빛이 났다. 꼼짝도 못할 정도로 좁은 우리에 갇혀 오로지 '고기'를 제공하기 위해 먹이를 제공받고 있는 무수한 돼지들, 그리고 날개라는 것은 펼 생각도 못한 채 가두어져서 오로지 '계란'과 '치킨'을 요구받고 있는 엄청난 수의 암탉들. 그것들의 소비가 미국 국내에서만 각각 연 1억 마리, 100억 마리 정도라 하니, 그들을 눈앞에 그려보면 실로 경악할 규모가 아닐 수 없었다. 생선은 거의 추산이 불가능할 정도라는 말도 그는 덧붙여줬다. (인간의 입이라는 것이 이토록 엄청난 줄은 짐밀이지 알면서도 몰랐다.)

이른바 '동물해방'을 표방하는 그의 결론은 사람들을 '채식주의'로 유도하는 것 같았다. 말미에서 육류 소비의 감소 추세와 채식주의자의 증가 추세를 그래프로 보여준 것도 아마 그런 차원이리라.

나의 건강을 염려해주는 아내 덕분에 근래 들어 거의 육류를 취하지 않는 나이긴 하지만, 완전한 채식주의자도 아닌 입장에서는 어딘가 영 마음이 편치 않았다. 표현은 하지 않았지만, 그는 일종의 '동물윤리'를 설파하는 것이 분명했다. 한스 요나스는 '자연에 대한 윤리', '지구에 대한 윤리', '미래에 대한 윤리'를 말하더니, 이젠 '동물에 대한 윤리'까지! 모든 윤리라고 하는 것이 애당초 그러하지만, "그냥 좀 편하게 살게 내버려둬"라고 생각하는 사람들에게는 그것이 여간 부담스러운 게 아니다. 그러나 모든 '관계'에서 '문제'라고 하는 것이 인식되는 한, 윤리라는 것은 피해 갈 수 없는 통로와 같다.

도대체 어째야 하나? 우리 인간은, 그 옛날 당연시됐던 노예를 해방했던 것처럼, 이제 그동안 당연시됐던 동물 포획을, 동물 사육을 버리고 그들을 해방해야 하는 시대를 맞은 것인가. 이제 우리는 생존을 위해 수렵에 나섰던 저 고대의 역사조차도 참회해야 하는가. 이건 그렇게 간단하지 않다. 싱어 교수도 강의 도중에, 미국과 유럽에서의 육류 소비가 줄어든 반면 생활수준이 높아진 중국에서의 그것이 기하급수적으로 늘어나고 있음을 알려주었다. 그렇다면 저 중국인들은 또 어째야 하나? 누가 저 13억의 입들을 말릴 수 있나.

의견을 말하기조차 쉽지는 않다. 그러나 내가 할 수 있는 전망은 대략 이렇다. 당분간 그냥 이 두 개의 흐름은 병행되어 갈 것이다. 세상이라는 것이 어차피 대립의 공존이듯이 이 둘도 결국은 두 개의 '영역'을 형성한 채 공존할 수밖에 없다. 한편에서는 여전히 포획과 사육이 진행될 것이고, 한편에서는 조금씩 동물해방의 소리도 높아갈 것이다. 그 과정에서 누구는 전자에 가담할 것이고, 누구는 후자에 가담할 것이다. 가끔씩은 양자의 대립도 없지 않을 것이다. 그러나 앞으로 그 사이에서, 시장 바구니를 들고 고민하게 될 사람들의 수가 차츰 늘어갈 가능성은 결코 작지 않아 보인다. 저 싱어 교수와 그의 지지자들이 계속해서 우리를 불편하게 만들 테니까. "오늘 저녁엔 뭘 드시겠어요?" "이래도 고기를 드시겠어요?"라고 물으며. 그리고 그 두툼한 연구자료들을 들이밀면서.

안경의 논리

제 눈에 좋은 것이야말로 제대로 좋은 것이고, 제 눈에 좋은 것만큼 그것은 좋은 것이다.

철학은 세상의 온갖 존재를 다 논의하므로 평생을 철학에 몸담아 온 나도 사실은 그 빙산의 일각조차 제대로 알지 못한다. 이 '다 알지 못함'은 너무나도 당연한 현실이므로 누구든 그것을 탓할 수는 없다. 다만 거기서 하나라도 뭔가 반짝이는 '내 것'을 찾아낸다면 나는 그 하나에 충분히 가치를 부여해준다. 나는 이런 태도를 남들에게도 권하고 싶다. 내가 재미 삼아 말하는 '사유(私有) 가치론'이다.

내가 아는 철학자 S씨가 어느 자리에선가 이런 말을 했다. "세상은 피카소의 「게르니카」에 대해 엄청난 가치를 부여하지만, 사실 거기서 경제적 환산가치를 제외한다면 남게 되는 그 그림의 객관적 가치는 얼마나 될까? 그것은 오직 그 그림 앞에 서는 사람의 감성만이 안다. 나는 개인적으로 추상화라는 것을 잘 알지 못해서 솔직히 그것을 공짜로 주더라도 그걸 내 집 벽에다 걸어놓고 싶은 생각은 추호도 없다." 이

'불경스럽고 무식한 말'에 많은 전문가들은 아마 분노하리라. 하지만 나는 그 말에 속으로 박수를 쳤다. 나는 예컨대 르누아르와 고흐를 엄청 좋아하지만, 피카소와 뒤샹이 왜 좋은지는 전혀 모른다. 그것이 내 전문분야가 아닌 것은 참 다행스럽다.

음악에 대해서도 마찬가지다. 나는 예컨대 타이스의 「명상곡」이나 쇼팽의 '이별곡' 같은 것을 너무너무 좋아하지만, 그 유명한 바그너의 「탄호이저」 같은 것이 들리면 이내 채널을 돌려버린다. 바그너에 열광했던 젊은 시절의 니체가 듣는다면 역시 마찬가지로 분노하리라. 하지만 어쩌랴. 그것도 나의 '기준'인 것을.

영화나 연극도 예외는 아니다. 무수한 사람들이 할리우드의 이른바 블록버스터에 환호하지만, 나는 예컨대 돈을 지불하고서 영화관에 앉아 『배트맨』이나 『다이하드』를 볼 마음은 애당초 없다. 하지만 좋아하는 『닥터 지바고』나 『사운드 오브 뮤직』 같은 건 몇 번을 보아도 다시 즐겁다. 그리고 연극 역시도 사정은 같다. 연극 특유의 현장감이 좋아서 기회 있을 때마다 대학로를 찾지만 이른바 부조리극을 보게 될 때면 솔직히 그 자리 자체가 고통스럽다.

악기에 대해서도 나는 비슷한 감각을 가지고 있다. 내가 아끼는 후배 H는 최근 드럼에 거의 미쳐 있는데, 나는 그가 그 솜씨를 자랑할 때면 사실 적잖이 난감해진다. 뭔가 칭찬을 해주어야 하는데 솔직히 그 악기가 좋다는 느낌은 전혀 받지를 못하기 때문이다. 내가 그 악기는 언급하지 않은 채 그의 '솜씨'만을 칭찬하는 것을 아마도 그는 눈치 채지 못했을 것이다. 대신에 나는 플루트와 하프 음악이라면 솔깃해진다.

동료들과 어울려 한창 노래방을 드나들던 시절이 있었다. 나는 사실 「돌아오라 소렌토로」나 「스와니강」 같은 곡들을 부르고 싶었지만, 그 랬다가는 소위 '분위기'를 완전히 망칠 것 같아 조용필이나 심지어는 이미자의 곡들을 부른 적도 많다. 권위의 정상에 계신 이분들에게는 정말 송구하지만, 나는 그 노래들을 결코 '즐겨서' 부른 적은 없다.

그런데 요즘 세상은 참 묘하다. 뭔가 하나가 '부각'이 되어 '유명'해지면 그 '유명'은 곧장 경제적 가치로 환산이 된다. 그것은 곧바로 돈이 되면서 이른바 '객관적 가치'로 자리 잡는다. 엄밀하게 말해 그런 가치는 돈의 가치지 누구에게나 '좋은' 미적 가치라고는 말할 수 없다. '좋음'을 강요해서는 안 될 일이다. "평양 감사도 저 싫으면 그만"이라는 말도 사실은 하나의 미학적 이론을 대변한다. "제 눈에 안경"이라는 말 또한 그렇다. 제 눈에 좋은 것이야말로 제대로 좋은 것이고, 제 눈에 좋은 것만큼 그것은 좋은 것이다. '좋은 안경'은 사람마다 제가끔 다 다르다. 미학에서는 이런 '안경의 논리'가 그 어떤 거창한 이론체계보다도 더 진리에 가깝다.

생각해보면 이것은 세상을 위한 일종의 구원이기도 하다. 이것이 없다면 예술이 문제가 아니라 세상이 온통 곤란해질 수도 있다. 세상의 저 수많은 남녀 커플이 이른바 객관적인 미남미녀와 관계없이도 제가끔 제 짝을 만나 좋다고 살고 있는 것이 다 무슨 조화겠는가. 그게 다 저 안경 덕분이 아니겠는가. 신은 참 묘하게도 인간들 각자에게 각각 '제 눈에 안경' 하나씩을 선사한 것 같다. 그것으로 사람들은 어쨌거나 제멋에 살아간다. 참으로 고마운 일이 아닐 수 없다.

헤크 할머니

사람이 사람에게 준 따뜻한 마음은 언젠가 그것을 받은 사람의 마음속에서 그리움이라는 이름의 꽃으로 핀다.

독일 서남부의 프라이부르크는 이른바 환경도시로 그 이름이 비교적 널리 알려져 있다. 그런데 철학 공부를 하는 사람들에게는 이곳이 이른바 '현상학'의 고향으로 더 잘 알려져 있다. 유명한 철학자 에드문트 후설과 마르틴 하이데거가 바로 이곳을 무대로 그들의 저 고명한 철학을 펼쳤던 것이다. 나는 1998년에 연구년을 받아 내 오랜 꿈이기도 했던 이곳에서 1년간을 지내게 됐다. 도시 어디서 사진을 찍든 그대로 한 장의 그림이 되는 이 아름다운 곳에서의 생활은 행복했다. 배후에는 슈바르츠발트(검은 숲)라 불리는 거대한 삼림이 있고, 드라이잠이라 불리는 조그만 강이 재잘거리며 시내를 가로지르고, 거리 곳곳엔 그곳 사람들이 배힐레라 부르는 인공 도랑이 흐르고 있어 아이들의 멋진 놀이터가 되기도 했다. 유명한 도나우강과 라인강도 그곳에서 그다지 멀지 않다.

나는 구시가지의 루트비히 거리에 있는 '마돈나 하우스'라는 집에 살았었는데, 이 집은 대학이 가까운 데다 방세도 싸서 단기간 머무는 유학생들에게 제격이었다. 실제로 내가 사는 동안도 러시아며 유럽 각지에서 온 학생들로 그곳은 늘 북적거렸다. 그 집에는 '라우라 헤크'라는 이름의 주인 할머니가 계셨는데, 1998년 당시에 이미 90이 넘은 고령이었다. 아마 1906년생 정도였던 것으로 기억된다. 그 연세에도 불구하고 이 할머니는 매일 1층 현관 입구의 사무실로 '출근'을 하셔서 꼬박꼬박 학생들의 방세를 챙기고는 하셨다. 아주 작은 제구에도 불구하고 책상에 앉은 그 표정에는 전형적인 독일 여성의 단단함이 보였다. 방세를 내면 직접 영수증에 사인을 해주셨는데, 그 필체에도 뭔가 힘이 있었다. 나는 그 독일스러움이 좋아 보였다.

그런데 이분이 나를 예쁘게 보셨는지 하루는 당신의 주방으로 부르시더니 냉장고에 남은 과일로 파이 만드는 법을 가르쳐주셨다. 어쩌면 내가 한국에서 가져다 드린 조그만 선물에 대한 답례였는지도 모르겠다. 그때 이런저런 이야기를 나누며 내가 '교수', 그것도 철학교수임을 아시자 이 할머니는 크게 반색을 하시며 바로 그날로 방을 옮겨주셨다. 그 방은 크게 넓지는 않았지만, 1인용 엘리베이터의 사용이 가능했고, 멋진 고가구가 놓여 있었고, 창에는 예쁜 레이스 커튼까지 달려 있었다. 그것은 일종의 파격이었다. 학생들이 지내는 별채와는 완전히 분리된 말하자면 그곳은 할머니가 쓰시는 본채였다. 그런데 파격은 그것으로 다가 아니었다. 그 집은 구조상 주방과 식당을 공동으로 사용했는데, 다음 날 식사를 위해 주방으로 가보니 식당 앞에서 유학생들이 웅성거리고 있었다. 무슨 일인가 들여다보니 식당 입구에 종이 한 장이 붙어 있는데, 내용인즉슨, "이 식당은 오늘부터 Professor Lee의 전용공간이므로 학생들의 출입을 금함"이라는 것이었다. 아연실색한 것은 본인인 나였다. 어차피 할머니가 매일 오시는 장소도 아니고 해서 겨우 학생들을 진정시키고 식사는 종전대로 함께하게 했다. 이 할머니는 내가 아마도 칸트나 헤겔쯤 되는 인물인 줄로 생각하셨는지도 모르겠다. '교수'라는 이 이름에 대한 할머니의 존경은 대단했다. 아마도 내게 '독일'이라는 것을 각인시켜 준 가장 확실한 사건이었다.

한번은 며칠간 할머니가 보이지 않아 궁금했는데 좀 편찮으셔서 방에서 요양 중이라는 말을 들었다. 마침 한국에서 들고 간 홍삼이 있어서 할머니께 갖다 드리며 마치 만병통치약처럼 허풍을 좀 떨었다. 그덕분인지 며칠 후 할머니는 원기를 회복하시고 다시 사무실로 나오셨다. 그날 이후 나에 대한 할머니의 대우는 더욱 특별해졌다. 언젠가는 어린 시절 들었던 황제 이야기도 들려주셨고, 또 전쟁통에 폭격을 겪으며 무서워 아버지에게 꼭 매달렸다는 이야기도 들려주셨다. "전쟁은 좋지 않아…"라고 할머니는 말끝에 중얼거렸다. 그것이 1차 대전인지 2차 대전인지는 물어보지 못했다.

시간은 흘러 가을이 되고 일대의 카스타니엔들도 예쁘게 물이 들었다. 밤이라지만 먹지는 못한다는 이 녀석들은 후드득 소리를 내며 거리로 떨어졌고 보기에는 먹는 밤보다 오히려 더 탐스러웠다. 그 소리는 깊어가는 가을의 풍경 속에서 마치 음악처럼 시간의 흐름을 장식해줬다. 그 밤들을 몇 개 주워왔더니 "먹지도 못하는 그 밤을 뭣하러 가져왔느냐"며 할머니는 웃으셨는데, 다음 날 학교를 다녀왔더니 책상 위에 먹는 밤들이 예쁜 그릇에 담긴 채 조용히 놓여 있었다.

겨울이 오고 눈이 내렸다. 눈 덮인 프라이부르크는 더욱 예뻤다. 귀국이 가까운지라 기념으로 커다란 시가 지도를 한 장 샀는데, 오다가 할머니를 만나 자랑스럽게 보여줬더니 할머니는 마치 손자를 나무라듯이, 그러나 웃는 얼굴로, "교수님, 절약이요, 절약" 하고 말씀하셨다.

"아, 독일이구나, 독일" 하고 나는 속으로 또 웃었다.

1년간 정들었던 마돈나 하우스를 떠나던 그날, 할머니는 나의 먼 여행길에서의 안전을 빌며 이마에 십자가를 그려주셨다. 할머니는 독실한 가톨릭 신자셨다. 그 손톱의 감각을 나는 아직도 기억한다.

귀국 후 바쁜 생활 속에서 나는 할머니를 잊고 지냈다. 그로부터 얼마 후 친하게 지내며 함께 고생하던 후배 C가 학위를 마치고 귀국을 했다, 이야기 끝에 할머니의 안부를 물어보았다. 할머니는 내가 떠나고 그렇게 오래지 않아 기력을 잃고 결국 세상을 떠나셨으며, 마돈나 하우스에도 이제 더 이상 우리 같은 손님들은 없다고 했다.

그래 이제는 없다. 프라이부르크에서 보냈던 나의 청춘도 지나갔고, 나를 칸트 대하듯 하셨던 헤크 할머니도 이제는 없다. 하지만 그때의 그 시간들은 마치 보석처럼 반짝거리는 추억이 되어 내 가슴속 깊은 곳에서 아직도 여전히 흐르고 있다. 그때를 기념하면서 그때 그 방에서 썼던 시 한 편을 여기에 옮겨 적는다.

프라이부르크의 일요일 아침

망사커튼 꽃잎 사이로 햇살이 스며
졸리운 눈 뜨고 보면 일요일 아침

기지개를 켜면서 창가에 서면
가득한 '카스타니엔'들이 이국임을 알린다

홀로 맞는 아침상에도 식탁보 깔면
재잘거리며 새소리가 벗하여주고

갓 구운 빵 구수히 향기 번지면
저만치서 '뮌스터'의 종소리 은은히 운다

철학일랑 책상 위에 모셔다 놓고
가벼운 옷차림에 집을 나서면

뒷산에서 날아온 맑은 공기가
축복처럼 내 온몸을 감싸 안는다

청명한 하늘 위로 성탑이 솟고
그 위로 흰 구름이 금빛으로 흐를 때

오가는 할머니들 눈인사하며
선사하는 '구텐 모르겐'이 상쾌도 하다

'배힐레'를 따라서 돌길 걸으면
중세에서 온 사제들도 지나쳐 가고

뒤따라 질주하는 자전거 위엔
미래에서 온 젊은 아가씨 하나 콧노래 한다

동화책 갈피에서 빠져나온 듯
빠알간 전차 하나 멈추어 서면

이런저런 사연들을 눈빛에 담고

삶의 주연들이 오르내린다

'드라이잠' 따라서 발길을 떼면
찰랑거리는 물소리가 함께 걷는데

돌아보면 이 물은 흑림에서 와
라이강을 꿈꾸며 줄달음한다

물 따라 시름일랑 흘려보내고
다리 위 난간에서 나를 잊으면

아스라이 고향 강가가 되살아나고
지나온 시간들이 소설처럼 스친다

그 시간이 흘러흘러 미래로 가고
바람결에 내 머리가 은빛으로 빛날 때

같은 곳 같은 무렵 어떤 사람이
추억을 밟는 길에 목격하게 되려나

유모차에 예쁜 아기 잠재워 놓고
벤치에서 어떤 젊은 엄마가 시를 읽는데

어쩌면 그 시집에 적혀 있는 게
내가 남긴 "프라이부르크의 일요일 아침"

하이델베르크의 저 은빛 시간들

어떤 특별한 아름다움은 전쟁의 포화조차도 차마 그것을 건드리지 못한다.

저 아득한 고등학교 시절, 내가 가장 좋아했던 과목 중의 하나가 독일어였다. 괴짜 선생님에게 꿀밤을 맞아가면서 'der, des, dem, den…' 등 기초를 어느 정도 다지고 난 후 우리는 다짜고짜로 *Die Geschichte von alt Heidelberg*(옛 하이델베르크의 이야기)라는 독일 소설을 조금씩 읽어나갔다. 어떤 연유인지 『황태자의 첫사랑』이라고 번역된 하늘색 표지의 그 독한 대역본은 조금씩 의미가 읽히는 소위 공부의 재미와는 별도로 하나의 아름다운 세계를 우리 청춘들에게 열어주었다.

칼스부르크 공국의 왕자 카를 하인리히, 대학도시 하이델베르크로의 유학, 유쾌한 친구들, 주점 여급이었던 아름다운 아가씨 캐티와의 만남, 즐거운 뱃놀이, 청춘의 행복, 그러나 갑작스런 부왕의 병세로 인한 황급한 귀향, 부왕의 별세에 따른 왕위의 계승, 이웃 공주와의 약혼,

그러던 어느 날 뜻하지 않게 찾아온 하이델베르크 시절의 뱃사공 켈러만, 그리움에 몰래 궁을 빠져나가는 젊은 카를 왕, 짧고 아쉬운 캐티와의 재회, 눈물의 작별…. "그것은 일요일 아침이었다."로 끝나는 그 소설은 젊은 감성을 단숨에 사로잡았고, 하이델베르크라는 곳을 아련한 동경의 세계로 만들어줬다.

인생이란 참 알 수가 없어서, 살다가 보니 바로 그 하이델베르크에서 1년을 지내게 됐다. 흔히들, 꿈은 현실이 됐을 때 깨지고 만다고도 하지만, 하이델베르크의 꿈은 살면서도 여전히 꿈속이었다. 정말이지 그곳은 아름다웠다. 그 아름다움과 저 소설 덕분에 제2차 세계대전 때도 그곳은 폭격을 당하지 않았다는 말이 실감이 났다. 크지도 작지도 않은 아담한 시가지. 무엇 하나도 버릴 게 없는 아름다운 건물들이며 예쁜 골목들. 뒤로는 역시 높지도 낮지도 않은 산들이 시내를 감싸고 앞으로는 또한 딱 알맞은 폭의 네카강이 흘렀다. 산에는 그곳의 상징이 된 낡은 고성이, 강에는 역시 상징이 된 돌다리(Alte Brücke)가 있었다. 그 돌다리를 건너면 맞은편엔 또 다른 산이 있어서 꼬부랑 '뱀길'을 올라가 보면 강 건너 시가지가 한눈에 들어오는 산책로가 있었다. 그 길을 그곳 사람들은 '철학자의 길'이라 불렀다. 아득한 중세의 루터와 쿠자누스를 비롯해 헤겔, 딜타이, 야스퍼스, 베버, 가다머 등 어마어마한 거물 철학자들이 그곳을 거쳐가면서 아마도 그 길을 걸었으리라.

시내에는 곳곳에 철학자들의 흔적이 남아 있었다. 대학 학생식당 맞은편 근처에 실존철학의 대가 야스퍼스의 집이 그때 그대로 남아 있었다. 지금은 자율카페가 된 그 집에서 우리는 커피를 타서 마셨고 사모님이 쓰시던 그 주방에서 설거지를 했다. 그 몇 집만 건너면 거기엔 또 헤겔이 살던 집도 있었다. 도쿄에서 함께 지냈던 한 일본 선배 T는 헤겔 철학이 전공이었는데 그곳에서 우연히 집을 구하고 보니 바로 거기가 헤겔의 집이었다고, 세상에 이런 기연이 또 있느냐며 기뻐했다. 그 덕에 그 집에도 들어가 봤다.

나를 거기로 불러준 분은 RW교수님이었다. 이분은 그 박학다식함도 물론이지만, 아주 점잖은 인격자라서 만나고 있으면 자연스레 존경심이 우러나왔다. 나는 학생들과 더불어 그분의 강의를 청강했고 세 차례 정도 식사에도 초대받았다. 한번은 식사하면서 문화의 다양성이라는 것이 화제가 됐다. 그때 그분은 영화를 필두로 한 세계문화의 미국적 획일화를 염려하는 나의 의견에 적극 동조하시며 말씀하셨다. "걱정스럽죠. 하지만 희망은 있다고 봅니다. 아시아가 있지 않습니까. 앞으로의 세기는 어쩌면 아시아의 것이 될 수도 있죠. 중국, 일본, 싱가포르 그리고 한국… 정말 대단하다고 나는 봐요." 그 말은 그분의 인품상어쩌면 나를 위한 배려였는지도 모른다. 단 그 말을 듣는 내 마음은 그렇게 편치만은 않았다. 과연 그렇게 될 수 있을지. 특히 우리 한국이 저들과 나란히 설 수 있을지…. 나는 우리 한국의 누군가가 이분의 이 기대를 저버리지 않도록 열심 노력해서 뭔가를 이루어주기를 바라고 또바랐다.

하이델베르크에서 나는 또 좋은 친구 한 명을 얻었다. 학생식당에서우연히 만난 그는 신학을 전공하는 목사님이었다. 나는 그에게 정말 많은 신세를 졌다. 그는 나를 위해서 방도 구해주었고, 그곳의 많은 친구들도 연결시켜 주었고, 또 이곳저곳 함께 여행도 다녔다. 그가 없었더라면 나는 아마도 그림처럼 예쁜 프랑스 마을 콜마를 모르고 돌아왔을것이고, 나에게 잊을 수 없는 시 한 편을 남겨준 오펜부르크 역시 몰랐을 것이다. 어느 날 주말, 그의 소개로 인근의 오펜부르크를 다녀왔는데, 그의 조언을 참고로 묘지를 산책했다. 독일의 묘지들은 그 자체로공원이었고 특히나 그 묘비와 묘비명들은 그대로 곧 미술품이자 문학이었다. 그때 나는 너무나 인상적인 한 묘비명을 보았고 그것을 마음에 담아 시로 남겼다.

오펜부르크의 어떤 묘비명

오펜부르크의 묘지공원을 산보하다가
문득 눈에 들어온 묘비명 하나

한평생 마리아 베크만을 사랑했었던
철학박사 프리츠 베크만 씨는
1882년 3월 10일 생
1969년 11월 5일 몰
그녀와 함께 여기 고이 잠들어 있다

본 적도 없는 한 사내의 맑은 영혼이
내 시간의 짧은 한 자락을 즐겁게 했다

나는 그때 본 적도 없는 그 프리츠 베크만 씨를 생각하면서 행복한 마음으로 하이델베르크로 돌아왔다. 사정상 함께 가지 못했던 서울의 아내가 더욱 그리워지는 날이었다.

부친도 역시 목사님이었던 그 친구는 교회에서 자란 탓인지 피아노를 아주 잘 쳤다. 하루는 그와 『황태자의 첫사랑』의 모델이 되었다는 시내 주점 'Zum roten Ochsen(붉은 황소집)'에서 맥주를 한잔했는데, 마침 그 구석에 피아노가 눈에 띄자 그는 나를 위해서라며 즉석에서 내가 좋아하는 쇼팽을 연주해줬다. 가게 안에선 흥겨운 박수가 터져 나왔다. 내가 전부터 좋아하면서도 제대로 알지 못했던 한 곡명이 「파가니니의 주제에 의한 라흐마니노프의 광시곡」이라는 것을 알려준 것도 바로 그 친구 L이었다.

노총각이었던 그는 나의 유별난 아내 사랑을 약간은 놀리면서도 부러워했는데, 내가 귀국한 이후 바람결에 그가 뒤늦은 결혼을 했다는 소식이 들려왔다. 기쁜 소식이었다. 그의 결혼식도 보지 못했고 그의 아내의 얼굴도 알 수 없지만, 나는 그가 이따금씩 그의 아내를 위해 피아노를 치며, 여행을 다니며, 그때 언젠가 나에게 해주었던 것처럼 이번에는 그의 아내를 위해 맛있는 스파게티도 요리해주며, 그러고는 언젠가 많은 세월이 지나간 후, 오펜부르크의 저 프리츠 베크만 씨 같은 묘비명을 남기게 되기를 기도한다.

내가 없어도, 오늘도 하이델베르크는 여전히 아름다울 것이다. 산 위의 고성은 점잖게 세계 각지에서 온 관광객들을 맞을 것이고, 네카강은 우아한 백조들에게 그의 물살을 맡길 것이고, 철학자들은 지금도 산책을 하고, 어디선가는 꿈 많은 한 청년이 어여쁜 한 아가씨를 만날 것이다. 그 옛날 왕자 카를 하인리히가 캐티를 만난 것처럼.

그때의 그 시간들을 기념하면서, 그때 거기서 쓴 시 한 수를 되읊어본다.

하이델베르크의 여름 저녁

해도 차마 아쉬워 저물지 않고
서산마루를 잡고 머뭇거릴 제

어디선가 교회의 맑은 종소리
골목길 마다마다 은은도 해라

강변에는 두엇 젊은 연인들
손잡고 호젓하게 산책하는데

흐르는 강 위에는 백조 몇 마리
우아한 몸짓으로 물을 가른다

저기 저 시계탑이 대학이던가
노교수의 강의소리 흘러나온 듯

꿈결처럼 싱그럽게 바람 불어와
보리수 잎사귀들 스치고 가네

한참을 멍하니 시간을 잊고
'네카' 강에 떠가는 유람선 보면

나는 어느덧 괴테가 되어
아리따운 마리안네를 그리고 있네

이끼진 돌계단 세며 내려가
주점에서 맥주 한잔 더 해도 좋고

돌다리 건너가 '슐랑엔벡'

올라가 철학자의 길 거닐어도 좋지

어쩌다 반가운 얼굴 마주치면은
그래, 세상일일랑 다 접어 두고

한번쯤 문학이나 철학 같은 것
위인들도 무색하게 떠들어 보게

떠들다 배라도 고파지면은
캐티와 황태자를 기념하면서

'붉은 황소집' 찾아가 앉아
점잖게 '프로일라인' 부르면 되지

어쩌면 친구가 피아노로 가
나를 위해 몇 곡쯤 칠 수도 있고

흥이 나면 금발의 유쾌한 벗들
다 함께 소리 높여 노래도 하리

살다가 세상일 번거롭거든
이것저것 전후좌우 살필 것 없이

큰맘 먹고 비행기 집어타고서
한 두어달 여기 와 지내보시게

근심일랑 강물에 흘려보내고
어설픈 시인 흉내 내면 어떤가

먼 훗날 가는 길에 뒤돌아보면
아련한 청춘의 기념으로 떠오를 걸세

해도 차마 아쉬워 저물지 않고
서산마루를 잡고 머뭇거릴 제

멀리서 온 나그네 하나 성정(城庭)에 서서
어설피 하이델베르크를 노래에 담네

와타나베 교수님

인생을 결정하는 인연도 처음에는 대개 우연의 옷을 걸치고 찾아온다.

사람이 이 세상에 사람으로 태어난다는 것은 망망대해에서 눈먼 거북이가 우연히 구멍 뚫린 통나무를 만나는 것보다 더 희한한 인연이라고 했다. 나는 이 말을 대학 1학년 때, 청송 고형곤 선생이 쓰신 『선의 세계』에서 처음 접했다. 너무너무 멋있는 말이라고 나는 거기에 밑줄 두 개를 그어놓았다. 그런데 그런 희한한 인연으로 태어난 사람과 사람이 오다가다 길거리에서 서로 옷깃이라도 한 번 스쳐가려면 무려 다섯 겁 이전부터의 인연이 있어야 한다는 말도 어디선가 들었다. 한 겁이라는 것은 사방 천 리나 되는 큰 반석을 천 년에 한 번씩 천으로 닦아 그게 다 닳아 없어지는 것보다도 더 긴 시간이라고 하니, 사람이 사람을 만나 어떤 관계가 된다는 것은 정말이지 기묘하고도 기묘한 인연이 아닐 수 없다.

그러나 그런 인연이라는 것도 처음에는 대개 우연의 옷을 걸치고 찾아온다. 내가 그분을 만나게 된 것도 정말 우연이었다. 나는 대학을 마치고 1년간 조교생활을 했는데, 우연히 서류 정리를 하다가 '일본 정부 장학생' 선발 시험이라는 공문을 보게 되었다. 거기에 보니 응시 자격에 '대학교원(조교 이상)'이라고 되어 있었다. "응? 조교 이상이라고? 그럼 나도 자격이 있군" 하고서 시험 삼아 그 시험에 응시했는데, 그것이 뜻밖에도 덜컥 붙어버렸다. 의논한 교수님의 권유도 있어서 나는 결국 도쿄로 갔고 일본과의 기나긴 인연이 시작되었다. 처음 서류상에 기재된 지도교수는 HW라는 분이었다. 그런데 막상 도착해 보니 그것이 와타나베라는 분으로 바뀌어 있었다. 나중에 들은 이야기지만, 거기에는 내가 모르는 뒷사정이 있었다. 나는 당초에 하이데거 철학과 관련된 연구계획을 제출했었고, 그와 별도로 아는 교수님의 소개를 통해 HW라는 분의 지도를 받기로 했었다. 그런데 이분이 나의 연구계획을 읽어 보시고는 자신의 분야와 맞지 않는다고 생각했는지 거기에 더 적합한 분을 찾아 나를 부탁한 것이었다. 그가 바로 와타나베 교수였다.

그분과 나의 인연(사제관계)은 그렇게 시작되었다. 이분의 첫인상은 솔직히 썩 좋은 것은 아니었다. 뭔가 좀 퉁명스럽다고 할까 시니컬하다고 할까 아무튼 좀 조심스러워지는 그런 인물이었다. 그러나 조금씩 시간이 흐르며 그것도 조금씩 불식되었다. 어쩌면 그것은 치열한 수업 후에 이어진 술자리 덕분이었는지도 모르겠다. 술자리에 가면 이분의 말투는 거의 비아냥에 가까울 정도로 변하기도 했지만, 그게 뭔가 스스럼 없는 독특한 친근감 속에서 이루어지는 그런 것이었다. 그 친근감 속에는 그분 특유의 따뜻함과 애정이 숨어 있었다. 그래서 그런지 학생들은 그를 매우 따랐고, 당시 유행하던 야구식 용어로 스스로를 기꺼이 '와타나베 군단'이라고 부르기도 했다. 무엇보다도 중요한 것은 이분이 거의 초인적이라고도 할 만큼의 '실력'을 갖추고 있다는 점이었다. 하이데거 연구가 주특기지만, 그의 업적을 보면 철학사의 거의 전 분야를 꿰고 있었고 영독불 3개 분야에 걸친 번역서도 많았다. 수업 중에 학생들이 뭔가에 막히게 되면 항상 핵심을 짚으며 그것을 뚫어주었다. 그래서인지 그에게는 '괴물'이라는 별명도 따라다녔다. 물론 그것은 각별한 애정과 존경의 표현이었다.

그것을 안 다음에는 그 특유의 빈정거림도 거부감이 없었다. 한번은 인사차 댁을 방문한 자리에서 이런저런 대화를 하다가 교외 트래킹이 화제가 되었는데, 그게 곧바로 실행에 옮겨져 우리들 몇은 그분과 함께 치바현 보소 반도의 요로 계곡이라는 데서 하루를 걸으며 선선한 가을 바람을 즐기기도 했다. 그때 처음 먹어본 잉어회는 지금도 혀끝에 그 감각이 남아 있다.

해도 지나고 도쿄생활의 모든 것이 어느 정도 익숙해졌다. 나는 학부 때부터 공부에 약간의 편식 경향이 없지 않았었는데, 이분은 수업시간에 이것을 날카롭게 간파하시고 사석에서 그 점을 지적하시며 폭넓게 기초를 다져야 한다는 주의를 주셨다. 나는 속으로 진땀을 흘리며 그 말씀을 '경고'로 받아들였고, 그것은 그 후로 내 공부의 한 지침이 되기도 했다. 그렇게 하면서 그분은 착실히 나의 '선생님'이 되어갔고, 나는 그분에게서 일본적 '학자'의 한 전형을 배우며 '제자'가 되어갔다. 참으로 많은 가르침이 있었다.

그분의 이야기를 하면서 '그때 그 일'을 빠뜨릴 수 없다. 박사학위 논문을 심사할 때다. 그 당시 일본의 분위기로는 '문학박사'를 취득한다는 것이 결코 쉽지 않았다. 그것은 한 학자가 평생을 투자한 업적에 대해 엄청난 명예와 함께 어렵게 주어지는 것이었기에 교수들 중에도 학위 소지자는 그다지 많지 않았다. 그러니 30대의 한 젊은 녀석이 '감히' 학위 논문을 제출한다는 것은 전례가 없는 일이었다. 그런데도 이분은 한국의 사정을 들으시더니 "한번 써보라"며 그것을 승낙하셨다. 나는 온 정성을 쏟으며 그것을 썼고 제출을 했고 그리고 그것을 심사받았다. 구두시험은 거의 두 시간 가까이 자유토론처럼 진행되었다. 심사위원들의 질문은 매서웠고 나는 답변을 위해 나의 모든 지식들을 총동원해야만 했다. 그것이 끝나고 심사회의가 진행되는 동안, 나는 초조하게 대기실에서 가슴을 졸였다. 이윽고 회의실 문이 열리며 위원들이 나왔다. 그분은 웃음 띤 얼굴로 악수를 청하며 "수고했다"고, 그리고 한마디 덧붙여 "자네 덕분에 오늘 좋은 공부 많이 했다"고 인사를 건넸다. 그런 말은 내가 전혀 예상치 못했던 인사였고 그 말의 깊은 인상은 가슴속에 확고히 새겨져 평생 잊을 수 없는 순간을 선사해줬다. 그것이 10월, 가을이었다. 교정에는 은행잎이 노랗게 아름다웠다.

동경대에는 당시 졸업식이 없었다. 1960년대의 대학 분쟁을 거치며 강당이 불타 마땅한 장소가 없기 때문이라는 말을 들은 것 같다. 그런데 한 해도 저물어가던 연말 어느 날, 그분에게서 집으로 전화가 왔다. 12월 31일 마지막 날 그때 시간이 되느냐고 물으셨다. 선생님의 호출인 셈이니 없는 시간이라도 만들어야 했다. 말씀에 따라 그날 나는 학교로 갔다. 새해를 하루 앞둔 그믐인지라 학교는 인적도 없이 고요했다. 문학부 2층에 있는 학과 연구실에만 불이 켜져 있었다. 그분은 거기서 기다리고 계셨다. 호출의 이유가 궁금했는데 그분은 바로 웃음 띤 얼굴로 그 궁금증을 풀어주었다. "이미 결정은 되어 있었지만, 학위기를 받아들어야 실감이 날 게 아닌가. 대학본부에 재촉을 해서 그것을 받아왔으니, 이걸 가지고서 내일 기분 좋게 새해를 맞게"라고 선생님은 말씀하셨다. "세상에. 이 별난 양반이 이렇게까지…" 나는 콧등이 시큰해졌다. 그것으로 우리 둘만의 학위 수여식이 그 연구실에서 거행되었다. 인적이 끊어진 섣달 그믐날의 캠퍼스에서 단 둘만의 학위 수여식이었다. 그것을 받아 집으로 오면서 나는 '기쁨'이라는 말을 백 퍼센트 고스란히 실감했다. 12월의 한기가 조금도 춥지 않았다. 그 학위기를 담은 자전거 바구니에는 그분이 선물하신 저서 한 권이 함께 있었고 거기엔 '이○○ 박사 혜존'이라는 그분의 따끈따끈한 친필 사인도 적혀 있었다.

귀국을 하고 세월이 가고 나는 나대로의 인생살이로 제법 바빴다. 일 년에 한 번씩 연하장을 주고받으며 소식은 전했다. 첫 만남 때 40대 후반이었던 그분도 어언 정년퇴임을 하고, 고희를 맞았다. 그 고희연 때 나는 주최한 친구들로부터 초대를 받아 제법 그럴듯한 축하인사를 하기도 했다. 그 축하연이 기억에서 희미해질 무렵 도쿄의 한 친구로부터 전혀 뜻하지 않은 메일이 왔다. 그것을 읽고 나는 경악했다. "와타나베 ○○ 선생님 지병으로 서거. ○월 ○일 추모회"라는 소식이었다. 장수국 일본이라서 나는 이분이 최소한 90은 넘길 거라고 기대했었다. 그런데 이건 빨라도 너무 빨랐다.

추모회는 숙연한 가운데 거행되었고 나를 비롯한 여러 제자들이 더할 수 없는 찬사로 그분을 기렸다. 나는 그때 그리움을 담은 시 한 편을 낭독했는데 사모님의 요청으로 그 시는 나중에 선생님의 위패 앞에 놓였다.

나중에 전해 들은 이야기지만, 그분은 돌아가시기 직전, 하이데거의 제2 주저이자 최고의 난저로 알려진 방대한 저서 『철학에의 기여』 번역을 탈고했다고 한다. 그분은 그렇게 마지막 순간까지도 학자였다.

이제 그분은 떠나고 없다. 다시 도쿄를 가더라도 그 빈정거리는 듯한 특이한 애정의 표현을 들을 수도 없다. 하지만 그분은 방대한 전집과 함께 기라성 같은 훌륭한 제자들을 남겨놓았다. 학교 앞 홍고(本鄕) 일대의 주점에 남긴 제자들과의 이런저런 유쾌한 에피소드와 함께. 길게

드리워진 그림자로서.

「스승이 사라진 시대」라는 글을 우연히 읽으며 나는 문득 그분이 그리워졌다.

3부. 봉황의 날갯짓

배우고 생각하고, 생각하고 배우고

진리로 향하는 길은 두 갈래다. 하나는 문제 자체로 바로 가는 길이고, 하나는 텍스트를 통해 둘러가는 길이다. 전자는 가까우나 길이 험하고, 후자는 좀 평탄하지만 사람과 말들이 많아 거리가 멀다.

오랜 세월 철학을 업으로 삼으면서 한 가지 깊어지는 고민이 있다. 뭐 유달리 특별한 것은 아니지만 나는 이 고민이 좀 특별한 것이 되었으면 좋겠다고 생각한다.

단도직입적으로 말해 그것은 "우리의 철학이 과연 이대로 좋을 것인가" 하는 고민이다. 나의 이 고민은 사실 철학에 처음 발을 들여놓은 1970년대에 이미 시작된 것이었다. 알다시피 그때는 제법 인문학이 번성하던 시절이었다. 이른바 문사철이 지식인 내지 교양인의 기본으로서 자연스럽게 받아들여지던 분위기도 없지 않았으니까. 하지만 그런 분위기 속에서도 우리 철학도들은 문학과 사학에 대해 뭔가 모를 꿀림(?)을 느끼고 있었다. 그것은 이 두 친구(이웃집 문학이와 사학이)가 우리 사회 속에서 나름대로 일정한 역할을 착실히 해나가고 있는 데 비해, 우리집 철학이는 '지금 여기(hic et nunc)'의 현실에 뿌리를 내리지 못한 채, 말하자면 '공자 왈 맹자 왈(칸트 왈 헤겔 왈)'로 그 내용의 거의 대부분을 채우고 있는 듯한 모습을 보여주었기 때문이다. 그것은 어쩌면 일제강점기의 경성제국대학 철학과에서 그 첫걸음을 뗀 우리 철학계의 태생적 한계였을 수도 있다.

물론 그런 것이 왜 중요하지 않을 수 있겠는가. 왜 의미가 없겠는가. 하지만 그게 다라면… 그것은 좀 문제가 아닐까? 그런 고민은 비단 나뿐만 아니라 당시에 철학 공부를 하던 많은 친구들이 공유하던 부분이었다. 내가 좀 엉뚱하게도 '박종홍 철학에 관한 연구'로 학부 졸업 논문을 썼던 것은 그런 고민과도 연관된 것이었다. 박종홍은 그런 고민을 어느 정도 덜어주는 훌륭한 롤모델이 되어주었다. 하지만 지금 생각해보면 그것조차도 결국 '누구누구에 대한 연구'라는 점에서는 별반 다를 바가 없었다.

우리는 그런 것과는 좀 다른 '무엇무엇에 대한(문제 그 자체, 철학적 현상 그 자체, 진리 그 자체에 대한) 연구'를 갈망했었다. 박종홍이 칸트와 하이데거의 연구에 머물지 않고 '현실'과 '철학'과 '창조의 논리'를 자신의 개념으로, 자신의 철학으로 내세운 것은 그래서 우리 젊은 철학도들에게 작은 파문을 일으키기도 했다. 물론 그런 철학적 노력이 전무한 것은 아니었다. 박종홍 이후 이규호의 '사람됨', 김형효의 '평화', 김재권의 '심신수반', 박이문의 '둥지', 김우창의 '심미적 이성' 등은 그나마 한국의 현대철학을 부끄럽지 않게 만들어준 반짝이는 흔적들이었다. 비록 그 크지 않음은 아쉬우나 그 없지 않음은 자랑스럽다고 나는 생각한다.

생각해보면 이 두 가지, 즉 '누구누구에 대한 연구'와 '무엇무엇에 대한 연구'는 상호보완적이다. 그것은 철학을 포함한 모든 학문이 기본적으로 지녀야 할 두 가지 기본덕목에 속한다. 그것은 학문을 제대로 해나가기 위한 수레의 양쪽 바퀴와도 같고, 진리를 제대로 보기 위한 안경의 양쪽 렌즈와도 같다. 그러나 하늘 아래 새로운 것은 없다고, 그 균형은 이미 아득한 옛날에 공자가 강조해 마지않았던 바이기도 했다. "배우고 생각하지 않으면 종잡을 수 없고, 생각하고 배우지 않으면 위태롭다(學而不思則罔 思而不學則殆)"는 말이 바로 그것이었다. ("내용 없는 사고는 공허하고, 개념 없는 직관은 맹목이다"라는 칸트의 말도 약간은 비슷한 취지를 담고 있다.) 바로 이 '학이사(學而思)'라는 것, 그것을 나는 이른바 해석학과 현상학의 기본정신이라고노 해석한다. 진리를 향해 가되 전통, 텍스트, 권위의 이해라는 것을 경유해 가는 것이 학(學) 즉 해석학이고, 현상, 사태, 진리, 존재 그 자체의 사유라는 것으로 곧장 다가가는 것이 사(思) 즉 현상학이다.

21세기 한국철학계의 지형을 살펴보면 '학'의 영역은 이제 그다지 뒤처지지 않는 듯하다. 그러나 '사'의 영역은 아직도 갈 길이 멀어 보인다. (인문학의 위기 운운하면서 시절만을 탓할 수는 없다.) 그 길에 작은 발자국을 찍어보고자 나는 최근에 『본연의 현상학』이라는 것을 지식시장에 내어놓았다. 인간이, 그리고 그 인간들이 만든 인위적인 것들(예컨대 인터넷과 휴대폰 등등)이 맹위를 떨치고 있는 이 21세기, 우리 인간들은 거의 일생을 인간의 세계 속에서만 보내면서 마치 인간이 우주의 주인인 듯한, 마치 만유의 지배자인 듯한 행태를 보이고 있다. 그것이 얼마나 오만한 짓인지를, 그리고 얼마나 위험한 짓인지를 경고하기 위해 나는 인간의 온갖 능력과 완전히 무관한 초월적인 '본연'의 영역이 얼마나 거대하고 위대한 것인지를 나의 언어로, 한국의 언어로 형상화해서 보여주었다.

나는 그 '본연(본래 그런 것)'이라는 것을 하나의 철학적 개념으로서 한국 현대철학의 끄트머리에 고리로서 걸어놓았다. 그것으로써 나는 철학사의 흐름을(이오니아에서 아티카로 로마로 영불독으로 미국으로 흘러온 그 흐름을) 감히 우리의 이 한국으로 돌려놓고자 했다. 지성의 소비자들이 그것에 과연 어떤 반응을 보일지 나는 앞으로 흥미진진하게 그 추이를 지켜볼 것이다.[*]

---

[*] 이 글은 당초 『교수신문』에 발표되었던 것을 옮겨 싣는다.

팔리는 것

인간세상의 일체존재는 결국 그 각각의 '상품성'을 기준으로 평가받는다. 인간과 인생 그 자체도.

모르는 사람으로부터 이메일을 받았다. 그냥 지워버릴까 하다가 '출판'이라는 단어가 제목에 끼어 있어서 혹시나 하고 열어봤다. 그런데 역시나, 일종의 광고였다. 그런데 이 광고는 그냥 지워버리기가 영 편치 않았다. "우리는 좋은 책들을 참 많이 만들었습니다. 그런데 세상이 이래서 도무지 팔리지가 않는군요. 출판사가 문을 닫을 판국입니다. 이래서야 앞으로 좋은 책들을 만들 수가 있겠습니까. 그러니까 선생님들이 좀 사주시든가, 아니면 도서관에서 구입하도록 추천이라도 좀 해주세요." 핵심은 그것이었다.

처음 듣는 이야기도 아니다. '책'이라는 물건이 팔리지가 않는단다. '책'이라는 물건을 써본 적이 있는 사람들은 그 사정을 잘 안다. 사람들이 '돈'을 지불하고 '책'이라는 상품을 구입하는 것은 일종의 문화적 행위다. 그런데 그런 행위 자체가 지금 슬금슬금 시대의 전면에서 사라져가는 모양이다.

플라톤이 쓴 『소크라테스의 변명』에 보면, 당시 아낙사고라스의 책들이(물론 지금의 '책'과 그 형태는 달랐겠지만) 아주 저렴한 가격에 많이 팔리고 있었던 정황이 기록돼 있다. 그러니 책이라는 것이 하나의 상품으로서 만들어지고 팔리고 하는 이 문화적 현상은 그 역사가 꽤나 오래된 것임은 분명해 보인다.

나는 개인적으로 '상품'이라고 하는 것을 대단히 중요한 것으로 평가한다. 거기에 붙게 되는 '가격'이라는 것도 충분한 의미가 있는 것으로 받아들인다. 무슨 경제나 경영의 이야기가 아니다. 인생론적으로 생각해볼 때, 사람들이 무언가를 산다는 것은 (시장을 보는 것이 그러하듯이) 기본적으로 하나의 생적인 행위인 것이다. '산다(買)'는 것이 '산다(生)'는 것과 무관하다면 속된 말로 '피같은 돈'을 지불할 까닭이 없다. '가격'이라는 것도 그렇게 보면 '삶에서의 중요도' 내지는 '의미의 크기'와 밀접한 함수관계에 놓여 있다.

그래서 나는, 좀 불경스러운 발언이 될지는 모르겠으나, 인간세상의 일체존재는 그 각각의 '상품성'을 기준으로 측정되어야 한다는 '철학'을 가지고 있다. '인간' 그 자신도 결코 예외는 아니다. 이른바 연예인이나 스포츠 선수들은 아예 드러내놓고 '거래'되기도 한다. '스카우트'나 '드래프트'라는 말이 그것을 잘 보여준다. 거기에는 반드시 '가격'이 따라다닌다. 그것이 '대우'라는 그럴듯한 말로 포장되지만.

우리가 그것을 인정한다면, 인간이나 인생도 하나의 '상품'이, 그것도 '고가'의 상품이 될 수 있도록 노력하는 것이 인생 그 자체의 과제가 되지 않으면 안 된다. 인생이 영위되는 '세상'이라는 곳은 그런 점에서 하나의 '시장' 자체다. 이것이 세상과 삶의 진실일진대 그것을 비난해본들 소용이 없다. 세상사의 모든 결과들은 — 시청률도, 당락도, 점유

율도, 인기도 — 어떻게 보면 다 그 상품성에 대한 엄정한 평가에 다름 아니다.

물론 '잘 팔리는 것'과 '안 팔리는 것'에 대해서는 단순한 경제학적인 관점이 아닌, 철학적인 관점에서의 검토가 필요해 보인다. 왜냐하면 그 상품의 가치라고 하는 것은 그 기준이 일의적이지 않기 때문이며 '인간적 가치관'에 의해서 '부여되고' '조작되는' 측면이 없지 않기 때문이다. 고차적인 문화상품, 이를테면 '책' 같은 경우는 더욱 그렇다.

'책'이 팔리지 않는다는 것은 분명히 문제다. 그런데 시대가 이러니 어쩔 수 없다는 태도도 또한 문제다. 왜냐하면 그 시대라는 것도 결국은 그 시대를 사는 '사람들'이 만들어나가는 것이기 때문이다. '책'을 쓰고 만들고 팔고 읽고 하는 이 문화적 행위는 시대의 향상과 삶의 질적 제고를 위해 필수불가결한 요인이 된다. 아무렇게나 막 살아도 좋은 것이 아니라면, 온갖 정책을 동원해서라도 이 문화현상은 살려나가지 않으면 안 된다.

참고로 이웃나라 일본에서는 거의 모든 신문들의 1면 하단에는 반드시 책광고만을 싣는 것이 불문율처럼 되어 있다. 미운 짓을 많이 하는 저들이기는 하지만, 그런 것들은 배울 점이 아닐 수 없다. 이른바 선진국들에서는 도서관이라는 것이 생활의 일부로서 활성화돼 있기도 하다.

어디 돈 내고 사볼 만한 책이 새로 나온 게 없는지, 서점에라도 한번 들어가봐야겠다. 그리고 어떻게 하면 '팔릴 수 있는 책'을 쓸 수 있을지, 그것도 좀 연구해봐야겠다.

좋은 시대? 나쁜 시대?

현재가 가장 좋다고 하는 생각은 과거에 대한 망각과 미래에 대한 무지가 만들어내는 달콤한 한순간의 착각으로 그 약효는 하루를 넘기지 못하고 사라진다.

철학을 공부하다 보면, 뜻밖에(?) '시간'이라는 것이 철학의 큰 주제가 된다는 흥미로운 사실을 발견한다. 예컨대 아리스토텔레스, 아우구스티누스, 칸트, 베르그송, 후설, 하이데거의 시간론 등은 꽤나 유명하다. 또한 일반인들은 그들대로 'OO 할 시간'이나 '세월'이라는 것을 끊임없이 화제로 삼는다. 사람들은 왜 그렇게 시간이라는 주제에 관심을 갖는 걸까?

물론 여러 가지 이유들이 제가끔 있겠지만, 아마도 시간이 갖는 일회적, 불가역적인 본질, 즉 거스를 수 없음, 대체할 수 없음이라는 묘한 성격이 우리 인간들에게 운명적인 요소로서 작용하기 때문이기도 할 것이다. 시간은 마치 흐르는 강물처럼 우리에게 다가와 우리를 어림에서 젊음으로 그리고 다시 늙음으로 흘러가게 한다. 또한 그것은 그때그때 하나의 운명적인 조건으로서 우리 인간들의 삶에 결정적인 영향을 미치기도 한다. 개인적인 차원에서는 '시절'이라는 모습으로, 그리고 사회적인 차원에서는 '시대'라는 모습으로 시간은 우리를 철저하게 속박한다.

이런 불가항력적인 성격 때문에 역으로 우리는 그것을 넘어보고자 하는 재미난 '상상력의 세계'를 펼쳐보기도 한다. 이를테면 『시월애』, 『동감』, 『백 투 더 퓨처』, 『벤자민 버튼의 시간은 거꾸로 간다』 같은 영화들, 그리고 최근의 『닥터 진』, 『옥탑방 왕세자』, 『궁쇄심옥』 같은 드라마도 그런 부류에 속한다. (찾아보면 이런 것들은 헤아릴 수 없을 성도로 많다.)

그런데 이런 상상력의 세계를 전제로 생각해보면, 지금 우리가 살고 있는 시대(현대)와 지금과는 다른 과거 혹은 미래라는 시대와의 대비가 뚜렷해진다. 같은 공간, 같은 장소에서의 다른 시대일 경우, 그리고 특히 등장하는 사람이 동일할 경우, 이런 대비는 더욱 선명하게 드러난다.

그렇다면, 지금 우리가 살고 있는 이 '현대'라는 시대는 도대체 어떤 시대로 규정될 수 있을까? 바보 같은 질문이겠지만 그것은 좋은 시대일까, 나쁜 시대일까? 수많은 대답들이 있을 수 있겠지만, 대체로 과학, 기술, 산업, 교역, 교통, 통신의 눈부신 발달이 우리들의 시대인 이 '현대'를 특징짓고 있다는 것에 큰 이의는 없을 것이다. 그리고 그것은 일반적으로 '좋은', 좋아도 보통 좋은 것이 아닌, '아주아주 너무너무 좋은' 어떤 것으로 평가된다.

하기야, 지금 방영 중인 한 드라마에서 보듯 의학적인 분야만 보더라도 현대는 과거에 비해 상상할 수 없을 만큼 좋은 시대인 것이 틀림없다. (과거에는 죽었어야 할 환자가 현재는 살 수 있으니까.) 특히, 최근에 우리 모두가 공감하고 있는 통신의 발달(인터넷과 스마트폰)을 생각해보면 지금이 얼마나 좋은 시대인가는 더 이상 물어볼 필요조차도 없을 것이다. 우리는 정말이지 이 시대에 대해, 특히 이 시대를 만든 과학, 기술 분야의 영웅들에게 감사하고 또 감사하지 않으면 안 된다.

하지만 다만 한 가지, 분명히 가슴에 새겨두어야 할 것이 있다. 그것은 이러한 현대의 발달이 최선은 아니라는 것, 전부는 아니라는 것이다. 우리는 현대의 영광을 노래하면서 은연중에 지나간 과거를 현대보다 못한 '미개한 시대', '못난 시대'로 폄하하는 경향을 갖는다. 그런데 과연 그럴까? 그렇기만 한 것일까?

곰곰이 따져서 생각해보면, 지나간 과거 속에는 지금 우리가 갖지 못한 소중하고 아름다운 것들이 얼마든지 있었다. 가장 대표적인 것이 아마도 '자연'과 '인간'일 것이다. 과거의 자연은 현대의 오염된 자연보다 훨씬 더 맑고 풍요롭고 아름다웠으며, 과거의 인간은 현대의 약삭빠른 인간보다 훨씬 더 따뜻하고 여유롭고 인간적이었다. (공자가 자기 이전의 3대를 모델로 생각한 것도 절대 우연만은 아니었다.) 그 모든 것들을 우리 현대인들은 알게 모르게, 저 눈부신 발전의 와중에서, 아깝게도 다 '잃어버린' 것이다. 그렇게 잃어버린 것들이 또 얼마나 많을지 우리는 이제 한 번쯤 숨을 고르며 되돌아볼 필요가 있지 않을까.

최근의 황폐화된 청소년들의 모습을 전해주는 한 기사를 접하며, 답답한 심정으로, 가난하고 불편했지만 그래도 아직 따뜻했던 지나간 과거의 한 시대를 추억처럼 더듬어본다.*

---

* 이하 3부의 몇몇 글들은 당초 『경남도민신문』에 게재되었던 것을 옮겨 싣는다. 하버드에서 작성한 것은 아니나, 하버드의 대화에서 부분 부분 화제가 되었으므로 여기에 덧붙여 둔다.

한국인의 자화상

인간의 눈이 두 개인 것은 모든 것의 양면을 같이 보라는 신의 암시이건만, 사람들은 대개 어두운 면을 보는 한쪽 눈을 잘 뜨려 하지 않는다.

미술, 특히 회화에 '자화상'이라는 장르가 있다. 귀가 잘린 모습을 그린 고흐의 자화상이 아마도 가장 유명할 것이다. 렘브란트도 자화상을 그렸고 우리의 윤두서도 자화상을 그렸다. 시인 윤동주는 「자화상」이라는 시를 썼고, 서정주에게도 「자화상」이 있다. 우리 인간들에게는 대체로 스스로의 모습에 대한 문화적인 관심이 있는 것 같다. 어쩌면 지상의 모든 여성들은 매일매일 거울 앞에서 수도 없이 자화상을 그리고 있는 건지도 모르겠다. 종류가 약간 다르기는 하지만 사진관에서 증명사진을 찍은 후 자신의 모습이 어떻게 나왔는지를 궁금해하는 것이나 요즘 젊은이들이 좋아하는 소위 셀카도 결국은 비슷한 문화적 관심에 속하는 것은 아닐까.

자기 자신에 대해 자기 자신의 시선을 의식적으로 설정한다는 것은 철학적으로 보더라도 바람직한 것으로 평가된다. 데카르트의 이른바

'방법적 회의'나 칸트의 '이성비판', 그리고 후설의 '초월론적 직관'이라는 것도 모두 기본적으로는 그러한 재귀적 시선을 전제로 한다. 그러한 시선이 일정 부분 자기 자신을 객관화하고 거기서 모종의 자기반성 내지 성찰 그리고 개선 내지 향상, 발전을 위한 노력이 싹트고 자랄 수 있다.

최근에 우리는 '2050'이라는 말을 언론을 통해 접한 바 있다. 우리 한국이 소득 2만 달러, 인구 5천만 명을 달성한 국가군에 편입되었다는 것이다. 이는 OECD 가입과 더불어 이른바 '선진국' 진입의 한 지표로 간주되기도 한다. 이는 우리 한국인들이 그리는 일종의 자화상이다. 우리는 이런 자화상을 그리며 상당한 긍지와 자부를 느끼기도 한다. 왜 아니 그렇겠는가. 언론이 상투적으로 그렇게 하듯, 해방 직후의 피폐함이나 전쟁 이후의 비참함과 견주어보면 이는 거의 기적에 가깝고 따라서 뿌듯한 자랑이 되고도 남을 일이다. 거기에 덧붙여 최근의 이른바 K-pop을 중심으로 한 신한류의 세계적 인기와 한국의 교육열에 대한 오바마 미국 대통령의 거듭된 찬사는 우리의 어깨를 더욱 으쓱하게 만들어주기도 한다.

그러나 어떤가. 진정한 자화상은 고흐의 자화상에 그려진 잘린 귀가 상징적으로 보여주듯이 못나고 흉측한 모습도 있는 그대로 반영해야 하는 것은 아닐까. 또한 윤동주의 자화상이 말해주듯이 밉고 가엽고 그러면서도 그리운 그 사나이의 모습을 감추지 않고 드러내줘야 하는 것은 아닐까.

진솔한 눈으로 바라본다면 우리 한국인의 모습은 아직은 결코 그렇게 자랑할 만한 것이 되지 못한다. 단기간에 정착된 민주주의를 운운하지만, 끝없는 질타의 대상이 되는 정치의 무능과 부패, 그리고 제법 잘나가는 제조와 수출을 자랑하지만, 고질적인 재벌 편중과 구조의 불균

형, 빈부의 격차, 걸핏하면 북한에게 당하고 아까운 젊은 목숨을 희생시키는 엉성한 국방, 무수한 어린 학생들이 자살로 항의를 해도 도무지 변할 줄을 모르는 지옥 같은 교육 등등 우리가 넘어야 할 산들과 건너야 할 강들은 너무나도 많다. 그러니 어설픈 자화상으로 호도하지는 말아야 한다.

우리는 두 개의 눈으로 우리 한국의 빛과 어둠을 동시에 균형 있게 바라보지 않으면 안 된다. 제대로 보고 제대로 그려야만 제대로 된 자화상이 나올 수 있다. 물론 어둠보다는 빛을 부각시키는 것이 필요하기는 하다. 그것은 그림에게 요구되는 정책일 수도 있다. 그런 점에서 한 가지 다행스러운 것은 있다. 그것은 우리 한국인 중에 세계에 자랑할 만한 '탁월한 개인들'이 전 분야에 걸쳐 무수히 많이 존재한다는 것이다. 세계 어디에서도 꿀리지 않을 그들과 그녀들. 나는 하나의 예언처럼 확신을 가지고 말할 수 있다. 그런 훌륭한 인물들은 앞으로도 끊임없이 생겨나 눈부신 봉황의 날갯짓으로 세계의 하늘을 날며 이 땅의 진정한 희망과 자랑이 되리라는 것을.

옳고 그름과 좋고 싫음

나에게 좋은 이것이 남에게도 그대로 좋은 것인지를 물어보지 않고는 진정한 좋음의 문턱을 넘을 수 없다.

'정의란 무엇인가?'를 화두로 하버드 대학의 마이클 샌델 교수가 한동안 우리 사회에서 큰 인기를 끈 것은 하나의 인문학적 사건이었다. 소녀시대나 김연아, 혹은 박근혜나 이건희뿐만 아니라 한 철학자의 이름과 정의라는 결코 가볍지 않은 주제가 사람들의 입에 오르내렸다는 것은 우리들의 이 척박한 시대의 토양에 그래도 아직 '가치'와 관련된 그 무엇이 싹트고 자랄 수 있는 촉촉한 습기가 남아 있었다는 상징과도 같은 것은 아니었을까.

사람들은 살아가면서 알게 모르게 수많은 '가치평가'들을 수행하고 있다. 가까이는 자신의 주변 인물들에 대해, 그리고 좀 멀리는 국제뉴스에서 거론되는 이런저런 국가들에 대해 또는 종교들에 대해. 그것들은 대체로 그리고 다짜고짜로 '좋거나' 아니면 '나쁘거나'다. (대부분의 경우 후자가 훨씬 많다.) 이를테면 누구누구는 좋고 누구누구는 나

쁘다. 물건이나 식품들도 어떤 것은 좋고 어떤 것은 나쁘다. 철학에서
는 그런 것을 '가치판단'이라고 부르기도 한다. 사람들은 보통 특별한
의식 없이 너무나도 쉽게 무언가를 판단하고 평가하지만, 사실 이 판단
과 평가라고 하는 것은 조금만 생각해보더라도 예사롭지 않은 것임을
알 수 있다. 이를테면 이 좋고 나쁘다는 판단과 평가에 의해 누군가는
무언가를 살 수도 있고 안 살 수도 있다. 먹을 수도 있고 안 먹을 수도
있다. 또 누군가는 이 판단과 평가에 따라 합격이 되기도 하고 취직이
되기도 하고 당선이 되기도 하고 심지어는 살고 죽기노 한나. 때로는
수십억, 수백억의 돈도 그 방향이 달라진다. 우리가 좋다 나쁘다는 판
단과 평가를 함부로 할 수 없는 까닭이 바로 거기에 있다. "판단하지
말라"는 예수의 말씀이나 '판단중지(epochē)'라는 피론의 말을 우리
는 다각도로 새겨보지 않으면 안 된다.

그러나 보통은 어떤가. 우리는 대개 그다지 신중하지 않다. 생각해보
면 우리가 일상생활 속에서 수행하는 대부분의 판단과 평가들은 실상
은 개인적인 기준에 따른 좋고 싫음의 선택들이다. 굳이 따질 것도 없
이 내게 좋으면 옳은 것이고 내게 싫으면 나쁜 것이다. 좋고 싫음이 그
렇게 너무나도 쉽게 옳고 그름으로 둔갑해버린다.

하지만 호오(好惡)와 시비(是非)는 엄연히 다르다. 호오와 선악(善惡)
은 더욱 다르다. 샌델 교수가 우리에게 남긴 의미는 호오와 시비, 선악
을 구별하고 후자의 '기준'을 진지하고 심각하게 생각해보도록 우리를
'각성'시켜 준 것이라고 말할 수 있지 않을까. 그의 안내에 따라 철학자
들의 논의 속으로 들어가보면 우리는 내게 좋은 것이 실은 '나쁜(그
른)' 것일 수도 있고, 내게 싫은 것이 실은 '옳은(바른)' 것일 수도 있다
는 것을 깨닫게 된다. 우리가 혼자서만 살아간다면야 내게 좋은 것이
곧바로 옳은 것이 될 수도 있겠지만, 우리는 어차피 남들과 더불어 뒤

엉키면서 살아가야만 하는 사회적 존재(zoon politikon)가 아니었던 가. 그렇다면 우리는 누구나 따라야 할 '올바름'인 이른바 객관적인 사회적 정의라는 것을 현실적인 과제로서 고민해보아야 하지 않을까.

우리들이 희로애락의 삶을 살아가는 이 푸른 별 지구에는 200개 내외의 국가들이 존재한다. 그 국가 사회들 또한 어떤 것은 좋고 어떤 것은 나쁘다. 외국생활을 하다 보면 사람 사는 세상이라고 다 똑같지는 않다는 것을 몸으로 느끼게 된다. 그 차이들 중의 하나에 아마 '사회적 정의의 실현'이라는 것도 포함되어 있을 것이다. 정의라는 것이 어차피 완전실현이 불가능한 철학적 이념이기는 하겠으나, 한 치라도 더 가까이 정의에 다가간 사회가 그만큼 더 '좋은', 살기 좋은 사회임은 부인할 수 없을 터. 그런 정의의 실현을 위해 자신의 욕망을 조절할 줄 아는 '수준 있는 인간들'이 이 땅에 조금이라도 더 늘어나기를 기대해본다. 오직 자기의 좋음만을 절대적 기준으로 삼는 작금의 한심한 행태들을 우려하면서.

국가의 등급

합리성과 철저성, 도덕성과 심미성이 선진국이라는 건축물의 네 기둥들이다. 그 기둥들은 칼, 돈, 붓, 손이라는 네 초석들이 받치고 있다.

2012 런던 올림픽은 가뜩이나 뜨거웠던 그해 여름을 더욱 뜨겁게 달구었다. 당초 금메달 10개로 10위를 목표 삼았던 우리 대한민국은 종합 5위로 기대 이상의 성적을 거두었고, 국민들은 메달 소식이 전해올 때마다 연일 환호하며 뿌듯한 자긍심을 느끼기도 했다. (그 기간 동안 일본에 머물렀던 나에게는 그 느낌이 더욱 특별했다.) "우리 한국 참 대단해…"라는 말이 아마도 우리 국민들 수백만의 입에 오르내렸음에 틀림없다. 그렇다. 누가 그것을 감히 부인할 수 있겠는가. 국가의 규모나 불행했던 그간의 역사를 생각해볼 때, 근자의 한국은 정말이지 신통할 정도로 대단한 나라라 아니 할 수 없다.

올림픽 내내 우리는 그 무엇보다도 한 사람의 '대한민국 국민'으로서 언론에 보도되는 '한국의 순위'에 초미의 관심을 기울였다. 그런 순위는 우리의 객관적 실상을 알려주는 하나의 지표임이 분명하다. 그런데 그런 지표들이 어디 메달 순위뿐이겠는가. 생각해보면 실로 다양한 순위들이 각각의 기준에 따라 우리의 국제적 위상을 냉정히 규정해주고 있다. GDP도 그중 하나요, 무역 규모나 외환 보유고, 군사력 지수나 국가신용등급 등도 그중 하나가 될 것이다.

우리가 어차피 한 나라의 국민으로 태어나 국가라는 조건 속에서 인생을 살아갈 수밖에 없는 존재라면, 그리고 그 나라가 다름아닌 한국이라면, 우리는 우리 인생의 운명이기도 한 이 한국의 위상 내지 실상에 관심을 갖지 않을 수가 없다. 그렇다면 우리 한국은 국제사회에서 지금 어느 정도의 위치에 랭크되어 있는 것일까? 대단한 발전을 이룩한 것은 틀림없지만, 우리는 아직 소위 말하는 '선진국'에 진입했다고 자신 있게 말하지는 못하고 있다. 흔히 말하는 일인당 국민소득 3만 달러도 하나의 목표로서 아직 저만치에 있다. 물론 일선에서 맹활약을 하고 있는 기업들을 보면 그것도 아마 조만간에 달성이 가능할지는 모르겠다.

하지만 모두가 바라는 그 '선진국'이 우리의 확고한 현실이 되기 위해서는 그런 경제적 지표만으로는 어림도 없다. 한 국가와 국민에 대한 국제사회의 객관적 평가는 엄정하며 또한 종합적이다. 그것은 결코 수적인 지표만으로 이루어지지는 않는다. 우리는 그것을 체험적으로 국제사회에 보여주지 않으면 안 된다. 그것을 위해서는 우리 국민 모두가 각자의 위치에서 질적인 향상을 이루어내지 않으면 안 된다. 쉽게 말해 이른바 민도를 높이는 일이 절대적으로 요구되는 것이다. 그렇다면 그것은 어떻게 해서 가능해질 수 있는가.

여러 가지 방도가 제시될 수 있겠지만, 그 핵심은 뭐니 뭐니 해도 의식의 개혁과 제도의 개혁이다. 이 둘은 상호 순환적이며 상호 보완적이다. 누군가가 나서서 무언가를 바꾸어야 한다. 지금 이 상태로 만족할 수는 없다. 만족해서도 안 된다. 엉뚱한 우쭐함과 지나친 자화자찬은 절대금물이다. 다행히 지금은 무수히 많은 우리 국민들이 해외 경험을 통해 국제적 감각 내지 국제적 기준을 몸에 익히고 있다. 그것을 살려 우리의 의식을 국제적 수준으로 끌어올릴 필요가 있다. 이를테면 생활의 구석구석에까지 합리성과 철저성, 도덕성과 심미성을 실현시키는 일이 절대적으로 필요한 것이다. (바로 이 네 가지가 선진국의 문을 여는 열쇠라 해도 과언이 아니다.) 이런 점에서 우리는 아직 낙제선 근처에서 오락가락하고 있다. 불합리와 대충대충이 넘쳐나고 있고 부도덕과 지저분함도 도처에 만연되어 있다.

그것을 타파하는 것이 정치와 교육의 손에 달려 있음을 우리는 직시해야 한다. 지금 우리 정치와 교육의 수준은 저 런던 올림픽의 결과와는 너무나도 동떨어져 있다. 우리는 이제 올림픽 경기를 지켜보던 그런 열정적인 눈으로 정치와 교육의 플레이를 밤을 새면서라도 지켜보지 않으면 안 된다. 정치개혁과 교육개혁의 금빛 결과, K-pol과 K-edu를 기대해본다.

새것과 헌것

새로운 좋음과 오래된 좋음, 이 두 가지를 다 아는 자만이 제대로 좋은 것이 좋은 줄 안다. 부모도 좋고 자식도 좋듯이.

우리의 경제가 아직 그다지 넉넉하지 못했던 1950년대나 1960년대를 기억하는 사람들은 무엇이든 '새로운 것'이 주던 어떤 묘한 신선함과 만족감 혹은 감격 같은 것을 기억할 것이다. 이를테면 부모님이 사주신 새 옷이나 새 신발, 새 공책 같은 작은 것에서부터 집 앞에 새로 생긴 널찍한 신작로나 세상에 새로 나왔다는 전축, 텔레비전 그리고 자가용 승용차 같은 것까지 새로운 것들은 언제나 신기하면서 좋은 것이었다. 그래서 그것은 알게 모르게 우리가 끝없이 추구해야 할 어떤 시대적 이념 같은 것이 되고 말았는지도 모른다. 아닌 게 아니라 그 시절 이후 우리는 혼신의 힘을 다해 새로운 것들을 추구해왔고 그리고 놀라울 정도의 성과들을 이룩하기도 했다. 돌이켜보면 그러한 과정들이 어느덧 우리의 역사가 되어버린 듯한 감조차 없지 않다.

최근에는 그런 '새것'들의 등장이 훨씬 더 많아지고 빨라지고 고도화

되면서 그것을 추구하는 것이 곧 우리의 삶 자체가 되어버린 게 아닌가 하는 느낌이 들기도 한다. 새 차를 사고 새 컴퓨터, 새 텔레비전, 새 휴대폰, 심지어는 새 집을 사는 것이 근자의 우리네 생활방식이라는 것을 그 누가 쉽게 부인할 수 있겠는가.

그렇게 해서 지금 우리 주변에는 새로운 것들이 넘쳐나고 있다. 내일 모레면 아마 또 다른 새로운 것들이 쏟아져 나올 것이 틀림없다. 어디 물건들뿐이겠는가. 사람도 제도도 그리고 사고방식 내지 가치관도 끝없이 새로운 것이 나와 어제의 새것을 대치해나갈 것이다.

그런데 한편 생각해보면 한 가지 묘한 대비가 있어 흥미롭다. 그토록 끝도 없이 '새것'을 추구하면서도 우리는 다른 한편으로 '옛것' 내지 '헌것'을 동경하고 거기에 엄청난 가치를 부여하고도 있지 않은가. 대표적인 것이 이른바 '골동품' 혹은 '앤티크'일 것이다. 그것은 분명히 '헌것'들인데 묵으면 묵을수록 가치가 나가니 생각해보면 묘한 노릇이 아닐 수 없다. 묵으면 묵을수록 비싸지는 장들도 있고 술들도 있다. 중국의 보이차도 아마 그중의 하나이리라. 그러한 헌것, 혹은 옛것의 가치, 그것은 분명히 있다.

이를테면 "하늘 아래 새로운 것은 아무것도 없나니…" 하는 말도 있고, '온고지신'이라는 말도 있다. 옛것, 오래된 것의 가치를 강조하는 말이다. 이른바 문사철로 대표되는 인문학과 문화, 예술 분야에서는 이런 말들이 특히나 빛을 발한다. 수천 년, 수백 년 전의 호머나 소크라테스나 투키디데스가, 그리고 공자나 이백이나 사마천이, 현대의 새로운 거장들만 못하다고 그 누가 감히 헛소리를 할 수 있겠는가.

철학이 설명하는 바에 따르면, 우리가 아는 이 세상의 모든 것들을 궁극적으로 아우르는 한마디가 '존재'라 한다. 그 존재라는 것을 독일의 철학자 하이데거는 "오래된 것 중 가장 오래된 것"이라고 표현하기도 한다. 말하자면 가장 옛것, 가장 헌것, 가장 낡은 것이 가장 중요한 것임을 철학은 강조하고 또 강조하는 것이다.

그렇다면, 우리는 새로운 것을 끝없이 추구하는 작금의 행태들을 그만두고 우리의 눈을 다만 뒤쪽으로 돌려야 할 것인가? 그것은 아니다. 어떤 경우에도 그렇듯이 우리에게 진정으로 필요한 것은 균형을 갖추는 일이다. 균형을 갖추고서 양쪽이 각각 지니는 고유한 가치들을 골고루 바라보는 일이다. 산에는 맛있는 나물들이 있고 물에는 맛있는 고기들이 있다. 나물도 고기도 모두 다 좋은 것임을 부인할 필요는 없다. 그런 자세로 우리는 옛것과 새것을 함께 즐기자. 셰익스피어도 읽고 또한 조앤 롤링도 읽자. 그런 자세로 우리는 다 빈치도 보고 앤디 워홀도 보자. 그리고 바로 그런 자세로 우리는 오늘 바흐와 쇼팽을 듣고 그리고 내일은 동방신기나 소녀시대의 노래를 한번 들어보는 것도 나쁘지는 않겠다. 다양성은 곧 풍요이므로. 인생을 위한 축복이므로.

언어의 빛깔

언어는 마치 물감과 같아서 우리의 정신 속을 드나들면서 자신의 색깔로 정신의 색깔을 물들이게 된다.

철학자의 길을 걸으면서 우리가 살고 있는 이 시대에 대해 뭔가 한마디 하지 않는다면 어쩌면 직무유기가 될지도 모르겠다. 우리가 살고 있는 이 '현대'라는 시대는 과학, 기술, 산업, 교역, 교통, 통신 등이 눈부시게 발전하면서 일찍이 그 어떤 시대도 경험해보지 못한 번영과 편리를 한껏 누리고 있다. 지금의 삶과 예전의 삶은 근본적으로 그 양상이 달라져 있는 것이다. 그 점을 생각해보면 그것을 가능케 해준 근세 이후의 여러 지적 영웅들에게 감사하지 않을 수 없다.

하지만 빛이 있으면 그림자도 있는 법. 현대의 삶이 무조건 예전보다 더 좋지만은 않다는 것을 우리는 또한 인정해야 한다. 우리 현대인들은 인간소외, 환경파괴 등 일찍이 그 어떤 시대도 경험하지 못했던 엄청난 문제들의 늪에서 허우적대며 힘든 삶을 강요받고 있기 때문이다. 현대의 삶이 예전의 삶보다 '더 좋은' 삶이라고 자신 있게 말할 수 없는 까닭이 거기에 있다.

삶에서 진정으로 중요한 것은 그 '질'이다. 그 '삶의 질'을 확보하기 위해서는 무엇보다도 삶의 주인인 '사람의 질'이 확보되지 않으면 안 된다. 그렇다면 이 사람의 질이라는 것은 도대체 무엇으로 가늠할 수가 있겠는가? 간단한 문제는 아니지만, 그 핵심적인 답은 결국 지성과 덕성 같은 '내면'에서 찾아져야 한다. 적어도 일반적으로 추구되는 '부귀' 즉 재력과 권력이 사람의 질을 결정하지 않음은 분명해 보인다. 수많은 경험적 사례들이 이미 그것을 증명하고 있다. 돈과 지위는 때로는 인품과 반비례하기도 한다. 그렇다면 무엇인가? 무엇이 사람의 내면을 가꾸어주는가? 뜻밖에도 그것은 '언어', 즉 '말'이다('글'도 포함). 그것을 사람들은 잘 인식하지 못한다. 눈에 보이지 않기 때문일까?

바로 그 눈에 보이지 않는 '말'이 사람의 내면을 결정한다. 그 메커니즘은 대략 이러하다. 사람은 살아가면서 특정한 언어환경에 속하게 된다. 그것은 마치 대기와 같다. 사람의 육체가 주변의 공기를 호흡하면서 유지되듯이 사람의 정신 내지 인품은 주변의 언어를 호흡하면서(즉 듣고 말하면서) 유지된다. 그런 점에서 언어는 정신적 대기, 인문학적 대기, 교양의 대기, 인격의 대기라고 말해도 좋다. 그런데 언어는 마치 물감과 같아서 우리의 정신 속을 드나들면서 자신의 색깔로 정신의 색깔을 물들이게 된다. 그것은 오랜 세월에 걸쳐서 진행된다. 그런 과정을 거치면서 언어는 이윽고 인격으로 자리잡는다. 언어들은 귀와 눈을 통해 정신 속으로 들어간 후 알게 모르게 핏줄을 타고 떠돌다가 세포에 스며 사람의 살이 되고 뼈가 된다. 즉 사람의 일부로서 자리잡는 것이다.

그러므로 중요한 것은, 어떤 종류의(어떤 색깔의) 언어를 듣고 말할 것인가 하는 것이다. 그것이 곧 사람의 인격을 물들일 것이므로 그 선택은 실존적인 무게를 가질 수밖에 없다. 그렇다면 작금의 우리에게 대기 내지 환경으로서 제공되는 언어들은 어떤 것일까? 잘 검토해보면 그것은 참으로 삭막하고 살벌한 것이라 아니 할 수 없다. TV, 인터넷, 스마트폰 등에 떠다니는 언어들이 어떤 몰골인지를 우리는 반성적으로 되짚어보아야 한다. 이른바 SNS가 맹위를 떨치는 상황이지만, 그것을 채우고 있는 언어들이 어떤 종류인지에 대해서는 별반 검토가 없다. 아무래도 좋을 시시콜콜한 언어들, 심각하게 우려하지 않을 수 없는 '외계적' 언어들이 이 시대를 가득 채우고 있다. 진리나 성의, 인식과 배려 같은 언어들은 우리들의 언어세계에서 이미 밀려난 지 오래인 것 같다.

이제 누군가가 나서야 한다. 누군가가 나서서 이 물줄기를 돌려놓지 않는다면, 미래에는 어떤 끔찍한 괴물들이 이 지구를 차지하게 될지 참으로 걱정이 아닐 수 없다. 꽃다운 언어들, 산소 같은 언어들이 사람과 사람 사이, 그리고 항간에 아름다운 향기와 함께 떠다니는 모습을 기대해본다. 정치인의 일장연설보다는 한 편의 시가 그리워지는 이 맑고 고운 아침에.

무엇을 남길 것인가

모든 오늘이 모여 결국 과거로서의 인생을 남기게 된다. 빨간 오늘을 산다면 빨간 일생이 되고 파란 오늘을 산다면 파란 일생이 된다.

시집 『푸른 시간들』에 다음과 같은 짤막한 시가 있다.

시간의 비밀

시간은
과거에서 현재를 거쳐 미래로 흐르는
아득한 강물이라 했던가
인생의 쪽배를 타고 그 강물 따라갔더니
웬걸,
미래의 끝에는 뜻밖에
과거밖에 없었다

너

어떻게 살아왔니?

　간단한 말들이지만, 이 시는 삶의 깊은 진실을 담고 있다. 인생을 살아가는 우리 인간에게는 과거-현재-미래라고 하는 세 가지의 시간들이 있다. 과거란 이미 살았던 시간이고 현재란 지금 살고 있는 시간이고 미래란 앞으로 살게 될 시간이다. 보통은 이 셋 중 현재라는 시간이 가장 중요한 것으로 강조되곤 한다. 가끔씩은 미래가 강조되기도 한다. 거기에 비해 과거가 특별히 강조되는 경우는 (역사의 경우를 제외하고는) 상대적으로 드문 편이다.

　그런데 이 시는 특이하게도 과거를 조명하고 있다. 단 이것이 지나가 없어져버린 과거에 연연하라는 의미는 결코 아니다. 반대로 이 시는 과거가 완전히 사라져 없어진 그 무엇이 아니라 오히려 유일하게 사라지지 않고 존재하는 그 무엇이라는 일종의 '비밀'(?)을 뒤집어서 보여준다. 하기야 생각해보면 납득이 간다. 실제로 삶을 살아가는 우리 인간의 입장에서 보면 삶의 시간은 명백한 시작과 끝이 있으며 결코 무한하지 않다. 그리고 현재는 그 어떤 현재이든 그대로 지속되지 않으며 끊임없이 어제-그저께-그그저께…가 되면서 과거 속으로 편입되어 간다. 또 내일-모레-글피…라는 모든 미래도 끊임없이 오늘이란 현재가 되며 또한 당연히 어제-그저께…라는 과거로 변화해간다. 즉 그것들은 끊임없이 소비되면서 줄어들다가, 이윽고는 죽음이라는 절차를 거쳐 완전한 무에 이르고 만다. 죽음 이후에는 더 이상의 현재도 없고 더 이상의 미래도 없는 것이다. 그러나 과거는 어떤가. 살아온 흔적 내지 결과로서의 과거는 결코 영원히 사라지지 않고 이 존재의 세계에 남게 된다. 현재-미래와 반대로 과거는 살면 살수록 그 규모가 커져가며 죽음 이후 하나의 전체로 완결된다. 그 과거의 전체를 우리는 일반적으로 일생 또는 생애라는 말로 부르고 있다. (민족이나 국가 또는 인류나 세계를 단위로 생각해보면 그것이 바로 '역사'가 된다.)

그런데 중요한 것은 그 과거, 그 일생의 내용이 과연 어떤 것인가 하는 점이다. 그것은 우리가 살아온 대로 만들어진다. 빨간 오늘을 산다면 빨간 일생이 되고 파란 오늘을 산다면 파란 일생이 된다. 바로 그래서 위의 시는 "어떻게 살아왔니?"를 묻는 것이다. 사람들이 만들어놓은 그 과거들을 들여다보면, 그것은 사람들의 수만큼이나 많으며 또한 각양각색이다. 삶의 결과로서의 일생은 마치 작품과 같다. 어떤 작품은 걸작이 되고 어떤 작품은 졸작이 된다. 그 차이는 너무도 크다. 그러니 최소한 그것이 쓰레기가 되지 않도록 우리는 애써보아야 하지 않을까. 이른바 위인들, 예컨대 소크라테스, 예수, 석가, 공자 같은 분들의 삶은 그런 점에서 하나의 걸작으로 역사 속에 남아 있다. 그 흔적, 그 결과는 결코 사라지지 않는다. 그런 것들이 남아 이 존재의 세계를 아름답게 한다.

우리노 우리 자신들에게 끊임없이 반문해보아야 한다. 나의 삶은 과연 어떤 과거로 남게 될 것인가? 그것은 결국 오늘-지금-이 순간의 나의 생각과 말과 행동으로 결정된다. 주변을 둘러보면 오늘도 대부분의 사람들은 이 아까운 삶의 시간을 그저 그냥 그렇게 별것도 아닌 것으로 채워나가고, 더러는 이 시간을 시커먼 악의 빛깔로 물들이고 있다. 그런 사례들이 신문과 TV의 뉴스 속에 가득가득 넘쳐나고 있다. 살인, 강도, 강간, 사기, 배임, 횡령, 탈세, 폭행, 비방, 모욕 등등… 참으로 한도 끝도 없다. 정말 왜들 그러는지….

정신없이 살아가는 현대라지만 한 번쯤은 발걸음을 멈추고 나의 삶을 되새겨보아야 한다. 나는 지금 도대체 어떤 시간을 살아가고 있는

지. 어떤 과거들을 만들어가고 있는지. 적어도 하나쯤은 선행이라는 것을 하고 있는지, 혹시 악의 주인공이 되어 있지는 않은 것인지….

좋아하는 것들

사람들은 크건 작건 자기가 진심으로 좋아하는 것들로 인생이라는 이 삭막한 사막에서 향기로운 꽃밭을 가꾸어간다.

"장미꽃 위의 빗방울과 새끼 고양이의 콧수염/밝은 구릿빛 주전자와 포근한 양털 벙어리장갑/노끈 묶인 갈색 종이 소포/크림빛 망아지와 바삭한 사과 파이/초인종과 썰매의 방울종/그리고 국수를 곁들인 슈니첼 요리/날개에 달을 싣고 가는 기러기들/푸른 공단 허리띠에 하얀 드레스의 소녀/콧잔등과 속눈썹 위에 내려앉은 눈송이들/봄 속으로 녹아드는 은백색 겨울…"

응? 이거 뭐야? 하는 느낌이 들지도 모르겠지만 예전에 전 세계인의 마음을 사로잡았던 저 유명한 추억의 영화 『사운드 오브 뮤직』에서 여주인공인 마리아(줄리 앤드류스 분)가 폰 트랩 가의 입주 가정교사가 된 직후 천둥이 무서워 침실로 달려온 아이들에게 불러주었던 참으로 예쁜 노래 「내가 좋아하는 것들(My favorite things)」의 가사에 등장하는 것들이다.

사람들에게는 각자 좋아하는 것들이 있기 마련이다. 물론 거의 대부분의 인간들은 공통적으로 권력과 재화, 즉 부귀영화, 더 쉽게 말해 힘과 돈이라는 것을 좋아하고 지향한다. 그 점은 역사와 철학과 문학이 모두 다 어렵지 않게 확인해준다. 심리학과 문화학은 거기에 성과 재미라는 것을 추가하기도 한다. 하지만 우리가 만일 '세상의 눈'이 아니라 가장 순수한 '나의 눈'으로 자기 자신을, 특히 그 마음속을 들여다본다면, 거기엔 어쩌면 뜻밖일지도 모르겠지만 상당히 다른 것들이 사리 집고 있음을 발견하게 된다. 이를테면 마리아의 노래에 등장하는 그런 것들.

그런데 잘 생각해보면 알겠지만 이런 것들은 그저 단순히 내가 좋아하는 것들일 뿐만 아니라 남들도 다 좋아하는 것들이기도 하다. 그렇다면 그런 것들은 그냥 객관적으로 '좋은 것'이라고 말할 수도 있다. 사람들은 좋은 것을 좋아한다. 이것은 진실이며 거의 진리에 가깝다고 말해도 좋다.

물론 그 좋아하는 것들의 구체적인 내용은 무한히 다양하며 사람에 따라 얼마든지 다를 수 있다. 누구는 골프와 요트를 무지무지 좋아하지만, 누구는 그다지 좋아하지 않을 수도 있다. 누구는 한 줄의 시구와 노래를 너무너무 좋아하지만 누구는 또 전혀 그렇지 않을 수도 있다. 중요한 것은 아무튼 '내가' 진정으로 좋아하는 것들이다. 그것이 굳이 거창할 필요는 없다. 사소하지만 소중한 것들도 얼마든지 있다. 말하자면 그런 것들을 되도록 많이 확보하는 것, 그것이 얼마나 우리들의 생활에 기여하는지, 나아가 우리의 인생에 기여하는지를 사람들은 보통 잘 인식하지 못한다.

"진정한 좋음이란 무엇인가?" 같은 플라톤류의 철학도 물론 중요하지만, "내가 진정으로 좋아하는 것은 무엇인가?" 같은 철학도 얼마든지 그 못지않은 중요성을 가질 수 있다. 굳이 좀 현학적인 단어를 사용하자면 거대담론에 대한 미세담론의 자기주장이랄까, 그런 것이 하나의 철학으로서 목소리를 높일 필요가 있지 않을까. 그런 철학에 입각해서 앞으로는 정책 같은 것도 구상이 되고 법률 같은 것도 입안될 필요가 또한 있지 않을까.

이를테면 이런 것도 한번 생각해본다. 나는 우리집 옆 건물에 세들어 있던 베이커리의 치즈 케이크와 티라미수를 무척이나 좋아했는데, 어떤 사정인지 그 집이 문을 닫고 외국의 유명회사가 그 자리를 차지해 더 이상 그 맛을 볼 수 없게 되었다. 이럴 때 동네 사람 3인 이상의 서명을 첨부하여 그 가게의 재입점을 요구할 수 있도록 한다. 또 나는 집 앞 샛강의 오리들을 구경하면서 기나긴 직선의 강변길을 산책하는 것이 큰 낙이었는데 시에서 강변 개발을 한답시고 생각도 없이 물길을 바꿔놓고 물가에는 엉뚱한 나무들을 심어 더 이상 물과 오리들을 볼 수가 없게 되었다. 이럴 때 역시 3인 이상의 동의를 얻어 그 원상복구를 법으로 명할 수 있도록 한다. 또 나는 5월마다 불어오는 뒷산의 아카시아 향기를 무척이나 좋아했는데 온 산을 뒤덮은 그 나무들을 예쁘지도 않은 신축 건물이 가려버린 후 더 이상 그 향기를 맡을 수가 없게 되었다. 이럴 때 역시 그 두 배에 해당하는 향기를 제공하도록 법률로 명할 수 있게 한다… 등등등.

헛소리인 줄이야 누가 모르랴만 또 누가 알겠는가. 언젠가는 이런 일들이 현실이 될지. 혹은 우리가 모르는 이런 세상이 어디엔가 따로 있을지.

어쨌든 나는 권하고 싶다. 각자가 진정으로 좋아하는 것들을 많이많이 만들고 그것들을 즐기는 생활들로 소중한 인생을 엮어가도록. 마리

아의 말처럼 개에게 물려도 벌에게 쏘여도 그것들을 생각하면 그다지
나쁘지 않게, 그렇게 될 수 있도록.

종착역

마지막까지 가본 자만이 비로소 그 여정의 전체를 말할 수 있다. 도중에 내리는 자는 그 다음을 알지 못한다.

우리는 살아가면서 수많은 여행들을 떠난다. 크고 작은 그리고 멀고 가까운 이런저런 여행들. 그 여행들은 대개 우리를 들뜨게 하고 삶의 활력소가 되기도 한다. 물론 업무 때문에 혹은 개인적인 사정들 때문에 마지못해 떠나야 하는 경우도 적지는 않다. 이를테면 『닥터 지바고』에 등장하는 유리의 시베리아 여행이나 『80일간의 세계일주』에 등장하는 필리어스 포그의 여행과 『쉰들러 리스트』에 나오는 유대인들의 아우슈비츠로의 여행이 같을 수야 없다.

하지만 강제로 끌려가는 수송 여행이 아닌, 자발적으로 떠나는 여행이라면 그 끝에는 하여간에 나름의 목적들과 그 실현을 위한 종착역이 어딘가 있기 마련이다. 서울을 중심으로 생각한다면 예컨대 부산, 창원, 진주, 순천, 여수, 목포 등이 종착역이 되기도 한다. 종착역은 그 이미지에 있어 대체로 아득하고 멀다. 거기에 다다르는 길은 지루하거나 힘들기도 하며 때로는 지겨울 때도 있다. 중국의 연길에서 장사까지 보름씩이나 기차를 타고 여행한 사람의 무용담 같은 이야기를 들은 적도 있다. 실제로 경험해보지 않아 잘 실감은 나지 않지만 그것이 보통 일이 아니었음은 짐작이 되고도 남는다. 그렇듯 여정이 힘들 때 우리는 종종 중도하차의 유혹을 느끼기도 한다. 그럼에도 불구하고 우리는 그 지루함과 힘겨움과 지겨움을 견디고 언젠가는 그 종착역에 다다른다. 도중의 그 힘겨움을 무사히 견뎌내었다는 점에서 종착역에 잘 도착했다는 것은 반속 내지 칭찬의 대상이 될 수가 있다.

우리네 인생에도 이와 유사한 면이 있지 않을까. 삶의 과정에서 우리는 수많은 목표들을 설정하고 그 실현을 위해 노력한다. 때로는 그것이 일생이 되기도 한다. 그 과정에서 얼마나 크고 많은 유혹과 시련들이 우리를 흔드는가. "이제 그만 이 지구에서 내리고 싶다"는 말이 한때의 유행이 된 적도 있었다. 그럼에도 불구하고, 그렇다, 그럼에도 불구하고 사람들은 꿋꿋하게 그 힘겨운 삶의 길을 달려간다. 여정이란 것이 결코 만만하지는 않지만, 도중에는 수많은 마을들과 도시들, 강들과 산들이 지나쳐 가고, 그리고 너른 들판과 광활한 하늘이 우리의 눈과 가슴을 열어준다. 인생의 여정이라고 그런 것이 없겠는가. 삭막하고 살벌하여 숨을 졸이게 만드는 것이 이 세상이라지만 거기에도 적지 않은 선량한 사람들이 있어 오아시스를 이루고 있다. 거기에는 또 이른바 성공과 행복이라는 젖과 꿀이 흐르기도 한다. 그런 오아시스들을 거치면서 우리 인간들은 마치 중간 급유처럼 활력을 재충전하며 인생의 여정을 계속하는 것이다. 그래서 그 마지막은 아름다운 것이다.

짧지 않은 세월 직장생활을 하다 보니 정들었던 선배들이 하나둘씩 정년을 맞이하고 있다. 그 뒷모습이 일면 쓸쓸한 것을 부인할 수는 없지만, 고단함과 더불어 함께 느껴지는 어떤 안도감, 편안함 같은 것도 분명히 없지 않다. 거기에는 무시할 수 없는, 무시해서는 안 되는 훌륭함이 있다. 해오지 않았는가, 해내지 않았는가. 그 길고 힘든 여정을. 우리는 그런 훌륭함에 대해 눈길을 보내고 또한 박수를 보낼 준비가 되어 있어야 한다. 그것은 바람직한 인생의 자세에 대해 우리가 취해야 할 기본 예의라고도 말할 수 있다.

그런데 요즈음은 너무나도 많은 사람들이 도중의 힘겨움을 이겨내지 못하고 너무나도 쉽게 그 여정 자체를 접어버린다. 수많은 학생들이 졸업이라는 종착역을 포기하고 학교를 떠나고, 수많은 직장인들이 정년이라는 종착역을 포기하고 이직을 하며, 수많은 부부들이 백년해로라는 종착역을 포기하고 이혼법정으로 향하고 있다. 무엇보다도 안타까운 것은 적지 않은 사람들이 인생의 행복이라는 종착역을 포기하고 자살이라는 엄청난 선택을 하고 있다는 것이다. 우리나라가 OECD 국가 중 8년째 자살률 1위라고 하니 문제도 보통 문제가 아니다. 무언가가 잘못되어 있음을 직시해야 한다. 이 문제는 오늘도 심각하게 그 해결을 기다리고 있다. 우리 모두 종착역까지 꿋꿋이 그 여정을 이어나가는 미덕을 포기하지 말아야겠다. 어린 시절 배웠던 노산 이은상의 시구 중 한 부분이 생각난다. "고지가 바로 저긴데 예서 말 수는 없다."

나무의 미학

나무는 그저 그냥 서 있는 것이 아니라 철학적으로 서 있다. 아니, 나무는 그 서 있음 자체가 이미 하나의 철학이다.

대학에 몸담고 이런저런 대외활동을 하면서 뜻밖에도 '미학'에 대한 사람들의 높은 관심을 발견한다. 철학에 대한 일반의 관심이 쇠퇴하는 안타까움 속에서도 그 일부인 미학이 그나마도 인기를 끈다는 것은 다행이 아닐 수 없다. (논리학, 윤리학, 미학은 철학의 3대 기초분야에 속한다.) 물론 그 '미학'의 인기라는 것이 아름다움에 대한 순수 철학적인 이론이 아니라 미술작품을 비롯한, 아름다움과 관련된 것 전반에 대한 막연한 기대라는 것은 분명히 해둘 필요가 있다.

아무튼, 아름다운 것에 대한 관심은 아름다운 일임에 틀림없다. 나는 개인적으로, 넓은 의미의 미학성이라는 것이 선진국의 필수조건 중 하나라고 믿는 편이다. 애매한 말이기는 하지만, 평균 이상의 아름다움을 갖지 못하는 나라는 선진국이 될 수 없다. 이것은 사람에도, 건물에도, 거리에도 다 해당한다. 그렇다면 우리들의 미학적 좌표는 대충 어느 정도에 있는 것일까.

이런저런 기회에 전국의 이런저런 곳들을 다니다 보면, 우리들의 주변세계가 놀라울 만큼 깨끗하고 아름다워진 것을 확인할 수 있다. 그것이 가슴에 와 닿는 순간은 흐뭇하고 행복해진다. (물론 그 반대의 경우도 적지 않지만.) 그런 행복의 한 부분에 나무가 있다. 나무의 아름다움은 한량이 없다. 우리들이 삶을 살아가는 이 지상에 나무들이 함께 살고 있다는 것은 명백한 축복이다. 나무는 그저 그냥 서 있는 것이 아니라 철학적으로 서 있다. 아니, 나무는 그 자체로 이미 철학이기도 하다.

A+

봄에는
산뜻한 새잎으로 아름답고
여름에는
무성한 녹음으로 아름답고
가을에는
화려한 홍엽과 쓸쓸한 낙엽으로 아름답고
겨울에는
비장하고 의연한 빈 가지로
그리고
또다시 봄을 기다리는 꿋꿋한 희망으로
아름답다

작품2011 '단풍의 미학'
통(通)!

이 시는 한 그루의 단풍나무에게 최고의 성적을 부여해준다.
시 한 편을 더 보자.

연리목

혹시 아시는지, 그를 혹은 그들을
두륜산 대흥사 천불전 옆
아름드리 느티나무는 부처더이다
거대한 두 뿌리가 하나로 합쳐져
둘이면서 하나, 하나 된 둘이
하나라고
보라고, 둘이 아닌 불이(不二)가 이런 거라고
온몸으로 외치며 하늘 높이 솟구쳐 있더이다

오대양 육대주 모두 흩어져
남북으로 다시 동서로
좌우로 상하로 갈기갈기
아프게 찢기고 슬프게 갈라진 그대 인간들
모두 하나라고
모두 한 세상 한 평생 똑같이 고생하며 사는 인간들
손 맞잡으라고
그게 진리라고
하필 거기 법당 옆에 자리잡고서
긴긴날 호소하고 있더이다

그 연리목

오가는 중생들에게 같은 빛깔로

반야인양 낙엽 떨구고 있더이다

이 시는 나무의 서 있음이 그대로 곧 하나의 설법임을 보여준다. 이렇듯 나무의 아름다움은 깊다. 깊어서 더욱 아름답다.

그런 나무가 어디 그 단풍나무와 느티나무뿐이겠는가. 벚나무, 버드나무, 은행나무, 소나무… 모든 나무들은 다 그렇게 안팎으로 아름답다. 예컨대 중국 장가계의 까마득한 바위봉 꼭대기에서 빗물과 습기만 먹고 살아가는 소나무, 일본 야쿠시마의 원시림에서 7천 년을 버텨낸 삼나무, 미국 로키산맥을 뒤덮고 있는 저 꼿꼿한 폰데로사 파인들…, 일종의 '시간의 유산'이기도 한 저들은 사실상 위대한 철인들의 명단에 함께 올려도 전혀 손색이 없다.

그런 나무들이 모여서 숲을 이룬다. 숲은 그래서 더욱 아름답다. 숭고할 정도로 아름답다. 한 번쯤 독일 슈바벤 지방의 슈바르츠발트(검은 숲)에 가본다면 이런 말에는 그 어떤 부연설명도 필요 없음을 곧바로 확인할 수 있다. 순천 선암사 뒤편의 은행나무숲도 또한 마찬가지다. 담양 죽녹원의 대숲도 만만치 않다. 그런 숲들은 각박한 현대의 삶을 살아가는 우리 인간들에게는 거의 구원에 가깝다. 그 옛날 고려시대의 사원들처럼 우리는 이제 우리들의 생활 주변에 그런 숲들을 세워야 한다. 이를테면 서울 여의도와 경남 창원은 온통 벚꽃 숲으로, 부산 해운대는 아예 전체를 동백숲으로, 그리고 대구는 사과나무숲, 나주는 배나무숲으로 조성한다면 어떻겠는가. 황당한 말일까? 하지만 우리는 참고해야 한다. 모든 위대한 변화는 언제나 일견 황당해 보이는 착상에서 비롯되었음을.

일본의 무사도

무(武)에는 무의 논리가 있고 문(文)에는 문의 논리가 있다. 붓으로 칼을 나무라본들 소용이 없다.

'무사도'는 일본과 일본인의 이해를 위해 결여될 수 없는 하나의 키 워드가 된다. 우리 한국인의 입장에서는 더더욱 그렇다. 우리는 항상 그것과의 상관관계 속에 놓여 있었고 지금도 그렇고 앞으로도 그럴 것 이기 때문이다.

"일본인이란 누구인가?" 하는 것을 포함해서 무릇 "일본이란 무엇인 가?" 하는 '일본론'이 일본과 구미에서는 하나의 강력한 학문적 관심사 가 되어 있다. 하지만 그것을 아는 한국인은 의외로 그렇게 많지 않다. '일본'은 강한 관심의 대상이다. 이것은 현실이다. 이유는 간단하다. 일본은 '강한' 국가이기 때문이다. 이것도 현실이다. 여러 자료들은 일 본이 군사적, 경제적, 문화적 강국이요 대국임을 분명히 알려주고 있 다. 우리는 이 점에 대해 무심할 수 없다. 한국사에 등장하는 일본의 얼 굴을 보면 그 이유가 명백해진다.

역사의 초창기인 광개토대왕 시절에 이미 일본은 우리 역사에 '무력'으로 개입하고 있다. 『삼국사기』에 보면 이미 왜구의 침탈들이 기록되어 있다. 황당한 신화이기는 하나 저들의 『일본서기』에 따르면 신공(神功)황후라는 여자가 대군을 이끌고 신라를 '정벌'한 후 일본으로 개선해 돌아갔다는 기록이 있다. 삼국통일의 과정에서 일본은 백제의 부흥을 위해 이른바 '백촌(白村)강의 전투'에 2만이 넘는 대병력을 파견했다. 고려시대에도 왜구의 발호는 조정의 골머리를 앓게 했고 그것은 이성계의 등장 및 고려의 멸망과도 무관하지 않았다. 조선시대는 더 말할 것도 없다. 임진과 정유 두 차례에 걸쳐 일본은 조선 전역을 쑥대밭으로 만들어놓고 돌아갔다. 치유될 수 없는 깊은 상처를 역사에 남겼다. 제국주의 일본에 의한 조선의 침략과 멸망은 결정적인 것이었다. 36년간이나 일본은 우리를 무력으로 지배하며 철저하게 침탈했다. 이 모든 사건의 핵심에 '무(武)'가 있다. 지금은 어떤가? 공식적으로 일본에는 군대가 존재하지 않는다. 그러나 언론에 보도되는 보고서들에 따르면 일본 자위대의 군사력은 지금도 세계 2위로 평가되고 있다. 일본의 얼굴은 이렇듯 '무의 나라'이다.

　일본사를 들여다보면 이 점은 더욱 확연히 드러난다. 이미 신화시대부터 일본의 역사는 우리의 그것과 색채가 다르다. 태양신 '아마테라스'의 동생 '스사노오'는 난폭한 신으로 묘사되고 있다. 그가 지상에 내려와 이른바 토속세력들을 무찔러 나가면서 일본의 역사는 전개되고 있다. 그가 그때 얻은 보검이 이후 일본 천황가의 세 가지 상징물 중 하나가 된다. 신화적 영웅 '야마토 타케루' 왕자도 지금의 규슈와 관동을 무력으로 조정에 복속시킨 영웅으로 추앙받는 존재가 되었다. 신화시대를 벗어나 역사시대에 들어서서도 그 전개는 대체로 번득이는 칼날에 의해 좌우되었다. 천황가를 멋대로 주무르던 백제계 호족 '소가(蘇

我)’ 일문을 제거하고 이른바 ‘타이카노 카이신(大化改新)’을 통해 왕권을 확립한 것도 역시 무력이었다. 이른바 ‘헤이안(平安)’ 귀족시대를 지나고 헤이시(平氏)와 겐지(源氏)의 두 무인 세력이 부상해 겐지가 승리하면서 12세기 말 이른바 카마쿠라 시대가 열린다. 공식적인 군사정권의 시작이었다. 14세기에는 호조(北我) 씨가 계승한 카마쿠라 막부를 아시카가 타카우지가 격파하고 무로마치 막부를 건설했다. 역시 군사정권이었다. 16세기 말 무로마치 막부가 무너지고 약 백 년 간의 이른바 피비린내 나는 ‘전국시대’가 펼쳐진다. 우리에세노 낄 일려긴 띠케다 신겐, 오다 노부나가, 토요토미 히데요시, 토쿠가와 이에야스 등이 모두 이 시대의 영웅들이었다. 당연히 모두 무인들이었다. 오다가 승기를 잡고 토요토미가 승리를 이루고 토쿠가와가 그 결실을 거두었다. 천하통일을 이룩한 토요토미의 후계 세력을 완전히 제거하고 토쿠가와가 이른바 에도 막부를 건설한 것도 역시 무력이었다. 그것이 1603년이었다. 이후 1868년의 이른바 ‘타이세이호칸(大政奉還)’으로 천황제 메이지 국가가 건설될 때까지 ‘무사’가 지배하는 토쿠가와의 군사정권은 지속되었다. 그러나 메이지는 무의 종말이 아니었다. 우리가 잘 아는 대로 메이지 제국주의가 내건 기치는 부국강병, 오히려 한 수 더 뜨는 무의 연속이었다. 그 이후 태평양 전쟁의 역사는 우리가 너무나도 잘 아는 그대로다. 그렇다면 지금은 어떤가? 군대가 없는 일본에서 무의 시대는 마침내 종언을 고한 것인가? 천만의 말씀이다. 무의 흐름은 지금도 일본 열도에 도도히 흐르고 있다. 다만 정신 속의 지하수로 흐르고 있어 잘 보이지 않을 따름이다.

일본 내에서는 일반적으로, 무사도의 ‘멋스러움’, ‘훌륭함’, ‘특별함’이 부각되는 반면 그 ‘무시무시함’, ‘살벌함’, ‘잔인함’은 은폐돼 있다. 무사도는 원천적으로 ‘힘-대결-싸움-강함-승리-죽음’이라는 맥락

위에 성립되는 것임을 간과해서는 안 된다. '무사도'에 관한 고전이라고 할 수 있는 1716년의 『하가쿠레(葉隱)』 첫 부분에서, 그 자신 사무라이였던 저자 야마모토 츠네토모(山本常朝)는 이렇게 말하고 있다. "무사도란 죽는 일이다." "사느냐 죽느냐 어느 하나를 선택할 때 먼저 죽음을 택하는 일이다." 이 음산하고 비장한 한마디가 무사도의 본질을 입축적으로 전해준다. 그렇기 때문에 한국인이 일본의 '무사도'에 대해 취해야 할 태도는 원칙적으로 '이해와 경계와 대비'이어야 한다. 그것은 단순한 학문적 호기심으로 머물 수 없다. 지는 벚꽃을 보고 비장하게 노래하는 무사도를 그저 아름답게만 느낄 수 없는 것이 우리의 입장인 것이다. 우리는 그런 책을 읽으며 섬뜩해져야 한다.

물론 역사의 과정을 거쳐오면서 무사도가 신도와 불교와 유교를 적절히 수용하여 세련되고 멋있는 정신문화의 하나로 꽃피게 된 측면을 깡그리 무시할 수는 없다. 그것은 지도이념이 되기도 했고 수신의 원리가 되기도 했고 행동규범이 되기도 했고 갖가지 화려한 문화들의 원천이 되기도 했다. 그것은 그것대로 인정할 수밖에 없다. '오시로(城)'도 '요로이와 카부토(갑옷과 투구)'도 '카타나(칼)'도 '카몬(家紋)'도 '하타(깃발)'도… 그리고 일본인들이 사랑해 마지않는 시대극 『추신구라(忠臣藏)』도 『미토코몬(水戶黃門)』도 모두 다 '무'와 관련된 문화유산들로서 세계의 공인을 받고 있기 때문이다. 그리고 무엇보다도 무시할 수 없는 것은 무사도가 '일본적 힘'의 한 명백한 원천이 되고 있음을 부인할 수 없기 때문이다.

일본은 강하다. 그것은 적어도 일본에게 있어서는 '선'이다. 숨겨져 있지만 일본인에게는 그러한 의식이, 아니 무의식이 있다. "강함은 선이다." "승리는 선이다." 일본에게 있어 이것은 불변의 진리다. 따라서 강한 일본이 약한 조선을 치고 지배한 것은 선이지 악이 아닌 것이다.

그들의 무의식은 그렇게 판단하고 있다. 우리가 아무리 일본에 대해 반성과 사과와 배상을 요구해도 그들이 꿈쩍 않고 있는 것은 실은 바로 이러한 사고 때문일 수 있다. 그것을 알고서 대응해야 한다. 한국이 일본을 극복하는 것은 오직 한국 자신이 강해지는 것, 그것 이외에는 달리 방법이 없다. 일본에 대해서는 '십만 양병'과 '힘'을 말한 율곡과 도산이 언제나 정답이다.

다시 한 번 강조하고 싶다. 무사도는 일본인에게 있어 하나의 '선'이다. 그러나 그것은 동시에 한국인에게 있어 하나의 '악'일 수 있다. 일본인 자신들에게도 '독'이 될 수 있다. 우리는 그 양면을 동시에 인식해야 한다. 선악은 동일한 것의 양면일 수 있다. 맛있고 영양가 있는 음식은 몸을 이롭게 하지만 동일한 그것이 변질되면 상하여 독이 되고 건강을 해치게 된다. 심하면 죽을 수도 있다. 일본의 무사도도 그렇다. (우리가 아는 침략과 패전이 바로 그것이었다.) 우리는 그 무사도의 막강한 위력과 함께 끊임없이 그 변질 가능성을 유의하며 지켜보아야 한다.

만개한 일본의 벚꽃은 아름답다. 그러나 그 속에 혹 자객이 숨어 있는 것은 아닌지, 꽃잎 하나하나가 혹 칼날인 것은 아닌지, 일본의 번영을 바라보는 한국인의 눈은 편할 수가 없다. 편해서도 안 된다. 그것이 또다시 우리를 겨눌 수도 있을 텐데 어찌 편할 수가 있겠는가.[*]

---

[*] 이 글은 당초 『사무라이』(생각의 나무)에 해설로 썼던 것을 여기에 옮겨 싣는다.

4부. 젊은 날의 편린들

21세기에 대한 철학적 성찰

— 1999년 마지막 날에

21세기에 관한 논의가 유행이 된 지도 이제는 한참 지났다. 21세기는 이제 더 이상 '미래'가 아니다. 이제 내일이면 우리는 현실적으로 '21세기 사람'이 되는 행운을 갖는다. (실제로는 2001년부터라고 하지만, 대부분의 사람들은 2000년을 21세기로 받아들인다.) 삶의 한복판에서 이렇게 새로운 천 년을 실제로 경험하는데, 특별한 느낌이 없을수 없다. 코앞에 닥친 이 새로운 밀레니엄의 시작을 어떻게 맞이해야할지 생각해본다.

21세기가 어떠한 시대가 될 것인가에 대해서는 수많은 예측들이 난무한다. 그러나 이 예측들은 오직 단기적으로만 가능하다. 장기적인 예측은 단지 소설일 뿐이다. 미래에 대한 과학적인 예측이 불가능한 것은 칼 포퍼가 그의 과학철학으로 증명했듯이 그것이 아직 결정되어 있지 않기 때문이며, 이는 헤겔과 마르크스의 미래 예측이 실제 역사에서 빗나갔다는 사실로도 뒷받침된다. 19세기 말의 어떠한 인물도 20세기 말을 사는 우리들의 시대를 정확하게 이해하지 못한다. 하물며 점점 더 변화의 속도가 빨라지게 될 다음 세기말의 일 같은 것을 지금의 우리가 어떻게 알겠는가? 시간을 내다보는 마법의 망원경 같은 것은 애당초 없다.

하지만 단기적인 예측은 가능할 수 있다. 그것은 그 미래가 최근의 과거 및 현재와 직접 연결되고 있으며 이것들이 미래를 결정하는 조건이 되기 때문이다. 그런 점에서 '21세기의 기본틀'은 이미 형성되어 있다. 내가 보기에 그것은 근세 초기의 유럽에서 잉태되었다. 그것의 분만이 지금 거대한 규모로 그리고 엄청난 속도로 진행 중인 것이다. 결정적으로 그 씨를 뿌린 자는 누가 뭐래도 '과학'이다. 과학은 인간과 우주를 포함한 넓은 의미의 자연 또는 존재 전체에 대해서 근본적으로 새로운 관계를 설정하면서 등장했다. 자연과 세계는 물론 인간 자신까지도 대상으로, 객관으로, 기계로, 재화로, 부품으로 바라보기 시작하면서 인간과 자연의 분리가 생겨났다. 여기에서 기술이, 기술에서 산업이, 산업에서 교역, 교통, 통신이 자라 나온 것이다. 최근에 유행하는 휴대폰, 인터넷 등은 바로 그 연장선상에 있는 것이다.

그리고 또 다른 한편에서 인간과 인간의 관계도 근본적인 변화를 겪었다. 출생에 따른 신분의 불평등이 당연한 것으로 용인되던 인간관계가 평등과 능력을 전제로 하는 (또는 최소한 그것을 표방하는) 경쟁관계로 변모했다. 그러나 이 양대 변화는 빛과 그림자를 동시에 지니고 있었다. 과학, 기술, 산업의 발달은 인간생활에 혁명적인 편리를 가져다준 동시에 치명적인 자연의 파괴를 결과시켰고, 사회체제의 발전은 인간 존엄성의 범위를 결정적으로 확대해준 반면 대립과 경쟁으로 인한 인간성의 파괴를 동시에 불러왔다. 두 차례에 걸친 세계대전은, 가

공할 무기의 개발과 그것에 의한 처참한 대량살육을 통해 그 폐해를 여실히 보여주었다. 최근의 세계 상황을 보면 그 영향의 폭과 깊이, 크기와 속도 등이 엄청난 정도로 확대되는 것이 목격된다. 전 세계를 초단위로 연결하는 통신망, 유전자 조작 기술에 의한 생명의 복제, 상상을 초월하는 거리를 날아가 임무를 수행하는 우주선, 기절할 정도로 많은 정보를 담아내는 마이크로 칩, 또는 거의 전 지구적 규모로 확산되어 모든 국가, 모든 민족, 모든 인종에게서 발견되는 민주주의, 인권, 복지 같은 이념들, 또는 소련의 붕괴, 독일의 통일, 유럽의 연합, 중국의 부상, 일본의 변질, 아랍의 저항, 그리고 무엇보다도 미국의 세계 장악 등등. 전 세계는 격동하고 있는 것이다.

이러한 흐름이 그대로 이어져 21세기의 첫 관문을 열 것이라는 것은 의심의 여지가 없다. 그 점에서 21세기 초반의 모습은 충분히 예견된다. 과학은 지금까지 알려지지 않았던 자연의 법칙들을 새롭게 알려줄 것이고, 거기서 엄청난 양과 질의 지식들이 생산될 것이고, 그것을 응용하여 가장 미세하고도 가장 거대한 곳까지도 장악할 수 있는 기술이 개발될 것이고, 그 기술이 적용된 산업이 번창하여 엄청난 상품들을 끝도 없이 쏟아낼 것이다. 그 상품들이 전 지구적 규모로 그리고 기발한 방식으로 유통될 것이다. 이 또한 의심의 여지가 없다. 우리나라도 아마 틀림없이 이러한 흐름에 뒤질세라 높으신 대통령에서부터 일선의 직장인에 이르기까지 허겁지겁 뒤따라갈 것이 분명하다. 그에 따라 인간들의 생활방식도 분명 변화될 것이다. 그 구체적인 모습을 그려보는 것은 우리의 의무가 아니다. 그러나 동시에 예견되는 것은 이러한 발전에 부수되는 폐해에 대해 항거하는 움직임이 역시 전 지구적 규모로 대두하리라는 것이다. 이러한 예견이 단순한 소설이 아닌 것은 이미 그러한 움직임이 개시되었고 개시된 그 움직임이 미래를 결정하는 조건으로 작용할 수 있을 만큼 인간들의 이성에 대해 호소력을 지니고 있기 때문이다. 결정적으로 문제가 되는 것은 십중팔구 자연의 파괴와 인간성의 파괴 그리고 아마 인종, 민족, 국가 간의 갈등과 대립일 것이다. 거기서 테러나 전쟁들도 있을 것이다. 그러나 그 틈을 비집고 어떻게든 문화에 대한 갈망도 고개를 내밀 것이다. 정신 분야, 예컨대 철학과 윤리 등은 이러한 문제를 한동안 주제로 다룰 것이다. 그것은 인류의 생존에 관한 문제이기 때문에 결코 피해 갈 수는 없는 일이다. 21세기의 코앞에서 우리가 해야 할 일은 예견되는 그 '문제들' 속에 빠져들지 않도록 준비하는 것이다.

그러나 철학적으로 보면 그것보다 더욱더 중요한 것이 있다. 그것은 21세기라고 하는 시간관념 자체가 결코 시간의 본질이 아니라는 것을 인간들에게 알려주는 일이다. 세계의 시간과 인간의 시간은 다르다. 사람들은 직선적으로 끝없이 뻗어 가는 세계의 시간을 논하면서 21세기 같은 것을 화제 삼지만, 실은 자신의 시간이 따로 있음을, 자신은 그 인간의 시간 속에서 살 수밖에 없음을 까맣게 잊고 있다. 인간의 시간은 출생과 죽음이 돌고 돌듯이 그렇게 각각의 인간에게 똑같은 모습으로 주어졌다가 사그라지고 또 주어졌다가 사그라지는 그런 것이다. 시간의 움직임은 인생의 움직임과 함께하는 것이다.

22세기가 되어도 31세기가 되어도 결코 변하지 않는 것이 있다. 그 것은 이 유일하고도 절대적인 세계가 여기에 이렇게 존재하고 있고, 그 안에 인간들이 살고 있으며, 그 인간들이 제가끔 행복한 삶을 살고자 온 인생을 걸고 노력하고 있다는 것이다. 철학적으로 볼 때 결정적으로 중요한 것은 우리의 인생들이 삶의 과정에서 '문제'들을 만난다는 것이다. 그것이 삶의 실질적 조건이자 환경이 된다. 그 문제들은 대부분 사람들로부터 온다. 이것의 '해결'이 삶의 거의 모든 것이다. 21세기의 철학도 여기에서 예외일 수 없다. 거기에서 한 발짝도 벗어나서는 안 된다. '좋은 삶', '질 높은 삶', '수준 있는 삶'의 지향이야말로 영원히 변할 수 없는 '원리 중의 원리'이기 때문이다. 자, 이제 그 과제들이 기다리는 저 21세기의 문을 열어야겠다.*

1999. 12.(45세)

---

* 이하 4부의 글들은 20, 30, 40대에 쓴 것들이나, 하버드의 여러 대화에서 조금씩 화제로 삼았기에 기념 삼아 여기에 덧붙여 둔다.

어느 고독한 철학자의 몽상

IMF로 상징되는 '한국의 추락'을 겪으면서 '전 존재의 경제화'라는 경향을 섬뜩한 심정으로 지켜보고 있다. 이것을 방치할 경우에 맞이할 또 다른 위기가 손에 잡힐 듯 보이지만 이미 '대학'도 '교육'도 '철학'도 떨어진 낙엽처럼 짓밟히고 있다. 세상은 이것에 대해 경제를 위한 도구의 역할만을 요구할 뿐, 더 이상 이것을 '존경'하지 않는다. 그래도 이것들이 '숭고한' 어떤 것이라 믿고 매진해온 사람들은 그 이념을 버리지 못하고 오늘도 고민한다. 살다 보면 언젠가 철학의 목소리가 아쉬워 인터뷰를 요청해올 날이 있을지도 모른다. 그때를 위한 예행연습 한 토막을 적어본다.

— 기자: 선생님께서는 최근에 발표하신 한 글에서 "20세기에 들어 한국인들은 '철학'이라는 것이 유교, 불교, 도교에 이은 한국의 네 번째

정신적 전통으로 편입되는 것을 경험했다"고 밝히신 적이 있습니다. 이는 철학의 본고장인 유럽에서 보면 대단히 흥미로운 발언이겠지만, 한편 독자적인 전통을 가지고 있는 한국에서 보면 상당히 도전적인 생각일 수도 있습니다. 선생님께서는 '철학'을 어떤 의미로 받아들이셨는지 분명히 해주시겠습니까?

— 철학자: 그 점을 오랫동안 자주자주 그리고 깊이깊이 생각해봤습니다. 기본적으로는 "세계와 인간의 근본사실에 관한 이성적 이해와 설명" 그리고 "보다 나은 삶을 위한 이론과 실천"이라 할 수 있지만, 구체적으로는, 철학의 역사 자체가 가르쳐주듯이 시대에 따라 지역에 따라 그리고 인물에 따라 그것의 본질 규정이 일정하지 않습니다. 그래서 저는 철학을 "영원한 미완성 교향곡" 또는 "백화만발한 화원"으로 묘사한 적도 있습니다.

— 기자: 자연과 신, 인식과 언어가 각각 고대와 중세, 근세와 현대의 큰 주제였다는 것을 염두에 두고 하시는 말씀으로 받아들여도 좋겠습니까?

— 철학자: 그 각각의 왜곡되지 않은 본질적 의미와 그 주제들이 필연적으로 동반하는 관련 주제들을 놓치지 않는다는 조건으로 그것을 인정할 수 있습니다. 철학자 개개인에 있어서도 그 시기에 따라 철학의 의미는 달라질 수 있습니다. 이는 진정으로 철학자가 되고자 하는 자는 스스로 자신의 철학 규정을 확보해야 된다는 뜻이기도 합니다. 철학 '자'로서 철학'사'에 남은 이들이 종종 그렇게 했듯이. 하지만 한 가지 공통된 것은 있습니다. 그것은 모든 종류의 철학이 기본적으로는 '생각'하고 '말'하는 작업이라는 것입니다. 거기에 '실천적 행위'가 추가되기도 합니다. 실제의 철학을 면밀히 뜯어보면 이것은 이른바 "지에 대한 사랑(amor sapientiae)"이라는 교과서적 규정보다 훨씬 더 구체적

입니다. 이 경우 말한다는 것은 생각의 결과를 나타내는 모든 종류의 표현을 다 지칭합니다. 따라서 '쓰는' 것도 당연히 말의 한 방식입니다.

— 기자: 그런 점에서 선생님께서는 "말 즉 개념의 창조가 철학의 역사를 잇는 고리 또는 생장점"이라고 강조하셨겠지요? 그렇다면 개념 창조의 선행조건으로서 그것을 가능케 하는 그 '생각'은 어떻게 이해되어야 합니까? 선생님의 글에서는 그것이 "반드시 내용을 가지며 그 내용은 인간이 자의적으로 꾸민 것이 아니라 '오는 것'"이라고 표현하셨습니다. 그것은 어디에서 오는 것이며 어떻게 오는 것입니까?

— 철학자: '무엇'을 생각하느냐가 결정적으로 중요합니다. 그 무엇은 무엇 그 자체로부터 촉발되고 야기되는 것이며, 그런 의미에서 오는 것입니다. 이것은 직접 올 수도 있고 전통을 거쳐서 올 수도 있습니다. (아시다시피 그것이 각각 '현상학'과 '해석학'의 길이며, 그 상관방식이 바로 공자가 강조한 '사(思)'와 '학(學)'입니다.) 이것은 모든 것이 이미 이루어지고 있고 우리 인간은 삶의 과정에서 그것에 '관련된다'는 것을 전제합니다. 인간들이 '만든다'고 자랑하는 것들도 실은 이루어지고 있는 것의 일부일 뿐입니다. 문제는 그 무엇이 어떻게 우리의 생각을 결정하느냐 하는 것입니다. 잘 생각해보면, 생각하는 우리가 태어나면서부터 지니게 되는 근원적인, 아프리오리한 '욕구'들이 그 생각의 방향을 정해준다는 것을 알 수 있습니다.

— 기자: 칸트는 선천적인 인식능력을 말했는데 선생님은 선천적인 욕구를 말씀하시는군요! 비결정론자들의 반격이 예상되지 않습니까?

— 철학자: 철저한 회의론과 비결정론으로 무장한 전사들이 칼을 들이대더라도, 우리는 그 옛날 갈릴레이 선생이 그랬던 것처럼 중얼거릴 것입니다. 그래도 타고난 욕구는 있다고. 태어날 때부터 사람에게는

눈귀가 있고 손발이 있는 것처럼 또한 욕구가 있고 생각이 있습니다. 그것을 부인하는 것은 무지가 아니면 오만입니다. 다만 이 욕구는 그 실체가 고정된 것이 아니라 마치 하늘의 구름처럼 끝없이 생성 변화한다는 것을 주의해야 합니다. 욕구가 원하는 구체적인 내용들은 사람에 따라 시기에 따라 경우에 따라 달라집니다. 그 점에 삶의 실질이 있습니다.

— 기자: 생각의 내용이 우리를 찾아오는데 선천적인 욕구들이 그 방향을 결정한다는 말씀은 아직 충분히 설명되지 않았습니다. 어떻게 설정한다는 말씀입니까?

— 철학자: 그 욕구들이 무엇을 원하는지를 생각해봅시다. 이미 말했듯이 그것은 다양하며 변화무쌍합니다. 하지만 어떠한 경우에도 변하지 않는 한 가지 공통적인 것이 있습니다. 그것은 모든 욕구들이 궁극적으로는 다 '좋다'는 것을 지향한다는 점입니다. '좋다'는 것은 너무나 평범한 말이기 때문에 너무나 많이 사용되고 그렇기 때문에 특별히 주목받지 못하고 있습니다. 하이데거가 '존재망각'을 지적했듯이, 나는 '좋음망각'을 지적하고 싶군요. 하지만 우리는 이것을 지적만으로 끝낼 게 아니라 철학적인 개념으로까지 승화시켜야 합니다. 왜냐하면 이것이 삶의 핵심적인 원리가 되기 때문입니다. 우리 인간들이 행하는 모든 일은 일거수일투족에 이르기까지 모두 다 좋음을 목표로 합니다. 심지어 숨쉬고 말하는 것도 그렇습니다.

— 기자: 하긴 친구와 만나 술잔을 나누는 것도 고생스레 공부를 하는 것도 사랑을 하는 것도 어떤 형태로든 좋으려고 하는 일임에는 틀림없군요. 어쩌면 플라톤이 말하는 '선의 이데아'가 이것과 연결될 수 있을까요?

— 철학자: 바로 그렇습니다! 플라톤 선생이 선의 이데아를 최고의

것으로 치는 것은 선 즉 좋음이 최고의 원리라는 것을 그 양반도 꿰뚫어보고 있다는 증거입니다. 플라톤뿐만이 아닙니다. 구약성서에 보면 그 첫 부분에 신의 창조과정이 묘사됩니다만, 그 각각의 과정이 끝난 후 "하나님 보시기에 좋았더라"라는 구절이 발견됩니다. 이 말을 뒤집어 보면 피조된 모든 것(비종교적, 현상적으로 보면 존재하는 모든 것)의 존재원리가 곧 좋음이라는 해석이 가능해집니다.

— 기자: 전 우주의 근본에 관한 엄청난 말을 듣고 있는 기분이군요. 하지만 선생님, 욕구의 본질이 좋음에 대한 지향임을 인정하더라도 그것이 곧바로 생각의 방향을 결정한다는 것으로 연결될 수 있을까요?

— 철학자: 그 좋음의 충족에 이르는 뱃길에는 언제나 어디서나 거친 파도가 일고 있다는 사실을 상기해보면 답은 이미 주어져 있습니다. 좋음을 추구하는 우리 인간들의 욕구는 이른바 '세상'에서 그 실질적인 전개를 해나가므로, 벽에 부딪칩니다. 그 벽 또는 파도(이는 대부분 타인의 욕구와의 충돌입니다만)는 넘어야만 하는 것이기에, 좋음은 그 너머에 있는 것이기에, 우리는 '생각'하지 않을 수 없게 되는 것이지요. 이 '않을 수 없다'가 생각의 방향을 정하는 것입니다. 역사적으로 보면 자연의 근원에 대해 알고자 하는 욕구가 벽에 부딪쳤을 때 거기서 '경이'가 싹트고 그 싹에서 철학이 자라나기 시작했습니다.

— 기자: 그러니까 선생님께서는 그 벽, 파도의 종류에 따라 생각 즉 철학의 방향이 정해진다는 말씀이군요. 그렇다면 묻겠습니다. 선생님 자신의 경우는 어떤 파도를 만나고 있습니까? 아니 그전에 선생님의 욕구는 어떤 좋음을 바라고 있습니까?

— 철학자: 일단 누구나가 갖는 인간적 욕구를 괄호에 넣고 저의 '철학적 욕구'에 대해 말씀드리지요. 지금까지 제가 발표한 글들을 읽어주신다면 한 가지 대답은 찾을 수 있을 것입니다. 글들은 이미 하나의 발

언이고, 발언은 생각의 결과이며, 그 생각은 욕구에서 유래하는 것이고, 욕구는 좋음을 지향하기 때문입니다. 지금까지 저의 철학을 움직였던 욕구는 존재의 실상, 다시 말해 세계와 인간의 근본구조를 알고자 하는 욕구였습니다. 하지만 근래에는 그 모든 관심이 '삶'에 귀착되어야 한다는 점에서 '삶의 원리에 대한 이해'를 원하고 있습니다. 그런 이해를 갖게 되면 우리들의 '좋은 삶'을 영위하는 데도 좋을 것이고 부차적으로는 이 나라의 고유한 철학을 수립하는 데도 좋을 것이기 때문입니다.

— 기자: 삶은 인간의 삶이고 따라서 우리 자신들의 문제이기 때문에 그 문제가 '철학'의 형태로 빚어내어진다면 큰 의미가 있을 것으로 기대됩니다. 그 결과를 지금 들을 수 있겠습니까?

— 철학자: 아직은 구상만을 밝힐 수 있습니다. 이 구상이 철학의 형태를 갖추기 위해서는 충분한 언어 즉 개념이 확보되어야 하고 그러기 위해서는 오랜 시간에 걸친 사색과 경험이 필요합니다. 사상도 사과처럼 익어야만 먹을 만한 열매가 될 수 있습니다. 다만 그 열매가 사과가 될지 배가 될지를 알기 위해 구상이라도 밝히라고 한다면 말하고 싶은 것은 많습니다.

— 기자: 듣고 싶습니다. 구상이 전체를 포괄하는 경우도 있지 않습니까? 선생님이 말씀하신 '빙산의 논리'나 '낙엽의 논리'도 일부가 이미 전체를 알려준다는 그런 말씀이 아니었던가요? 일엽낙지천하추…, 그렇죠?

— 철학자: 그럴 수도 있지요. 그렇다면 말씀드리겠습니다. 우선 철학의 관심사 내지 주제는, 철학을 하는 우리들 자신이 '생적(生的) 존재'인 이상, 어떤 형태로든 우리 자신인 인간의 문제로 연결, 귀착되어야 한다는 것, 그리고 인간은 무엇보다도 '삶'의 주인공이라는 것, 그리

고 삶은 결국 '행위'의 총체라는 것, 그리고 행위는 '상호적 관계함'이라는 것, 그리고 상호적 관계함은 '신분'에 기초한다는 것, 그리고 신분에는 각각의 '관심'이 있다는 것, 그리고 관심의 기초에는 '욕구'가 있다는 것, 욕구는 '좋음'을 지향한다는 것, 좋음이 '인간의 궁극적 원리'라는 것 등등을 저는 뼈대로 생각하고 있습니다.

— 기자: 각각에 대해 상론은 불가능하더라도 약간의 해설을 들려주십시오.

— 철학자: 인간에 있어서 가장 기본적이고도 중요한 사실은 '삶'입니다. 인간 이외의 모든 존재자는 그저 '존재'하거나 '생존'할 따름이며, 오직 인간만이 '삶'을 살아갑니다. 즉 인간은 '삶의 주인공'인 것입니다. 그런데 '산다'는 것은, 실은 우리 인간이 매일매일 의식적으로 혹은 무의식적으로 행하는 수많은 '행위'들의 총체로 이루어지는 것입니다. 이를테면, 사랑한다든가, 미워한다든가, 가르친다든가, 배운다든가, 논다든가, 일한다든가 하는 등등의 모든 것들이 그런 '행위'의 실질인 것입니다. 이 행위들이 희로애락 등 온갖 생적 감정들을 동반합니다. 그런데 이 '행위'란 것은, 대개의 경우 다른 사람(또는 사람들)과의 관계 속에서 이루어집니다. 그런 점에서 행위는 '관계함'이라는 성격을 갖습니다. 이 관계함은 서로가 서로에게 관계하는 상호적인 것, 사회적인 것입니다. 물론 하나의 특수한 경우로서 자기가 자기에게 관계하는 실존적인 관계함도 있습니다. 그런데 이 관계의 양단에는 각각 행위의 주체가 있고 그 주체들은 어떤 경우에든 모종의 '신분'에 제약되어 있습니다. 즉 우리 인간은 반드시 누구누구'로서', 예컨대 아무개의 자식으로서, 학생으로서, 아내로서, 사장으로서, 한국인으로서, … 무엇무엇인가를 욕구하는 것입니다. 이러한 '로서'를 저는 '신분'이라고 부릅니다. 그리고 신분에 제약된 이런 '행위'들에는 각각 그 행위 주체

들의 고유한 관심 내지 욕구가 근저에 도사리고 있습니다. 이 관심 내지 욕구는 무조건적인 것이며 어떤 점에서는 선천적인 것입니다. 그 내용은 실로 다양하면서도 끝이 없습니다. 마치 저 하늘의 구름과 같이. 바로 이 다양한 무한의 욕구들이 '삶'의 다양한 실질적 내용을 이룹니다. 그런데 이 '관심' 내지 '욕구'들은 '무언가에 대한' 욕구이며 특히 '무언가 좋은 것'에 대한 욕구입니다. 그런 점에서 그것은 후설이 말한 의식의 지향성과 같은 지향성을 갖습니다. '욕구의 지향성' …. 그렇게 모든 욕구는, 그것이 어떠한 종류의 것이든 산에 그 어느 것 하나 예외 없이 '좋음'을 지향하고 있습니다. '좋음'은 인간 행위의 궁극적 지향점입니다. (이른바 행복이라는 것도 이 범주에 포함됩니다.) 이렇듯, 좋음을 지향하는 욕구, 욕구가 결정하는 관심, 관심에 가로놓인 신분, 신분에 기초한 행위, 욕구 충족을 위한 이 행위들의 얽히고설킴이 곧 우리들의 삶이요, 이 '삶'이 다름 아닌 인간의 '본질 중의 본질'인 것입니다.

— 기자: '삶'의 기본적인 틀, 카테고리를 제시하시는군요. 이야깃거리가 많을 것 같습니다만 선생님의 말씀대로 지금 제시하신 구상이 성숙된 모습으로 익어가기를 기대하겠습니다. 다만 이러한 구상이 대학이나 대학교육과 어떻게 연결될 수 있을지 그 가능성을 짚어주실 수 있겠습니까?

— 철학자: 지금까지 '철학의 의미'를 생각해본 셈입니다. 저는 철학도 행위의 일종이기 때문에 삶에 봉사해야 할 의무가 있다고 생각합니다만, 그것은 철학뿐만 아니라 철학을 포함한 넓은 의미의 학문 전체에도 해당하며, 따라서 그 학문의 장소인 대학의 본질에도, 즉 연구와 교육에도 적용된다고 봅니다. 대학은 학문을 통해 좋은 삶에 봉사해야 합니다. 삶의 과정에서 우리는 수많은 문제들을 만납니다. 그 문제들을

철학은 해결해야 합니다. 적어도 그 해결을 위한 구상을 제공해야 합니다.

— 기자: 그 말씀을 놓치지 않겠습니다! 사실 선생님께서 평소 '철학의 이념'으로 강조하시는 '문제의 해결' 특히 '문제의 증세-병리적 구조-진단-검사-처방-처지-치유'라는 의학적 구도는 많은 사람들의 지지를 얻고 있습니다. 선생님은 이 '문제'라는 개념이 박종홍의 '현실' 개념을 계승한 것이라고 밝히신 적이 있습니다. 그렇다면 이 개념이 적어도 박종홍이 강조했던 '한국'이라는 것과 무관할 수 없을 것입니다. 한국의 문제와 관련해서 마지막으로 선생님의 견해를 들려주십시오.

— 철학자: 우리의 한국이건 공자의 중국이건 플라톤의 아테네건 현실의 문제는 '사람의 문제'입니다. 모든 사람들은 자신들의 '신분'에 입각해서 자신들의 '좋음'을 추구하기 때문에 욕구의 '충돌'이 필연적으로 생겨납니다. 이 욕구의 충돌이 이른바 '세상'에서 온갖 현실의 문제를 형성시킵니다. 따라서 문제의 해결을 위해서는 이 충돌을 해소하기 위한 '조정'이 필수적입니다. 이 조정을 위해 철학은 이성의 지지를 받을 수 있는 그리고 사회적 승인을 얻을 수 있는 '정의' 내지 '가치'를 제시해야 합니다. 공자의 모든 개념들도 이런 차원에서 이해해야 합니다. 저는 무엇보다도 '본질 내지 본분의 충족'이라는 가치가 문제 해결의 왕도라고 생각하고 있습니다. 모든 신분들에는 각각의 본질이 있습니다. 버스 운전사의 본질, 교사의 본질, 대통령의 본질, 남편의 본질…. 그 본질들이 왜곡되지 않고 충실히 채워질 때 우리 한국은 물론 세계 모든 사회에서 살아가는 인간들의 삶이 '좋은' 것이 될 수 있을 것입니다. 그것이 기본적인 방향입니다.

— 기자: 선생님의 기대대로 이 지상이 좋은 삶으로 가득 채워져 늘

강조하시던 '오아시스의 구축'으로 이어지기를 바라마지 않습니다. 인터뷰에 응해주셔서 감사합니다.

1998. 11.(44세)

450년 만의 외출

1998년 9월 28일. 아침신문에 눈길을 끄는 조그만 박스기사 하나가 실렸다. "먼저 간 남편 그리는 16세기 편지글" 하나가 "400년 전 사부곡"이라는 제목으로 소개된 것이다. 사연인즉, 당시 안동 지역의 유력한 집안 자제이던 고성이씨 이응태가 1586년 31세의 젊은 나이로 숨지자, 평소 금슬이 좋았던 그의 부인이 가로 60센티미터, 세로 33센티미터의 한지에 깨알 같은 언문으로 편지를 써 남편의 관 속에 넣어둔 것이 지난 4월 택지 개발 과정에서 무덤이 발굴되면서 412년 만에 세상에 알려지게 되었다는 것이다.

부분적으로 소개된 내용을 보면 애절하기가 이를 데 없다. "원이 아버지에게, 병술년(1586년) 유월 초하룻날 아내가" 보낸 이 글에는 다음과 같은 애틋한 심정이 절절히 담겨 있다. "당신 언제나 나에게 둘이 머리 희어지도록 살다가 함께 죽자고 하셨지요. 그런데 어찌 나를 두고 당신 먼저 가십니까." "당신을 여의고는 아무리해도 살 수 없어요."
"함께 누우면 언제나 나는 당신에게 말하곤 했지요. 나는 당신 마음을
어떻게 가져왔고, 당신은 내 마음을 어찌 가졌나요." "다른 사람들도
우리처럼 서로 어여삐 여기고 사랑할까요." 아름다운 이야기가 아닐
수 없다.

그들 부부가 정답게 살았던 그 고장이 또한 필자가 태어나 자란 곳이
기도 하고 무덤이 발굴되었다는 정상동이라는 곳이 필자가 꿈 많은 소
년시절 종종 낙동강을 건너가 진달래 꽃구경하며 놀던 곳이라 남다른
감회가 있었다. 어쩌면 바로 그 무덤가에 앉아 시를 짓고 놀았을지도
모를 일이다.

각설하고, 412년 전의 과거가 현재의 기사로서 신문의 한 면을 장식
하고 있다는 것이 실로 묘한 느낌을 준다. 같은 날짜, 같은 신문에는 시
시각각으로 변해가는 어수선하기 짝이 없는 지금 세상의 모습을 또한
수많은 기사들이 함께 전해주고 있기 때문이다. 신세가 뒤집힌 한국 여
야 정당의 정치공방, 잘난 체하던 한국 경제가 IMF에 덜미를 잡힌 채
그래도 살아나 보려고 구조조정이니 빅딜이니 하면서 갖은 몸부림을
치는 모습, 한일어업협정으로 더 이상 일본 근해의 생선을 잡아먹을 수
없게 되었다느니 독도가 어쨌다느니, 또 독일에서는 헬무트 콜의 16년
통치가 끝장났다는 선거소식 기타 등등. 더욱이 전 세계를 손바닥 위에
서 움직이는 미국의 대통령이 젊은 아가씨와의 '부적절한' 행위로 탄
핵 운운하며 큰 낭패를 당하고 있는 꼴은 위의 순애보와 기막힌 대비를
이룬다.

그런 묘한 대비 속에서 나는 강한 철학적 인상을 받았다. 이 세상에
는 '변하는 것'과 '변하지 않는 것'이라는 두 개의 영역이 있다. 사람들,
특히 '세상사람들'은 주로 '변하는 것'을 끝도 없이 뒤따라가면서 '일

상생활'을 살고 그렇게 살다가 '일생'을 마감한다. 그러나 그런 것이 이 세상의 전부가 아니라는 것을 너무나 많은 사람들이 너무나 자주 망각하고 산다. 사실은 '변하지 않는 것'들이 이 세상의 기본질서를 유지시켜 주고 그 덕분에 우리 인간들도 수없이 많은 혜택들을 누리면서 생명을 유지해가고 있건만 수많은 사람들이 이 불변의 영역에서 눈을 돌린 채 마치 인간이 이 세상의 주인이나 되는 양 갖은 오만을 다 떨고 있다. 인간은 이 세상의 나그네이지 결코 그 주인은 아닌 것이다.

남녀간의 애틋한 사랑이나 그럼에도 불구하고 예외 없이 받아들여야만 하는 죽음은 412년 전의 저 편지가 보여주듯이 '변하지 않는' 이 세상의 기본질서에 속한다. 안동대 박물관이 11월 24일까지 전시한다는 '450년 만의 외출' 특별전을 찾아가 한 번쯤 변하지 않고 반복되는 인간의 그 '사랑'과 '죽음'이라는 것을 깊이깊이 생각해보라고 권하고 싶다.

1998. 9.(44세)

좋은 삶을 위하여

오랫동안 철학에 종사해오다 보면 가끔씩 그 추상성에 스스로도 질식할 것 같은 느낌을 받을 때가 있다. 그래서 이따금씩은 거기에서 탈출하기 위해 비교적 구체성을 띤 실천적인 이론들에 관심을 갖게 된다. 지난 학기에는 그런 실천철학적 관심에서 한국사회의 제반 문제점들을 다루어보기도 했다. 그때 나는 이런 이론적 기초를 제시했다.

이 세상의 모든 것은 다 제가끔 '좋음(to kalon, to agathon)'을 궁극적으로 지향하고 있다. 우리 인간들의 삶의 실질적 내용을 이루는 수많은 행위들도 그 점에 있어서는 예외가 아닌 것이다. 즉, 우리 인간들의 일거수일투족은 모두 다 좋기 위해서(좋으려고) 행해지는 것이라는 말이다.

그 좋은 삶을 위해서는 우선 무엇보다도 삶의 중요한 조건 중의 하나인 '좋은 의도'와 그 실현을 위한 '좋은 환경'이 반드시 확보되어야 한다. 그 환경은 넓은 의미에서의 생활환경이며 이에는 자연환경과 사회환경이 다 함께 포함된다. (그것이 결국은 이른바 '세상'이다.) 이 중 사회환경은 삶의 질을 결정하는 것으로서 특히 중요하다. 그런데 이 사회환경이란 사실은 복잡다양한 욕구와 복잡다양한 입장을 지닌 사회 구성원들이 복잡다양한 인간관계 속에서, 그리고 복잡한 제도 속에서, 실천석 상호 행위를 통해 구성하는 사회 현실에 다름 아니다. 사회 현실이란 우리들의 일상적인 사회적 삶 가운데서 '문제'라는 형태로 우리들에게 부딪혀 온다. 그러니까 우선은 이 구체적인 문제들을 하나씩 해결해나가는 것이 '좋은 환경'을 확보하는 일차적인 과제가 되는 것이다. 그런 점에서 나는, "추상적 선의 실현을 위해 힘쓰기보다 구체적인 악의 제거에 힘쓰라"는 소위 '단편적 사회공학(piecemeal social engineering)'을 지지하는 포퍼주의자인 셈이다.

그러나 그 구체적인 악들을 악으로서 규정하고 개선 방향을 설정하기 위해서는 명백한 가치 기준(criteria)이 반드시 필요하다. 그 기준은 어디에서 찾아져야 하는가? 그것은 일단 '건전한 지성'을 내화한 철학적 엘리트에 의해서 '주장'될 수 있다. 그리고 그 주장이 사회적 합의에 의해 지지를 얻게 될 경우, 그것이 기준으로서 성립될 수 있는 것이다. 보이지 않는 공통의 이성이 그 합의의 정당성을 보증해줄 것이다. 바로 이런 관점에서 나는 많은 것들을, 대단한 정열을 가지고 주장해왔다. 그런 주장을 통해서 기준을 마련하고 그 기준에 의해 문제를 규정하고, 문제를 해결하기 위함이었다. 그리하여 사회 현실을 개선하고 좋은 사회환경을 마련하여, 좋은 삶에 이바지하고자 하는 것이 나의 희망이었다.

그런데 그러한 주장들은 실천을 통하여 '실현'되었을 때 비로소 생적인 의미를 획득하게 되며, 그 실천은 확고한 사회적 지지하에 우리 사회 구성원 모두의 공동의 노력에 의하지 않으면 안 되는 것이다. 한 개인으로서야 도대체 무엇을 할 수 있겠는가? 그런데 주위로부터의 우호적 호응, 특히 사랑하는 학생들로부터의 사회적 지지는 아직도 인색하기만 하다. 이런 생각을 깊이 하면 할수록, 자주 하면 할수록 나는 나 자신이 외로운 이방인이 되어간다는 사실을 뼈아픈 심정으로 느끼지 않을 수 없다. 주변에서 확인되는 것은 변함없이 지저분하고, 철저하지 못하고, 성실치 못하고, 게다가 살벌하기까지 한 것이다. 나의 열정적인 이론은 강의실 밖으로 한 치도 나가지 못하고 허공중에 흩어져버렸다는 말인가?

그래서 나는 목하 고민에 빠져 있다. 나는 미운 오리 새끼 같은 예외적인 단독자로서 좌절하고 절망해야만 하는가? 아니면, 자기 성실이나마 지키기 위해 끊임없이 언덕 위로 바위를 굴리는 시시포스처럼 허망한 노력을 계속해야 하는가? 아니면 결과야 어쨌든, 풍차를 향해 돌진하는 돈키호테처럼 그저 바보스럽게 용맹해야 하는가? 나는 지금 애인의 답장을 기다리듯 우군의 지원을 간절히 기다리고 있다.

1994. 10.(40세)

세계 앞에서 미래 앞에서

　하이델베르크 대학 철학부에서 연구년을 보내고 있을 때, 마침 파리에서 연구 중인 일본 T대학의 T교수와 우연히 연락이 닿아 만난 일이 있었다. 유학시절 이래의 오랜 벗이기도 한 그와 나는 제3국에서 뜻하지 않게 이루어진 재회를 서로 기뻐하며 오랜만의 회포를 풀었다. 파리의 이곳저곳을 함께 돌아다니며 우리는 시간이 아쉬울세라 많은 이야기를 나누었다. 당연한 일이기도 하겠지만 한국인의 눈으로 본 독일과 일본인의 눈으로 본 프랑스가 화제에 올랐고, 독일에서 들은 한국과 프랑스에서 들은 일본도 이야깃거리가 되었다.

　그중 한 가지 흥미로운 것은, 독일에서나 프랑스에서나 적지 않은 사람들이 다가올 21세기의 주역으로 '동아시아'를 꼽는다는 것이었다. 그 점은 하이델베르크 대학의 철학교수 한 분이 어떤 사석에서 내게 직접 들려준 이야기이기도 했다. 그것은 한국인인 나로서는 굉장히 기분 좋고 가슴 뿌듯한 이야기임에 틀림없었다. 그러나 21세기의 주도적인 국가가 되기에는 일본은 너무나도 많은 문제점들이 있다고 조목조목 꼬집으며 통렬하게 자국을 비판하는 T교수의 이야기를 들으면서 나는 솔직히 어떤 섬뜩함을 느끼지 않을 수 없었다. 오랫동안 일본에서 살면서 일본의 객관적인 '실력'을 누구보다도 잘 알고 있는 나로서는 엘리트 중의 엘리트인 그의 그런 자기반성이 그 막강한 일본의 실력 위에 또 하나의 실력을 보태주고 있는 듯한 느낌이 들었기 때문이다.

우리는 과연 어떤가. 유럽인이 주시하는 그 '동아시아'의 대열에 우리는 과연 떳떳하게 끼어들고 있는가. 유럽인들이 확신을 가지고 말하고 있는 '중국'과 '일본' 틈에, 그리고 그들이 상당한 근거를 가지고 말하고 있는 '싱가포르', '대만', '홍콩' 사이에 어쩌면 우리는 그저 덤으로, 인사치레로, 혹은 오해에 근거해서 가까스로 거론이 되고 있는 것은 아닌가…, 마음이 무거웠다.

세계 속에서 한 국가와 민족이 차지하는 지위는 엄청나게 중요한 것이다. 세계가 오직 하나의 유기체로서 움직여 가게 될 머지않은 미래에 있어서는 더더욱 그렇다. 그것은 우리 자신들의 삶의 질을 결정하게 될 가장 강력한 요인 내지 조건이기 때문이다. 그런데 우리는 그 세계의 움직임을 과연 제대로 보고 제대로 준비하고 있는가. 걱정이 태산이다. 문제의 핵심을 놓친 채 겉돌고 있는 듯한 우리의 인문과학, 시설도 장비도 턱없이 모자란다며 아까운 인재를 푹푹 썩히고 있는 우리의 자연과학과 공학, 순간이 영원을 결정하게 될지도 모를 이 판국에 도대체 무엇을 하고 있는지 도통 미덥지가 않은 우리의 정치, 엄청난 박사 실업자로 대표되는 거대한 낭비를 질릴 줄도 모르고 계속하는 우리의 교육, 아직도 자기밖에는 안중에 없는 우리들의 시민의식, 알량한 돈 몇 푼 들고 중국에 가서 그들 무서운 줄 모르고 건방을 떤다는 천박한 구경꾼들, 미래를 향한 발걸음을 죽어라고 잡아당기는 수많은 구조적인 비리들이며 하루빨리 버려도 시원치 않을 어두운 과거의 찌꺼기들, 7천만이 하나 되어도 힘이 모자랄 판에 이런저런 이해로 갈가리 찢어진 사람과 사람 사이, 걸핏하면 김 빼고 기죽이는 인간관계, 다시는 오지 말라는 듯 관광객을 쫓아내는 불친절과 미의식의 부재…. 세계 속에서 우리의 영광스러운 자리를 차지하기 위해 우리가 넘어야 할 고개는 하나둘이 아니다. 이제 우리는 이 모든 문제들의 해결을 위해 구체적인 첫발을 떼어야 한다. 실천 없는 극복은 마치 출발 없는 도착처럼 무의미하다.

나는 확신하거니와 우리들의 학문적 노력의 최종 목표는 삶의 질의 향상이다. 그 삶은 일차적으로 한국인으로서의 삶이다. 그것이 우리의 운명이다. 그 한국인은 이제 싫든 좋든 세계 속의 한국인일 수밖에 없다. 세계가 이제 우리 코앞에 있다. 우리는 그 세계의 일부로서 미래를 준비하지 않으면 안 된다. 그렇지 않으면 우리는 찬란한 이웃들을 질시하며 엉뚱한 착각으로 자위하면서 겨우겨우 꼴사나운 생존만을 부지해가는 비참한 천민의 삶을 수용할 수밖에 없다.

1994. 3.(40세)

친애하는 김 선생님

오늘 이 목사님을 통해 뜻하지 않게 선생님의 편지를 전달받고 무척이나 기뻤습니다. 어떠한 형태이건 이국 땅에서 살며 이렇게 누군가로부터 편지를 받는다는 것은 그 자체만으로도 큰 즐거움이 아닐 수 없습니다.

저는 이곳 하이델베르크에서 기대 이상으로 뜻있는 시간들을 보내고 있습니다. 다만, 이런 소중한 체험들이 곧바로 작품화되지 못하고 조금씩 그냥 과거 속으로 흘러가버리는 것이 아쉽고 안타까울 따름입니다.

먼저, 몇 가지 보내주신 말씀에 대한 대답을 드려야 할 것 같습니다.

우선, "어떤 의미에서 하이데거가 인생을 걸고 연구할 만한 사람이며, 니체는 그렇지 못하단 말인가" 하고 마치 질책하듯 물어오셨습니다. 지난번 만남 때의 대화 중에 제가 그와 관련된 말씀을 이미 드렸는지 기억이 분명치 않습니다만, 저의 그런 평가는 완전히 저 자신의 개인적 성향을 기준으로 한 것이었습니다. 니체의 천재성, 세계와 인간, 그리고 그 삶에 관한 뛰어난 통찰력, 거기에 덧붙인 예술성, 그것들은 이미 한 아카데믹한 교수의 평가 대상이 아닙니다. 더욱이 그의 언어들이 갖고 있는 생동감은 어떤 점에서 하이데거 이상이라는 평가도 가능할 것입니다. 그럼에도 불구하고 저는, 니체의 현실적인 삶이 보여주었던 어두운 그림자에 비해, 비록 실수와 잘못으로 세간의 비난을 받기도 했지만, 그래도 하이데거의 삶이 결과적으로는 훨씬 더 인간적인 것이 아니었던가, 신이 애초에 당신의 모습으로 인간을 지었을 때 보고자 했던 인간적 삶의 모습은 바로 그런 것이 아니었을까, 하고 생각했던 것입니다. 노년에 부인과 마주 보며 철부지처럼 웃고 있던 하이데거의 사진을 처음 보았을 때 저는 흐뭇한 감동을 느낀 적이 있었습니다. 그의 철학도 그런 삶의 태도와 결코 무관하지 않다고 저는 봅니다. 제가 보기에 '존재사유(Seinsdenken)'라고 하는 그의 철학은 대학이 보호하고 보장해주는 정신적, 경제적 여유(scholē) 속에서 비로소 가능한 순수무구한 현상학, 그 이상도 그 이하도 아닙니다. 그런 한계 내에 있어서는 그래도 최고의 성실성과 엄밀성, 그리고 철학성을 지닌 것이 바로 하이데거라고 저는 보고 있는 것입니다. 우선은 그것에 대한 공감입니다.

물론 언제부턴가 저는 참된 철학은 현상학 이상의 어떤 것이어야 한다는 강한 요구 앞에서 고민해오고 있기도 합니다. 결국은 구체적 삶으로 되돌아와야 한다, 현상학의 학은 logos요 legein이요 Rede이며, 그것은 삶의 작은 한 부분일 따름이 아닌가, 그것은 내가 그토록 중요시하는 좋음과 나쁨, 좋음과 싫음에 대해 한마디도 언급이 없지 않은가…. 그래서 저는, 막연하고 소박하지만, '산다'는 것이야말로 철학의 구체적 내용 내지 재료라는 것, 그 중심에는 '나' 그리고 '나들'로서의 '우리'가 있다는 것, 그 '나'들이 수많은 규정성으로서의 '신분'적 존재라는 것, 그 신분들이 수많은 관계를 형성한다는 것, 그 관계는 생동적인 상호 '관계함'이라는 것, 그 '관계함' 속에서 삶의 실질적 내용으로서의 '문제'들이 생성된다는 것, 이 '문제'들에서 좋음과 나쁨, 좋음과 싫음이 비로소 문제된다는 것, 그 '좋음'을 보호하고 향유케 하고 그 '나쁨'과 '싫음'을 제거하며 치유케 하는 것, 바로 이런 작업이 철학의 소유로 되어야 하지 않을까, 그렇게 생각하고 있는 것입니다.

주신 글 가운데서 "남을 의식하고 남과 더불어 협력하는 인간관을 제시해야 한다"는 말씀이 있었는데, 저로서도 전적으로 공감하는 바입니다. 20세기 프랑스 철학의 공통적인 기저가 그런 것이었지요. 다만 저로서는, 구름 위에 있는 일반적 도덕원리만으로는 무의미하며, 출발은 어디까지나 신이 우리 마음 안에 심어주신 가능적인 '욕구'들, 그것을 인정하는 것이어야 한다는 생각입니다. 철학의 역할은 그 '욕구'들을 '조정'하는 '원리'들의 제시에 있는 것이 아닌가, 그런 생각을 해봅니다. 저 자신, 성장과정에서 체험했던 수많은 자기 억제들 또는 외적 통제들, 예컨대 경제적 욕구, 육체적 욕구, 문화적 욕구, 사회관계적 욕구(예컨대, 명예나 우월의 성향), 그런 욕구들에 대한 억압들, 그런 것들이 얼마나 부자연스럽고 무사려한 것이었던가, 하는 점을 지금의 저는 깨닫고 있습니다. 이런 깨달음이 세월의 흐름 속에서 생겨나는 단순한 타락이요 세속화라고 비난할 수 있을까요? 결코 그렇지 않습니다!

문제는, 욕구의 인정을 보편화시키는 것입니다. 즉 나만의 욕구가 아니라 너(Du)의 욕구도 인정하는 것입니다. 거기서 모든 질서가 생겨나며 거기서 우리는 정의로운 '좋음'을 향유할 수 있습니다. 소위 선진사회는 바로 이 점을 실현시키고 있기 때문에 많은 사람들이 거기서 만족과 편안함을 느낀다고 저는 봅니다. 그것은 이곳 독일 사람들의 '표정'에서도 묻어납니다. 물론 이런 욕구의 보편화는 결코 쉬운 일은 아닙니다. 왜냐하면 "네가 남에게 대접받고자 하는 대로 너도 남을 대접하라"는 예수의 말씀이나, "네가 원하지 않는 바는 남에게도 하지 말라"는 공자의 발씀이 바로 이것을 이야기하고, 그것이 결코 쉽게 실현되지 않았다는 것을 역사 자체가 보여주고 있기 때문입니다. 그러나 아무튼, 가능한 욕구의 조화, 그 속에서의 인간들의 만족스러운 삶이 신에 대한 최대의 '효도'인 것은 분명합니다. 마치 형제들이 서로 싸우지 않고 중간선을 지키며 제가끔 만족한 삶을 사는 것이 부모에 대한 최고의 효도이듯이!

이제 화제를 좀 바꾸겠습니다. 주신 글 중에 "한국사회가 참으로 안타까운 방향으로 치닫고 있는 것을 보았다"는 말씀은 참으로 저를 안타깝게 만들었습니다. 왜냐하면 우리에게는 분명히 그런 안타까운 현실이 있기 때문입니다. 저 자신도 13년 전, 처음 '일본'이라는 외국을 체험하면서 "인간사회라고 다 똑같은 것은 아니었구나" 하는 점을 일종의 분노와 더불어 느낀 적이 있었습니다. (특히 그때는 일본이 최고의 호시절을 구가할 때였고, 한국은 아시다시피 신군부가 득세한 때였습니다.) '한국'이라는 것이 어쩔 수 없는 나의 운명이고 그것이 내 '살(肉)'의 일부라는 것을 느낄 때마다 그 분노는 커져만 갔습니다. 그러나 누구를 탓하겠습니까? 실은 나 자신도 그 '한국'의 일부인 것을! 그렇게 생각해보면 한 가지 구제 가능성이 없는 것도 아닙니다. 즉, 내가 외국에서 체험했던 바로 그 '좋음'을 다름 아닌 '한국'의 땅 위에 실현시켜 놓는 것입니다. 비록 그 공간이 '5천만 분의 1'에 불과할지라도 그것도 엄연한 한국이 아니던가요? 그 작은 공간만이라도 선진화시켜 놓지 못한다면, 이미 한국을 나무라고 탓할 자격이 내게는 없는 것입니다. 저는 그렇게 생각하고 있습니다. 예컨대, 약속시간을 잘 지킨다든지, 교통법규를 잘 지킨다든지, 사람을 함부로 대하지 않는다든지, 세련된 언어를 구사한다든지, 아름다운 자연을 훼손시키지 않는다든지… 기타 등등. 나 자신에게 요구되고 있고 또 나 자신에게 가능한 그런 일들이 얼마든지 있는 것입니다. 물론 주변의 저항이 만만하지 않지요. 속도 많이 상하지요. 그러나 또 한편 생각해보면, 흔히들 말하고 있듯이, 그렇게 여건이 나쁜 만큼 희망도 있는 것이 아닐는지요. 오늘 이 곡시 님과도 그런 이야기를 나눴습니다만, 우리 한국도 세련된 건축과 세련된 의식, 이 두 가지만 어떻게 되면 굳이 독일, 일본 부러울 게 없을 겁니다. 한국사회가 그토록 고약스런 사회라면, 그 고약스런 사회를 치유하기 위한 한 알의 밀알이 되기 위해서라도 김 선생님처럼 선진사회를 잘 아는 분이 한국사회의 한 부분을 확고히 차지해야만 합니다. 거기서 "세련된 삶이란 바로 이런 것이다" 하는 것을 제대로 한번 보여주어야만 합니다. 둔탁한 정신을 가진 사람들이 미처 그것을 못 보더라도, 그 흔적은 어디엔가 남게 되지 않을까요? 그것도 한 멋진 한국인의 삶으로서 말입니다.

저는 한때 '정상(正常)'이라는 말을 두고 철학적 사고를 전개해보려고 시도한 적이 있었습니다. 모든 것을 창조한 신이 애당초 의도했던 그런 모습으로서의 정상…. 인간의 정상은 남녀의 결합에 있다고 저는 봅니다. 그리고 사랑…. 그것은 제가 말씀드린 '행복'의 기본조건인 듯도 싶습니다. '뺨을 스쳐가는 바람결', '철만 되면 피어주는 코스모스들', '고요한 밤시간, 우연히 일어나 마시는 한 잔의 커피'를 두고 저는 행복을 노래했지만, 사실 그런 행복들은 아내의 원피스를 고르러 백화점을 돌아다니는 행복에 비한다면 훨씬 정도가 낮은 것은 아닐는지….

신이 우리에게 그런 사랑과 행복을 허락했다는 것은, 이 거칠고 험한 삶의 세계에서 얼마나 큰 위안이 되어주는지 모릅니다. 남녀의 사랑은 존재의 꽃이라고 저는 봅니다.

저는 감히 신자(信者)라고 말하지는 못하는 사람이지만, 신의 허락 없이는 한 마리의 모기도 날지 못하고, 신의 허락 없이는 한 방울의 비도 떨어지지 못한다는 것을 믿고 있습니다. 제가 이따금씩 갖게 되는 행복들도 실은 신이 내게 주시는 선물임을 알고 항상 두렵고 조심스럽습니다.

저는 아직도 '조금'밖에는 알고 있지 못합니다. '철학'에 관해서도 '세계'에 관해서도 그리고 '인간'에 관해서도 '삶'에 관해서도, 항상 '도상'에 있음을 저는 느낍니다.

많은 이야깃거리가 있지만 한 통의 편지에서 다 할 수는 없는 노릇입니다. 사실 우리들에게 있어, 유럽은 아직도 아름다운 동경의 대상입니다. 이곳은 영화의 배경이고 작품의 무대 같습니다. 루터와 괴테와 헤겔이, 그리고 베버와 야스퍼스가 발 디뎠던 이곳 하이델베르크에서 한 소장 철학도가 지금 후설이 살았던 괴팅겐의 한 신학도에게 글을 쓰고 있습니다. 먼 훗날 되돌아보면, 우리들에게는 이런 사실 자체가 작품 같은 삶의 한 부분일 수도 있습니다. 이런 답신의 기회를 제공해 주신 데 대해 진심으로 감사드립니다. 그리고 부디 아름다운 삶의 시간들이 선생님의 앞날에 이어지기를 신에게 기원합니다.

하이델베르크에서 이수정 드림
1993. 7.(39세)

나의 동경시대

1980년 4월 1일, 서울을 떠난 'JAL'은 두 시간 남짓 하늘을 날아 '나리타(成田)'에 도착했다. 트렁크 하나를 달랑 들고서 나는 일본 땅 동경에 첫발을 내디뎠다. 촉촉이 비가 내리고 있었다. 그 빗속에 '일본'이 펼쳐지고 있었다. 모든 것이 신선했다. 무엇보다도 주변의 깨끗함과 깔끔함이 나를 압도했다. 그것은 주변에 난무하기 시작한 일본어와 함께 묘한 감동으로서 다가왔다. 처음으로 체험하는 '외국'이라는 탓도 있었을 것이다. 묘한 흥분이 나를 감싸고 있었다. 지난 4년간의 대학생활, 그리고 1년간의 조교생활, 그동안에 나를 짓누르고 있었던 수많은 일상의 압박들이 일순에 멀어져 갔다. 내 삶의 한 시대가 조용히 정리되어 넘어가는 것을 나는 느끼고 있었다.

마중 나온 버스는 문부성 장학생으로 선발되어 온 우리 일행 33명을 나누어 싣고서 어디론가 열심히 달려갔다. 차창에 서린 김을 닦으며 모두들 호기심 어린 눈으로 바깥을 내다보고 있었다. 한참 만에 버스는 어딘지도 모를 한 주택가 길가에 우리를 내려놓았다. 군데군데 공터와 밭들도 눈에 들어왔다. 비는 계속해서 내리고 있었다. 담장가에 하나 가득 피어 있는 개나리가 인상적이었다. 그곳은 '치바대학 유학생료(千葉大學 留學生寮)', 우리가 살 기숙사였다. 동경대 기숙사에는 빈 방이 없어 당분간 이곳 기숙사에 신세를 져야 한다는 설명이었다. 생활규칙 등등 이것저것 안내가 있었지만, 솔직히 제대로 알아들을 수가 없었다. 딴에는 제법 일어를 한답시고 했고 두 차례의 시험에도 통과를 했지만 절반도 채 알아들을 수가 없었다. 아니 절반은커녕 가끔씩 아는 단어가 한둘 들려올 뿐이었다. 눈앞이 캄캄했다. 주변을 둘러보니 다른 친구들은 제법 알아듣는지 고개를 끄덕거리기도 하고 있었다. 그 불안의 한 켠을 뚫고 묘한 오기가 고개를 쳐드는 것을 나는 느꼈다. "어차피 왔다. 온 이상 어디 한번 완벽한 수준에 도달해보자. 그래야 온 보람이 있을 것이다…."

방을 배정받았다. A동 2층 20호였다. 두어 평 남짓한 그 독방에는 벽장과 침대와 책상이 갖추어져 있었다. 커튼을 여니 창밖에는 넓은 잔디밭과 드높은 한 그루 전나무가 눈에 들어왔다. 만족스러웠다.

두 명의 한국인 선배(JJ와 CM)가 저녁식사 후 우리 신참들을 술자리에 초대했다. 그 양반들이 바로 맞은편 방에 있었다는 사실이 여간 마음 든든한 게 아니었다. 술집은 역 앞, 번화한 동네 중심가 한 켠에 있었다. 거기서 '아사히' 맥주를 나누며, 환영과 격려와 충고와 조언을 겸한 이런저런 이야기를 들으며, 밤이 깊어갔다.

기나긴 나의 동경시대는 이렇게 시작되었다.

기숙사에서 '이나게(稻毛)'역까지는 걸어서 한 10분쯤 걸리는 거리

였다. 거기서 노란색 국철 '소부센(總武線)'을 타고 '오차노미즈(お茶の水)'까지 다시 한 30분, 오차노미즈역 앞 돌다리 위에서 토다이구내(東大構內) 행 버스를 타고 다시 한 10분을 가니 동경대에 이르렀다. 말로만 듣던 동경대는 기대만큼 멋진 곳이었다. 이른바 관동대지진으로 폐허가 된 후 새로 지어진 것이라고는 하지만 고풍스러운 그 건물들은 권위가 스며 있는 듯한 느낌을 주었다. 넓은 교정 한가운데에는 '산시로이케(三四郎池)'라는 연못이 있고 오리들이 평화롭게 헤엄치고 있었다. 그것을 울창한 숲이 둘러싸고 있었다. 그 바로 옆에 문학부 긴뫁이 있었고 그 2층에 철학연구실이 자리잡고 있었다. 약간 우중충한 느낌이 들기도 하였지만 철학연구실다운 육중한 분위기가 감돌고 있었다. 그곳이 7년간의 내 유학생활의 무대가 되어주었다. 그리고… 그것은 내 청춘의 무대이기도 했다.

처음 1년간은 정신이 없었다. 우선, 일본어라는 언어의 장벽을 극복해야 했고 일본의 생활과 사고에 익숙해져야 하는 현실적 문제가 있었다. 그런 한편으로 입학시험 준비도 게을리할 수 없었다. 무엇보다도 언어 문제가 급선무였다. 공식적으로는 정부에서 붙여준 튜터(tutor)가 있어서 도움을 주게 되어 있었다. 같은 과의 SK라는 친구가 튜터로서 실제로 적지 않은 도움을 주었다. 하지만 그 친구와의 제한된 대화만으로 만족할 수는 없었다. 당장에 TV가 한 대 필요했다. 거의 백화점에 버금가는 학내 구매부에서 나는 만족스러운 물건을 선택할 수 있었다. 13년이 지난 지금도 애용하고 있는 그 빨간색 소니 TV는 내게 둘도 없는 친구이자 어학 선생이 되어주었다. 저녁시간엔 되도록 TV를 보도록 노력했다. 그중에서도 특히 일일 연속극을 골라서 봤다. 거기에서, 가장 정선되고 자연스러운 일상어를 접할 수 있을 뿐 아니라,

가장 자연스러운 일본과 일본인의 모습, 그들의 사고와 생활을 접할 수 있으리라는 판단 때문이었다. 또 한편으로는, 잘 알아듣지 못하더라도 연속극이란 보다 보면 대충 감이 잡히는 법이고, 스토리 전개에 흥미를 갖게 되면 다음 날 또 보고 싶어져서 같은 유의 언어에 자동적으로 그리고 반복적으로 접하게 되는 그런 효과가 있으리라는 나름대로의 계산도 있었다. 그런 계산은 어느 정도 적중했다. 일본어로 꿈을 꾸기 시작하게 되면서부터 언어의 벽은 조금씩 허물어져 갔다. 물론, 주변에 있던 사람들과 닥치는 대로 지껄여댔던 것이 좋은 훈련이 되기도 했을 것이다. 철학과의 동료들은 물론이고, 기숙사에 있던 미국 친구, 프랑스 친구, 아프리카 친구, 폴란드, 중국, 대만 등 거의 전 세계의 친구들과 일본어로 지껄여댔다. 일본어와 문법구조가 비슷한 한국어 사용자인 나로서는 상대적으로 그들보다 정확한 말투를 사용할 수가 있었고 다행히 몇 가지 어려운 발음의 문제도 쉽게 극복을 했다. 그 점에 대해서는 주변으로부터 이내 많은 찬사가 있었고, 그 찬사는 용기와 자부로 변하여 내 가슴속에 자리잡았다. 칭찬과 격려만큼, 그리고 반복되는 훈련만큼 교육적 효과가 큰 것은 없다는 사실을 나는 그때 체험으로 터득하게 되었다.

3개월이 지나면서 언어상의 불편은 기본적으로 해결되었고, 이제는 세련과 향상만이 남게 되었다. 그 점은 일본어로 일기를 쓰면서 조금씩 극복해나갔다. 친구와 거의 매일같이 엽서를 주고받기도 했다. 이윽고 일본인 동료들과 철학적 토론이 가능하게 되었을 때, 그 통쾌함을 아는 사람은 — 아마도 마음먹고 노력해본 사람을 제외하고서는 — 그다지 많지는 않을 것이다.

일본인의 사고와 생활에 대한 적응에 있어서는, 나의 경우 큰 문제가 없었다. 아직 젊은 탓도 있었겠지만, 성실과 예의바름과 철저함과 세련됨을 '가치'로 생각하고 노력하려 했던 나의 개성이 일본인의 사고와 잘 맞아떨어진 우연도 크게 작용했다. 큰 불편이 없었을 뿐더러, 그들의 사고와 생활은 오히려 편안함을 느끼게 해주었다. 시청에 등록을 할 때부터 실감했던 그들의 친절함과 공손함은 신기할 정도였다. 모든 사람들이 제각기 자기 자리에서 성실을 다하고 있는 모습은 차라리 조그만 감동이기까지 했다. 버스를 타면 안내방송이 나왔다. "다음은 ○○에 정차합니다", "왼쪽으로 회전합니다. 흔들리니까 주의해주십시오" 하는 식이었다. 가게에 가도 그랬다. "어서 오십시오. 감사합니다. 또 오십시오"는 말할 것도 없고, 돈을 내면 "얼마 받았습니다. 거스름 돈 얼마 돌려드리겠습니다" 하는 인사가 꼬박꼬박 되돌아왔다. 그 밖에도 제시간에 차 떠나기, 줄서기, 약속 지키기 등등 그 모든 것이 너무나도 당연한 기본이었다. 버스를 타기 위해 필사적으로 뛰어야 하는 일은 결코 없었다. 택시의 합승은 상상할 수조차 없었다. 그러한 속에서 나는, 사람 사는 세상이라고 다 똑같은 것만은 아니로구나 하는 것을 뼈아프게 느꼈다. 소위 선진국이라고 하는 나라의 영광이 우연히 주어진 것이 아니라는 사실도 체험으로 알게 되었다. 부러움과 질투, 얄미움, 그런 복합적인 감정 속에서 나의 생활도 이어져 갔다. 주말엔 동네 주변을 산보하는 것이 큰 즐거움이었고 가끔씩은 기차를 타고 교외 나들이를 하기도 했다. 그럴 땐 아테네 출신의 친구 S가 좋은 길벗이 되어주었다. 함께 바닷가에서 스케치를 하기도 했다. 제법 정성 들여 그린 그림 한 장은 나중에 그 친구와 함께 아테네로 갔다.

문제는 시험 준비였다. 입학을 했다고는 하지만 신분은 '연구생'이었다. 일본에서는 유학생에게 1년간의 '연구생' 과정이 의무처럼 되어 있었고 1년 후 일본인과 동등한 자격으로 시험을 치러 정식 학위과정에 들어가도록 되어 있었다. 공부는 결코 호락호락하지 않았다. 서울에서도 제법 한다고 한 공부였지만 저들에 비해 기초가 약하다는 것을 절감하지 않을 수 없었다. 저들은 영어와 독일어와 프랑스어 실력을 기본적으로 갖추고 있었다. 고전 전공자는 물론 그리스어와 라틴어를 읽었다. 일단은 그 학문적 분위기에 따라가는 일이 필요했다. 시간이 중복되지 않는 한 닥치는 대로 강의를 들었고 세미나에도 참석했다. 튜터인 SK를 비롯해서 몇몇 친구와 윤독회를 갖기도 했다. 독일어 책을 펼쳐놓고 그들은 그대로 일본어로 줄줄 읽어 내려갔다. 나에게는 그것이 이중의 부담이었지만 '한국인'으로서의 오기가 그것을 견뎌내게 했다. 비록 공치사였겠지만 그들은 '스고이(대단하다)'라는 찬사를 남발했다. 그 몇 분의 발표를 위해 내가 몇 시간의 준비를 해갔는지 그들은 아마 몰랐을 것이다. '조선 놈'의 본때를 보여주겠노라고 나는 몇 번이나 이를 악물었는지 모른다. 교수들로부터 최초의 인정을 받기 시작한 계기는 우연하게도 영어와 독일어의 '발음'이었다. 예외는 있지만 일반적으로 일본인들의 발음은 '엉망'이었다. 나는 한국인으로 태어난 덕분에 '발음'으로 그들의 기를 죽일 수가 있었다. 그것이 그 살벌하고 엄격한 (누구든 최소한 한가닥은 해야 하는) 동경대의 학문적 분위기 속에서 얼마만큼 큰 숨통이었는지 모를 일이다.

2학기에 들면서 통학시간을 줄이기 위해 학교 근처 아야세(綾瀬)에 한 깔끔한 두 칸짜리 민간 아파트를 빌려 이사를 했다. 그리고 나서 본격적인 시험 준비가 필요했다. 우선은 논문을 한 편 제출해서 기본 학력을 인정받아야 했다. 떨어지는 은행잎을 보면서, 귀뚜라미 소리를 들으면서, 이윽고 앙상해진 가지들을 보면서 나는 눈이 침침해지도록 400자 원고지를 메꾸어나갔다. 그러는 한편으로 지난 몇 해간의 시험 문제를 입수해서 예상문제를 만들어 답을 정리해보기도 했다. KK, NS, KT 등의 친구들이 많은 도움을 주었다.

입시문제는 참으로 황당했다. "○○에 대해 논하라"는 문제 한 줄과 다섯 장의 백지가 주어졌다. 그리고 "다음 문장을 번역하고 그 기본 사상을 설명하라"는 문제가 덧붙여져 있었다. 보니, 하나는 영어, 하나는 독일어, 하나는 프랑스어, 하나는 라틴어였다. 독일어 문장 중에는 그리스어 문구도 포함되어 있었다. 아찔했다. 하지만 하늘은 내 편이었다. 찬찬히 뜯어보니 독일어 문장은 공교롭게도 내 전공분야에서 발췌된 것이었고, 라틴어 문장은 우연하게도 내가 학부 졸업 논문에서 다루었던 부분이었고, 나로서는 거의 백지상태였던 프랑스어 문장도 데카르트의 가장 유명한 부분에서(따라서 내가 거의 외우고 있다시피 한 부분에서) 발췌된 것이었다. 영어는 밀의 것이었는데 큰 어려움은 없었다. 나는 신들린 듯 빈칸을 메꾸어나갔다. 어떻게 시간이 흘러갔는지 알 수 없었다.

시험이 끝난 뒤, 선배인 SKa와 몇몇 친구들이 근처 유시마(湯島) 신사의 매화를 구경시켜 주었다. 따끈한 감주도 한잔 사다 주었다. 그들의 그런 사소한 배려가 그 '웬수 놈'의 일본에 대해 점점 정이 들게 만들어나갔다.

며칠 후 문학부 현관 옆 게시판에 합격자 명단이 나붙었다. 거기에 나의 이름도 자랑스레 끼어 있었다. 그것은 본격적인 시작을 의미하는 것이었다.

동경대 교정에 다시금 벚꽃이 만발하고, 내게는 본격적인 공부가 시작되었다. 공부는 결코 쉽지 않았지만 그 분위기는 거의 완벽할 만큼 만족스러운 것이었다. 원하는 거의 모든 것을 줄 수 있는 교수진, 겨루어볼 만한 가치가 있는 뛰어난 동료들, 그리고 무엇보다도 충분한 자료들이 마음에 들었다. 낮에는 주로 종합도서관 열람실에서, 밤에는 집에서 작업을 했다. 도서관은 특별히 흡족했다. 기본적인 서적들은 거의가 개가 열람실에 비치되어 있었고, 전문서들은 비치된 장소가 목록에 적혀 있었는데, 타 학부 도서관에 있는 경우도 있었지만 대부분은 학과에 내려가 있었다. 교수 연구실 겸 학과도서관에서 필요한 책을 찾으면, 조수(조교)를 통해 얼마든지 대출해 볼 수가 있었다. 절판된 것들은 부지런히 복사도 했다. 학내와 교문 밖 여러 곳에 복사점이 있었고, 맡기기만 하면 작업을 대신 해주니 여간 편리한 게 아니었다. 주말엔 헌책방을 돌아다니는 것도 큰 즐거움 중의 하나였다. 헌책방이 밀집되어 있는 '칸다(神田)'와 '와세다(早稻田)'가 학교 가까이에 있어서 편리하기도 했다. 종일토록 다니다 보면 다리도 아프고, 귀한 책은 터무니없이 비싸기도 해서 얄미운 심정도 들었지만, 원하던 책을 발견했을 때의 기쁨은 그 모든 것을 잊게 해주었다. 다니다 배가 고파지면 빙글빙글 돌아가는 '회전 스시'집이나 '소바'집에서 요기를 하기도 했다. 철학이야 '책'과 '사고'와 '토론'이 최상의 무기이니 특별히 아쉬운 것이 없었다.

특히 교수들로부터는 배울 것이 많았다. 지도교수였던 와타나베 교수는 동료들 사이에서 '괴물'로 통하고 있었다. 전공분야인 하이데거 철학은 물론이고 후설 현상학, 칸트, 셸링, 헤겔, 니체, 프레게에 이르기까지 독일 철학 전반에 걸쳐 거의 '초인적'인 이해와 지식을 지니고 있었기 때문이었다. 나중에 안 사실이지만, 이분은 독일에서도 그 실력을 당당히 인정받고 있는 세계적인 연구자였다. 그뿐만 아니라 이분은 20세기 철학의 이른바 '분열상', 즉 독불의 대륙 철학과 영미의 분석적 철학 사이의 반목을 '상호 몰이해'에서 비롯된 결코 바람직스럽지 못한 현상으로 규정하고, 그 극복을 위한 시도로서 영미 철학 연구서도 집필하였는데, 그 역시 본격적인 수준의 것으로 평가받고 있었다. 세미나는 박사과정을 마칠 때까지 7년 동안 성실하게 참가하였지만, 한결같은 모습이었고 진지한 것이었다. 특히나 일본인 특유의 그 '팀워크'는 주목할 만했다. 독일식 도제제도가 나름대로 정착되어, 특정 교수의 문하생들끼리 그룹이 형성되어 있었다. 우리는 장난삼아 그것을 '와타나베 군단(渡邊軍團)'으로 불렀고 나도 어느새 그 일원으로 분류되고 있었다. 세미나에서 한 가지 특이했던 점은, 학생들이 분담, 발표, 토론을 함으로써 그것을 주도적으로 운영해가는 것이었다. 교수는 사회자의 역할을 훌륭히 수행했다. 그러나 막히는 곳에서는 어디서든 거침없이 문제를 해결하고 뚫어줌으로써 그 막강한 실력을 과시해 보이기도 했다. 하기야 무려 1,300여 페이지에 달하는 학위논문을 20대에 작성해서 박사학위를 받았고, 그 논문의 질이 수십 년이 지난 지금도 인정받는 것이고 보면, '괴물'이라는 표현이 하등 이상할 것도 없었다. 그렇다고 질식할 것 같은 아카데미즘만이 있었던 것은 아니었다. 세미나가 끝나면 우리는 이따금씩 구내 '아카몽(赤門)' 옆 한 켠에 있는 '비어 가든'에 우르르 몰려가서 맥주를 마시기도 했다. 거기서는 이런저런 이야기들이 화제에 올랐고 물론 철학적 토론이 이어지는 경우도 있었다. 학기말엔 예외 없이 종강 파티도 열렸다. (일본에서는 이것을 '콤파'라고 불렀다.) 이때면 역 근처 술집에서 고주망태가 되도록 퍼마시기도 했다. 와타나베 교수도 대단한 주당 중의 한 사람이었다. 그런 자리에서 어느 날 교수와 한 학생(나의 가장 친한 친구가 된 H군) 간에 격렬한 논쟁이 벌어졌다. 학생도 지지 않을세라 말을 맞받았다. 그때의 결론으로 교수는 한마디를 내뱉었다. "하지만 자네! 학자는 쓰지 않으면 소용이 없어!" 그 간단한 한마디는 아직도 내 기억에 깊이 남아 가끔씩 게을러지는 내 가슴을 치기도 한다. 설날에는 어김없이 교수의 집에 모여 하루를 보냈다. 부인은 정성스럽게 마련한 설 음식들을 끊임없이 날랐고, 교수가 좋아하는 모차르트를 들으며 트럼프 놀이를 하기도 했다. 또 가끔씩은 함께 기차를 타고 소풍을 가기도 했다. 다리가 뻐근하도록 산길을 걷고, '요로계곡(養老溪谷)'이라는 곳에서 잠시 쉬며 맛있는 잉어회를 얻어먹은 일은 아직도 기억에 생생하다.

그렇다고 와타나베 교수만이 전부는 아니었다. 지금은 은퇴하고 ○○여자대학 총장을 지내고 있는 Y교수는 당시 세미나에서 자율적인 논문을 끊임없이 발표하게 함으로써 스스로 철학하는 훈련을 시켜주었다. 이분은 이따금씩 문하생들과 함께 음악회를 개최하기도 하는 재주꾼이기도 했다.

또 지금은 지병으로 세상을 떠난 영미 철학의 K교수는 철저하고도 치밀한 분석적 사고로 학자의 또 하나의 전형을 보여주었다. 어느 해 여름 장마철, 연구실로 통하는 2층 복도에서 교수와 마주치며 인사를 하고 지나갔다. 지나간 뒤 이상해 뒤돌아보니 교수는 우산을 쓴 채 무언가를 골똘히 생각하고 있었다. 2층 복도에서 우산을 쓴 채 사색에 잠겨 걸어가는 노교수! 그것은 참으로 보기 드문 감동적인 장면이었다.

그리고 칸트와 그 주변의 헤르더(Herder), 하만(Haman)을 섭렵하고 프랑스 철학에도 정통한 S교수는 학문적 독창성과 인간적 온후함을 몸으로 보여준 분이었다. 항상 조용하고 겸손하면서도 끊임없이 노력하고 책을 써내는 모습은 좋은 귀감이 되기에 충분했다.

또 한편 교양학부 소속의 I교수는 고전 그리스 철학 분야에서 철저한 트레이닝을 시켜주었다. 내 전공인 하이데거 연구에 필수적인 파르메니데스 철학은 I교수를 통해서 그 정수를 맛볼 수가 있었다.

이야기를 하자면 끝이 없다. 언젠가는 그 경험담으로 몇 편의 드라마 라도 쓸 수 있겠지만, 지금은 시간이 없다. 이만 줄일 수밖에는 도리가 없다.

인기 있는 미국도 유럽도 아닌 '일본'이라는 특수한 곳에서의 유학이 었지만, 그 미묘한 역사적 배경만을 접어둔다면 나의 동경시대는 나름 행복한 것이었다. 같은 유학 동료들끼리도 이따금씩 모여 삼겹살을 구 우며 그런 이야기를 나눈 적이 있었다. "어쩌면 지금이 우리 인생에서 가장 행복한 때인지도 몰라." 지금 와 되돌아보면 가끔씩 그때 그 말이 실감 날 때가 많다. 어쩌다가 우연하게 얻은 기회였지만 그 기회를 살 려 좋은 환경에서 공부도 했고, 7년이란 긴 세월 동안 장학금을 받으며 경제적 궁핍도 겪지 않았고, 많은 사람들을 사귀면서 국제적인 시야도 넓혔고, 또 그 기간 중에 예쁜 마누라와 토끼 같은 자식들도 얻었다. 어 디 그뿐인가. 그 덕분에 박사와 교수라는 명예도 얻었고, 그리고 무엇 보다도 귀중한 추억들을 하나 가득 얻었다. 이만하면 성공한 유학생활 이 아닐까 하고 생각해본다. 나는 그저 늘 보살펴주시는 숨어 있는 하 느님께 감사할 따름이다.

1990. 12.(36세)

왜 일본은…?

1990년 9월부터 1년간 동경대학에서 연구할 수 있는 기회를 얻어, 또다시 동경 땅을 밟았다. 기나긴 유학생활을 마치고 귀국한 후 4년 만의 재방이었다. 나리타 공항, 청사 내의 한 통로에 걸린 "오카에리나사이. 오츠카레사마(おかえりなさい. おつかれさま[잘 다녀오셨어요? 피곤하시죠?])"라는 큰 간판이 가장 먼저 눈에 들어와 내 마음속에 묘한 파문으로 와 닿았다. 그것은 어쩌면 나에게도 적용될 신선한 환영이었다.

생각해보면, 동경은 내 젊은 삶의 무대였고, 거기에는 내 청춘시절의 온갖 애환들이 묻혀 있기도 한 것이다. 동경은 분명 '나의 동네(私の町)'이기도 했었으니까. 그런 만큼, "오카에리나사이"라는 문구는 실감나는 것이었다. 깊은 감회가 나를 감싸는 것을 느낄 수 있었다. 그렇게, '또 하나의 동경시대'가 시작되었다.

지난 4년간의 바쁜 귀국생활은 동경의 모든 것을 새로운 느낌으로 와 닿게 했다. 그토록 내 삶의 가까이에 있어 아무런 위화감도 없었던 동경의 모든 것들이 이제는 모두 다 새로웠다. '케이세이센(京成線)' 철로변에 스쳐가는 풍경들, 건널목의 차단기와 뎅뎅거리는 신호소리, 역 앞에 늘어선 자전거들, 좌측으로 달리는 자동차들, 거리에 즐비한 소바집, 스시집의 '노렌(のれん)'들, 그리고 무엇보다도 사람들의 친절한 말투와 표정들이 새로웠다. 그 분위기 속에서 나는 '나제카 홋토스루(なぜか, ほっとする[왠지 안심되고 푸근해지는])'하는 이상한 내 마음을 감지했다. 그것은 단순히 "이제 1년간 직장생활의 부담에서 해방돼 자유로이 내 공부를 할 수 있다"고 하는 데서 오는 것만은 아니었다. 동경에는 그렇게 사람의 마음을 푸근하게 해주는, 뭔가 눈에 보이지 않는 '분위기'가 있었다. 내 조국의 '푸근함'과는 또 다른 종류의 그 '푸근함'을 나는 거기에 사는 동안 사랑해왔고, 4년 만의 재방에서 다시 한 번 그것을 확인한 것이다.

　　그러나 모든 것이 순조로운 것만은 아니었다. 주거를 구하기가 쉽지 않았다. 도착 전부터 친구를 통해 수소문해 보았고, 도착 후에도 친구와 함께 여러모로 알아보았지만 번번이 실망만을 안고 되돌아오곤 했다. 더러는 단순한 '실망'만도 아닌, '서러운 체험'까지도 겪어야 했다. 나는 어쩔 수 없이 내가 '외국인'임을 확인하지 않으면 안 되었다. 너무나도 높은 '벽'이 거기에 있었다. 물론 예전에도 그런 벽이 없었던 것은 아니지만, 경제대국을 자타가 공인하는 이 마당에 아직도 그런 벽을 허물 만큼 일본이 성숙하지 못했는가, 하는 점을 생각할 때는 안타까웠다. 다행히 대학 숙사에 입주가 결정되고, 그때까지 '아무런 조건 없이' 자기 집 한쪽 켠을 사용해도 좋다는 한 친구의 호의도 있고 해서 문제는 해결되었지만, 일본 사회의 그 '폐쇄성'만은 예나 지금이나 변함이 없었다. 그것은 일본의 어쩔 수 없는 한계였다.

4년 만의 동경은 변하지 않은 듯하면서도 변해 있었고 변한 듯하면서도 변하지 않은, 그런 느낌을 주었다. 예를 들면, 동네 곳곳에 정들었던 주택들이 헐리고, 대신 못 보던 현대식 건물들이 새로 들어섰고, 예전 같으면 미나토구(港區)에서나 마주치던 외국인의 얼굴을 분쿄구(文京區)에서도 쉽게 만날 수 있었다는 것, 그리고 소비세가 실시돼 지갑에는 온통 1엔짜리로 가득 차게 되었다는 것, 못 보던 깔끔한 가게들이 새로 많이 생겨났다는 것, 그리고 예전보다도 더 많고 더 좋은 '물건'들이 그 가게에 그리고 사람들의 집에 늘어났다는 것, TV의 프로그램 내용들이 훨씬 더 '가볍고 활발한' 것으로 바뀌었다는 것, 서양에 대한 막연한 선망이 줄어들고 일본에 대한 자신감이 도처에서 발견된다는 것 등등은 확실히 변화라면 변화였다. 그 작은 변화들에서 내가 공통적으로 느낄 수 있었던 것은 '풍요로움'이었다. 그 '풍요'는, 서울의 일부에서 느낄 수 있는 풍요로움보다도 훨씬 더 일반적인 것이었고, 훨씬더 수준 높은 것이었다. 내가 보기에 그것은 일본의 '영광'이랄 수 있는 것이었고, 그리고 그것은 '좋은' 것이었다. 일본은 유례없는 호시절을 구가하고 있었다.

나는 그 영광의 근원이 어디에 있는지를 생각해보지 않을 수 없었다. 그것은 나 자신이 어쩔 수 없는 '외국인'으로서 그 영광을 '향유'만 할 수 있는 입장이 아니었기 때문이리라.

단순히 생각하면, 그 영광은, 일본의 무역이 유례없는 흑자를 기록하고, 그래서 돈이 많고, 또 그것은 일본 국민들이 근면하고, 정치가와 기업가 등이 열심히 노력했기 때문이라고 설명이 된다. 그러나 그것만으로는 진정한 설명이 될 수 없다. 이렇게 된 데에는 무언가 더 깊은, 일본 특유의 문화적, 정신적 바탕이 있을 것이다. 그것을 파악하고 이해하는 것이 중요하다는 생각이 들었다. 나는 나름대로 몇 가지를 생각해 보았다.

그중 하나를 나는 '코다와루(こだわる[신경쓴다, 집착한다, 구애받는다])'라는 일본말에서 찾아냈다. 일본인들은 "…にどこまでもこだわってまいりたいと思います(…에 철저하게 코다와루 해나갈 생각입니다)"라는 말을 자주 한다. 이것은 일본인들에게 아주 보편적으로 지배되고 있는, 일본 특유의 정신이라는 느낌이 든다. 예컨대 우리 한국인들 같으면 그냥 지나칠 일도 일본인들은 '코다와루'한다. 우리는 흰 buttons에 구두를 신어도 '괜찮지만', 일본인들은 '키모노(きもの)'에는 '조리(ぞうり)'나 '게타(下駄)'를 신어야 한다는 것에 '코다와루'한다. 일본인들은 보도(步道)가 교차점을 만날 때는 자전거 통행에 편리하도록 턱이 낮아야 한다는 사실에 '코다와루'한다. 그들은 옷의 양쪽 소매길이가 완전히 같아야 한다는 사실에 '코다와루'하고, 논문의 인용문의 출처가 어느 출판사의 몇 년 판의 몇 페이지냐에 '코다와루'하고, 두부의 제조일이 몇 일이냐에 '코다와루'하고, 주택의 창문의 높이와 넓이가 각각 몇 센티미터냐에 '코다와루'한다. 나는 이러한 일본인의 정신을 'Kodawarism'이라고 이름해 본다. 일종의 '철저주의'인 이 '주의'는, 적어도 일본에 있어서는 '민주주의'나 '자본주의' 못지않게 위력을 발하고 있다고 내게는 보였다. 거의 모든 분야에서 거의 모든 사람들이 이 '주의자'들이니 '일본제'는 완성도를 높여 좋아지게 되고, 좋으니 잘 팔리고, 잘 팔리니 부자가 되고, 부자가 되니 모든 것이 풍요롭고 안정되고 유쾌할 수밖에 없는 것이다. 예외야 있겠지만, 이것이 일본 사회가 이룬 풍요의 '기조(基調)'라는 말이다.

그런데 이 '코다와리즘'보다 더한층 근원적인 성격을 나는 본다. 그것은 일본인들이 끊임없이 '좋은 것'을 바라보고 지향하고 그것을 내

것으로 만들어 소중히 해나가고자 한다는 것이다. 특히 바깥에 있는 어떤 좋은 것을. 이것은 마치 해바라기가 태양을 바라보고 따라 도는 것과 흡사하기 때문에, 나는 이 정신을 'Himawarism(해바라기주의)'라고 이름해 본다. 이 '주의'는 대단히 뿌리가 깊다. 일본은 섬나라이므로 '안'과 '밖'의 구별이 확연히 있다. 따라서 '안'에 있는 일본인들은 자연히 '바깥'을 내다본다. 특히 무언가 '좋은' 것을. 고대에 있어서 그들이 처음 본 토기나 청동기나 철기 같은 것, 그리고 '성'이나 '고분'이나 '벽화' 같은 것은 바로 그런 '좋은' 것이었다. 그래서 그들은 그것을 소유한 가야를, 그리고 고구려, 백제, 신라를 바라보았고, 그것을 이식하고, 그리고 소중히 했다. 또 그들이 '한자'와 '불교'를 보았을 때, 그것도 '좋은 것'이었고, 그래서 그들은 중국을 바라보았고 또 그것을 내것으로 만들어 소중히 해 오늘에까지도 이르고 있다. 또 그들이 고려의 불화, 조선의 도자기를 보았을 때 그것 또한 '좋은' 것이었고 그래서 그것을 내 것으로 만들어 소중히 하면서 오늘에까지 이르고 있다. 부채도, 민주주의도, 컴퓨터도, 라면도 모두가 그런 것이어서 그것들은 이제 확고한 '일본'의 '문화'로서 뿌리 내리고 있는 것이다. 처음에 그것이 어디에 있었느냐 하는 것은 일본인들에게는 별 문제가 아닌 것이다. 어쩌면 이제 '김치'도 곧 일본의 문화로 정착되어 갈지 모르겠다. 끊임없이 좋은 것을 따라 돌되 그것을 내 것으로 만들어 결실을 맺는다는 것, 그것은 해바라기가 영양가 많고 고소한 씨앗을 남기는 것과도 통하는 것이다. 일본이라는 해바라기가 바라보는 그 해의 위치는 한국과 중국을 지난 후 이윽고 포르투갈, 네덜란드, 영국, 독일, 프랑스, 이탈리아 등 유럽 국가들을 거쳐서 지금 현재는 미국에 머무르고 있다.

이것뿐만도 아니다. 또 하나는, 일본인들은 흩어지거나 갈라지기보다는 모이고 기대고 맞잡고 뭉쳐서 힘을 합해 무언가를 해나가고자 하

는 그런 성향이 체질화돼 있다는 것이다. 그것은 거의 생리현상처럼 이들에게 내재해 있다. 어떤 형태로든 집단에 속하지 않고서는(즉 '나카마(仲間[동료])'가 되지 않고서는) 살아가기 힘든 것이 일본 사회다. 장난기 섞인 말이기는 하지만, "빨간 신호등, 다 같이 건너면 무섭지 않다(赤信号, みんなで渡れば怖くない)"는 말이 있다. 일본에서는 이를테면 이런 식으로 '다 같이(みんなで)', '다 함께(いっしょに)'라는 말이 빈번히 들려온다. 그렇게 그들은 잘 '아츠마루(集まる)'한다. 아츠마루란 '모인다'는 말이다. 모이면 여럿이 하나가 된다. 찍고 약한 것들이 크고 강한 것으로 변화한다. 당연한 일이지만, 혼자서는 불가능한 일들도 여럿이 모여 힘을 합치면 그것이 가능해질 수 있다. 모임으로써 지혜를 뽑아낼 수도 있고, 무서움과 두려움도 여럿이기 때문에 사라질 수 있다. 요컨대, 한 사람 한 사람의 능력과 실력을, 모임으로써 결집하고, 하나의 큰 힘으로 뭉쳐나가는 것, 그것이 바로 이 정신이다. 개미나 벌과도 같은 이런 정신, 이런 풍토를 나는 'Atsumarism'이라고 불러본다. 이런 주의는 교우관계에서도, 학교에서도, 회사에서도, 어디에서도 보인다. 그 수많은 집단들의 최상위에 바로 '일본'이라는 궁극의 집단이 존재하는 것이다. 이것이 결국 모든 분야의 수준을 높이는 데 기여하면서 일본의 국력, 일본의 풍요, 일본의 영광으로 연결된다고 내게는 느껴졌다.

물론 이것들뿐만도 아니겠지만, 아무튼 내게는, 그 누구에 의해서도 별로 강조되지 않는, 일본인 자신들도 잘 모르는 이러한 정신들, 즉 '코다와리즘', '히마와리즘', '아츠마리즘'이 일본의 이 '풍요로움'의 진정한 근원이라고 생각되었다.

그러한 속에서 나는 1년간 '또 하나의 동경시대'를 보냈다. 거기에는 분명 '좋음'이 있었다. 좋은 것이었기에 나는 내 친애하는 일본 친구들이 그것을 언제까지나 소중하게 간직하면서 건전한 방향으로 발전시켜 나가주기를 희망한다. 그리고 한 가지 덧붙일 것은, 그러한 풍요로움을 바탕으로 해 선량한 이웃들에게 피해를 주는 그런 고약함만은 두 번 다시 드러내지 말아주었으면 하는 것, 그것뿐이다. 나는 일본을 잘 아는 한 친구로서 (그리고 일본의 그런 훌륭함들이 한순간에 이상한 고약함으로 돌변할 수도 있다는 것을 너무나 잘 아는 한 친구로서) 진심으로 일본의 그 훌륭함에게 건투를 빈다.

1991. 12.(37세)

철학카페

어느 추운 겨울날 저녁, 전공이 서로 다른 몇 사람의 학자들이 창원의 한 카페에 우연히 모여 스토브를 둘러싸고 앉았다. 사고가 자유스러워질 만큼의, 꼭 그만큼의 많지도 적지도 않은 술들을 마시고 대화가 오고 간다. 화제는 돌고 돌아 이제는 '철학'이 도마 위에 올려져 있다.

물리학자가 말한다.

— 하여간 철학은 모든 학문의 근본이고, 그래서 우리도 철학에 관심을 가질 필요가 있을 것 같아요.

— 관심을 가질 정도가 아니라 우리도 인간인 이상 직접 철학을 할 수 있는 것 아닙니까?

하고 생리학자가 끼어든다.

— 할 수 있는 정도가 아니라 해야 되는 것 아닌가요?

하고 예술가가 거든다.

— 그런데…, 그런데 말입니다. 철학이라는 것 자체가 도대체 뭔지 종잡을 수가 없잖아요? 아니 한편에서는 그런 게 왜 필요한가 하는 비판도 없지 않지요.

하고 수학자가 몸을 내민다.

— 그 점에 대해서는 하여간 철학하시는 분이 뭔가 방향을 제시해줄 의무가 있을 것 같은데요…. 점잔만 빼지 말고 한마디 하셔야죠.

하고 심리학자가 분위기를 몰아간다. 철학자가 난처한 듯 머뭇거리다가 입을 연다.

— 글쎄요. 다들 일가견이 있는 것 같은데… 아닌 게 아니라 다른 건 그렇지 않은데 유독 철학에 대해서만은 누구든지 한마디씩 거들려고 하는 게 보통이죠. 미아리 운명철학에서부터 인생철학, 정치철학, 경영철학, 개똥철학에 이르기까지 코에 걸면 코걸이 귀에 걸면 귀걸이인 것 같은 게 철학이니까 말입니다. 적어도 그런 자기 나름의 '일가견'에 '철학'이라는 말을 붙이는 데 누구도 주저하질 않습니다.

— 우리더러 함부로 철학 운운하지 말라는 말씀 같은데요… 하하하.

심리학자가 웃는다. 철학자가 말을 잇는다.

— 별말씀을. 요컨대 저는 아까 누가 말씀하신 대로 철학의 정체가 분명하지 않다는 점을 일단 인정할 필요가 있다는 말을 하고 싶은 겁니다. 사실 철학 내부에서도 그렇습니다. 철학을 한다고 자처하는 사람들 사이에서도 철학에 대한 정의는 제각각입니다. 유독 철학에서만 "철학이란 무엇인가?" 하는 '철학론'이 하나의 고유한 분야를 이루고 있고, 또 그 내용들을 보아도 결론이 제가끔 다르다는 말씀이죠. 몇 가지 예를 들어보자면, 소크라테스 같은 사람은 '영혼의 개선'을 철학의 목표로 삼고 있고, 비트겐슈타인 같은 사람은 "모든 철학은 언어비판이다", "철학의 목적은 사상의 논리적 명료화다"라는 식으로 말하고 있

고, 하이데거는 "철학은 인간 즉 현존재의 해석학에서 출발하는 보편적인 현상학적 존재론이다"라고 하고, 마르크스 같은 사람은 "철학은 세계를 변혁시키기 위한 것이어야 한다"고 말하고 있습니다. 이런 것들 말고도 의견은 또 많습니다.

— 점점 더 헷갈리는데요….

하고 수학자가 말한다.

— 그건 틀림없습니다. 실제로 철학의 역사가 그런 역사인걸요. 초창기 그리스에서는 자연의 근원이 무엇인가를 철학의 주세로 삼기도 했고, 그 후에는 변론술로 사람을 설득시키는 것을 철학의 본업으로 생각한 시기도 있었고, 영혼의 카타르시스를 위해 철학을 하기도 했고, 또 보편적 개념의 본질을 확보해서 영혼을 개선시키는 것이 철학의 목표라고 생각한 적도 있고, 마음의 안정을 위한 사고활동을 철학의 목표로 삼은 적도 있었습니다. 또 중세 때는 이를테면 신의 존재 증명, 보편자의 본질을 논하는 것 등이 철학의 임무라고 생각했고, 그래서 철학은 'ancilla theologiae' 즉 '신학의 시녀'라고 했고, 또 근세 때는 지식의 구조라든지 명증한 지식의 확보, 요컨대 의미 있는 앎이란 무엇이며 그것은 어떻게 성립되고 어디까지가 그 범위이고 어떻게 하는 것이 그런 지식, 인식을 확보하는 효과적인 방법인가 하는 등등을 철학적 주제로 생각한 적도 있고, 또 역사 속에서 자유 실현을 위해 자기 전개를 해나가는 절대자의 정체를 밝히는 작업, 그런 것을 포함해서 절대적 앎에 이르기까지의 의식의 경험을 기술해서 학문의 체계를 수립하는 것이 철학이라 생각한 적도 있고, 그야말로 세계를 뒤바꾸어 놓는 것이 철학이라 생각한 적도 있고, 본래성의 회복을 위해 실존적 결의를 강조한 적도 있습니다.

— 그렇다면 어떤 것이 진짜 철학이라고 말할 수 있습니까?

하고 생리학자가 묻는다.

— 결국, 그 모든 게 다 진짜 철학이겠지요. 이런 것들은 실제로 역사에 있어서 철학이라는 이름하에 수행되어 온 것들이고, 철학이라는 이름으로 공감을 얻고 또 영향을 끼쳐온 것들이니까요. 공감과 영향은 결코 우연히 이루어지는 일은 없습니다. 그러니까 역사 속의 철학, 또 지금 현재 철학이라는 이름하에서 수행되고 공감을 받고, 영향을 주고 있는 그런 실제의 철학, 그 모든 것이 다 우리가 일단 귀기울여 보아야 할 의의 있는 진짜 철학이지요.

— 다양성을 인정해야 한다는 말씀인가요?

하고 물리학자가 지적한다.

— 그렇습니다. 저는 개인적으로, 이런 철학만이 진짜 철학이다, 라는 식의 고집스러운 주장에 혐오감을 느낍니다. 철학뿐이 아니고, 사회 자체가 그렇죠. 무릇 다양성이 인정되는 사회가 좋은 사회라고 저는 봅니다.

철학자가 말한다.

— 다양성이라… 그것 참 좋은 소린데요. 그렇지만 뭔가 공통점은 있어야 할 것 아닙니까?

수학자가 묻는다.

— 그렇지요. 그건 아마 찾아보면 찾아질 겁니다. 실제로 철학이라고 불렸고 그리고 불리고 있는 것들이 어떤 성격의 것들인가를 주의해서 보면 되겠지요. 아마도 철학의 역사적 발단, 그러니까 철학이 어떤 모습으로 출발했는가를 보는 게 하나의 방법이 될 수 있겠지요. 역사적으로 보면 철학은 '물'이라는 탈레스의 한마디 말로 시작되고 있습니다. 이건 아리스토텔레스 이래의 정설로 대체로 이의가 없습니다. 그런데 '물'이라는 대답 자체가 중요한 게 아닙니다. 이 말을 철학의 출발로서

높이 평가하는 것은 그 물음과 대답의 구조, 특히 그 물음 자체 즉 문제의식, 그리고 물음 내용 즉 주제, 그리고 대답의 방식, 이것 때문입니다. 우선 물음 자체가 뭐냐…, 그건 우리 앞에 전개되고 있는 이 복잡다양한 자연, 이 자연의 '근원(arche)'이 무엇이냐 하는 것이었습니다. 이건 현상에 대한 지(知)를 희구하는 물음이지요. 매일같이 보는 자연이지만 그걸 그냥 지나쳐 보지 않고 의문을 품는다는 것, 도대체 뭘까 하는 것, 이것이 철학의 시작이었던 겁니다. 독일의 시인 헤벨이라는 사람의 글귀 중에 "친애하는 벗이여, 사람들이 뭔가를 매일같이 보고 있으면서 그게 무엇을 의미하는지 결코 묻지 않는다는 것, 그건 칭찬할 일이 아니다"라는 게 있습니다만, 그런 게 바로 철학의 태도인 셈이지요. 또 자연의 근원, 원초라는 것, 이 주제도 그렇습니다. 그건 현상이지요. 객관적 현상이지요. 이 주제는 아까 말씀드린 대로 시대에 따라 사람에 따라 다양하게 변화되지만 근원적인 것, 전체적인 것, 가치관련적인 것을 철학은 문제로 삼습니다. 그래서 철학은 세계를 묻고, 우주를 묻고, 인간을 묻고, 역사를 묻고, 원리를 묻는 거지요. 이런 문제들에서 모든 구체적인 것들이 출발되고 또 모든 구체적인 것들이 결국은 이런 궁극적, 전체적 문제로 귀착될 수 있습니다. 철학이 이런 것들을 다룬다고 꼭 자랑할 일은 아니지만 이런 것들에 대한 앎도 반드시 필요한 것이요. 인간들한테는 이런 것도 필요해지는 부분이 있고, 또 그런 경우가 실제로 있으니까 철학이 죽지 않고 2,600년씩이나 살아남아 있는 것이겠지요. 요컨대 수요가 있으니까 공급이 있다는 말씀입니다. 또 대답의 방식도 주의해서 볼 필요가 있습니다. "물이다"라는 대답이 어떻게 나왔느냐는 말입니다. 물론 탈레스 자신이 해명해주지는 않습니다. 우리는 추측해볼 수밖에 없는데, 다행히도 우리보다 먼저 아리스토텔레스라는 머리 좋은 사람이 추측해본 게 있어서 큰 도움이 됩니다. 그 사람은 추측하기를, 아마도 만물의 영양이 물기가 있다는 것, 또 열이 물기 있는 것에서 생겨나고 그것에 의해서 유지된다는 것, 그런 것을 관찰한 데서부터 그는 이런 견해를 갖게 되었을 것이다, 그리고 그것으로부터 만물이 생겨나는 바의 그것이 만물의 원리 즉 아르케인데, 씨가 바로 그런 것이다, 탈레스는 바로 그런 만물의 씨기 물기 있는 본성을 가지고 있다는 데서 착안해서 이런 견해를 가지게 된 것이다, 라고 말합니다. 이 추측을 일단 맞다고 치면, 물음에 대한 탈레스의 대답 방식은 그 이전과 같은 신화적 해석이 아니라 경험적 관찰에 의한 것이었다는 말이 됩니다. 그것은 이성적 해석입니다. 이성적으로 납득할 수 있는 방식으로 답한다는 것, 이게 바로 철학이었던 겁니다. 아닌 게 아니라 탈레스는 밀레토스라는 해안 항구 도시에 살았던 모양이니까 날만 새면 물을 봤을 거고 특히 비라도 오는 날엔 온통 물천지니까 물이 근원이라고 생각했는지도 모르죠. 고대인들에게는 물의 의미가 현대인들이 상상하는 이상으로 컸을지도 모르니까….

— 자꾸 물물 하니까 목이 마르네. 웨이터 아저씨 물 한잔 주세요!
하고 느닷없이 생리학자가 소리친다. (일동 웃음)

— 결국 뭡니까. 철학은 여러 가지가 있는데 공통적인 것은 문제의식을 갖는다는 것, 근원적인 것, 전체적인 것, 가치관련적인 것, 뭐 그런 것들을 문제 삼는다는 것인가요? 그리고 문제에 대한 대답 방식이 신화적이 아니라 경험적, 이성적이라는 것, 뭐 그런 말씀입니까?
하고 물리학자가 말한다.

— 역시 머리 좋은 분들은 다르시군. 그렇게 말씀하시니 저 자신도 정리가 되네요. 아무튼 저는 철학의 정체를 밝히기 위해서는 일단 실제 역사 속의 철학을 존중하고 거기서 답을 찾아내야 한다는 입장입니다. 그리고 그 문제의 근원으로 끊임없이 되돌아가 볼 필요가 있습니다. 일

종의 '환원주의'라고 불러도 좋겠죠. 그렇지만 그게 전부는 아닙니다. 철학의 역사 자체가 다양한 주제의 변화를 보여주고 있다는 사실 자체가 또 하나의 중요한 의미를 갖는다고 저는 봅니다. 즉 철학의 관심사는 얼마든지 변화, 확장될 수 있다는 것입니다. 지금까지 변화, 발전되어 왔듯이 앞으로도 그렇게 변화, 발전될 수 있고 또 그래야 한다는 것을 철학의 역사 자체가 암시하고 있는 셈이지요. 이건 일종의 '확장주의'라고나 할까요. 그래서 저는 평소에 그렇게 말하기를 좋아합니다. "철학은 끊임없이 새롭게 자신을 규정해서 새로운 한 페이지를 메꾸어 나가도록 요구하는 영원한 미완성 교향곡"이라고 말입니다.

— 멋있는 말인데요. 아니 그런데 철학자는 부전공으로 시도 하는 겁니까? 하하….

하고 예술가가 한마디 거들자 모두 웃는다.

— 아무튼 칭찬인 것 같아 기분이 좋군요. 그런데 저는 철학의 의의에 대해서 꼭 한 가지 토를 달고 싶습니다. 무슨 말씀인고 하니, 철학은 결코 만능이 아니고 결코 위대한 일도 아니라는 것입니다. 우리 주변에는 철학의 참모습을 모른 채 멀리서만 보고 철학을 지나치게 과대평가하는 사람들이 있는가 하면, 철학자들 중에는 철학을 한답시고 지나치게 폼을 잡는 사람들도 없지 않습니다. 그건 부당하다고 저는 봅니다.

— 무슨 뜻이지요?

심리학자가 흥미롭게 묻는다.

— 저는 기본적으로 철학도 '삶'의 일부를 이루는 '하나의' '활동'이라고 생각합니다. 우리는 결국 모두 인간이지요. 인간이란 무엇보다도 삶의 주체입니다. 삶이란, 제 생각으로는, 탄생에서 죽음 사이에 전개되는, 끊임없이 이어지는 다양한 행위, 행동, 활동들의 총체적인 집합이라고 봅니다. 그 활동 중엔 먹고 입고 자는 일, 노래하는 일, 노는 일,

공부하는 일 기타 등등, 사전에 나오는 모든 동사가 대변하는 일들이 있을 겁니다. 그 가운데에 물리 연구도 있고 수리 연구도 정치활동도 기도도 설교도 있을 것입니다. 그중의 하나로서 철학도 있는 것입니다. 그 각각은 그 각각에 고유한 의미, 의의가 있습니다. 예술은 예술대로 의의가 있고 운동은 운동대로 있을 것이고 또 철학은 철학대로 이의가 있는 겁니다. 그 의의가 구체적으로 어떤 것이냐…, 그것은 철학 자체가 규정해야 할 과제 중의 하나겠죠.

— 결국 인간의 한 활동이라는 말씀이군요.

물리학자가 정리한다.

— 그렇지요.

철학자가 단호한 어조로 대답한다.

— 그렇다면 아까 누가 말했듯이 우리도 철학을 할 수 있겠네요.

— 그럼요. 누구든 철학적 현상을 사고하고 언어화해서 성공을 거둔다면 바로 그 사람이야말로 철학자의 이름에 합당한 사람일 겁니다. 철학은 직업적인 철학선생의 전유물이 절대로 아닙니다.

— 그렇다면 우리 모두 예비 철학자인 셈이네요. 글쎄 제 갈 길이 바빠서 철학할 여유까지 있을지 모르겠지만 아무튼 새로운 멋진 철학의 탄생을 위해서 우리 모두 건배합시다.

생리학자가 잔을 높이 쳐든다.

— 그럽시다.

— 건배! (일동 잔을 비운다)

창밖에는 여전히 추운 겨울밤의 풍경이 펼쳐지고 있다.

1993. 2.(39세)

매화꽃을 보면서

한때, 배와 비행기라는 물건을 처음 타보고 그 엄청난 쇳덩어리를 바다와 공중에 띄울 수 있는 '인간'의 위력에 진심으로 탄복한 적이 있었다. 또 한때, 뉴욕이라는 도시를 처음 보고서 그 엄청난 빌딩의 숲을 대지 위에 심어놓은 '인간'의 위력에 전율 같은 감동을 느낀 적도 있었다.

인간이란 참으로 대단한 것들을 만든다고 나는 지금도 곧잘 감탄을 한다. 주변을 둘러보면 세상은 그런 '인간'의 작품들로 가득하다. 아파트며 공장이며 자동차며 도로며… 온통 '인간'의 작품들이다. 그런 것들은 많은 경우 '인간'의 능력, 위력, 실력 또는 우월성을 나타내는 것으로 설명되며, 또한 대개의 경우 좋은 것으로 받아들여지고 있다. 사실 인간들의 풍요로운 삶을 위해 전화는 얼마나 좋은 것이며, 전차는 또 얼마나 좋은 것이며, TV는 또 얼마나 좋은 것이며, 컴퓨터는 또 얼마나 좋은 것인가. 이 모든 것들이 다 '인간'의 손을 거쳐 나온 것들이며 또 오직 인간에 의해서만 있을 수 있는 것들이니 '인간'이란 참 얼마나 대단한 존재인가. 그 누구도 이런 실력을 부인할 수 없으며, 또 그럴 필요도 없다.

그런데 우리 인간들은 때론 이러한 실력을 과대평가하고 그로 해서 그 한계를 간과하고 있으며 나아가서는 오만에 빠지기도 한다. 인간이 자랑하는 삭품들은 대개의 경우 과학과 기술과 산업의 발달에 기인하고 있으나 그 과학, 기술, 산업 자체가 실은 자연이 가르쳐준 법칙들, 그리고 자연이 제공해준 원료들에 기초하여서만 가능하다는 사실을 우리는 너무나도 쉽게 망각하곤 하는 것이다.

당연한 말이지만 이 세상에는 인간들의 작품만이 존재하는 것은 아니다. 그런 것들과 더불어 아니 그 이상으로 인간들과 상관없이 존재하는 것들이 있는 것이다. 강이 그렇고 산이 그렇고 해가 그렇고 달이 그렇다. 또 토끼가 그렇고 사슴이 그렇고 장미가 그렇고 코스모스가 그렇다. 이런 것들이 존재하는 데 사실 우리 인간은 무엇 하나 보태준 것이 없고, 또 보태줄 수도 없다. 인간의 과학과 기술과 산업이 제아무리 발전하더라도 그것들을 근본적으로 초월한 또 하나의 영역이 따로 있는 것이다.

생각해보라. 태양의 생성에 인간의 과학이 공헌했다는 보고가 있는가. 제비가 창공을 가르고 나는 데 인간이 도와준 바가 있는가. 코스모스가 꽃을 피우고 씨를 남기는 데 인간이 기여한 바가 있는가. 인간은 아무것도 하지 않았으며 또 할 수도 없다. 그런데도 불구하고, 보라. 인간의 의사나 능력과는 아무 상관도 없는 영역에서, 태양은 스스로 작열하고 있으며 제비는 스스로 날고 있으며 코스모스는 스스로 피어나고 있는 것이다. 이런 '또 하나의 영역'에서는 우리들 인간은 완벽하게 무능하며, 따라서 인간의 모든 과학도 기술도 산업도 침묵해야만 하는 것이다.

　우리는 확실히, 대단한 것들을 만들었고, 그런 한에서 확실히 대단한 존재이긴 하지만, 이런 또 하나의 영역 ― 자연의 영역, 본연의 영역 ― 이 있음을 진지하게 인정한다면 우리는 그 모든 존재 앞에서 인간의 온갖 오만을 내려놓고 겸손해질 필요가 있는 것이 아닐까. 내 의지와는 상관없이 오늘도 차분히 피어 있는 매화꽃을 보면서 나는 이런 철학적 겸손을 한번 생각해본다.

1992. 3.(38세)

무엇을 위한 '철학'인가

"오늘날 대학에 철학과라는 것이 있다. 싱거운 소리 같지마는 내 말이 싱거운 것보다가도 이 철학과라는 것이 더 싱거운 것이다."(『사해공론(四海公論)』, 8(1935년 9-12월), 『이광수 전집』, 제14권(삼중당), pp.366-388)

소설가 이광수의 이 시니컬한 문장을 접한 것은 1976년인가 1977년쯤이었다. 그때 나는 철학과에 소속된 한 학생으로서 반감과 공감이 동시에 교차하는 그런 기묘한 감정을 느낀 바 있었다. 그 감정은 대략 다음과 같은 것이었다.

"그렇습니다, 춘원. 만일 철학과라는 것이 철학이라고 하는 저 고귀한 정신활동의 주체이며, 그 철학이란 것이, 인간과 세계와 그리고 나아가서는 신이라고 하는 엄청난 주제들과 부딪히며 대결해야 하는, 그리해서 그 주제들로부터 빛나는 지적 과실들을 싸워 얻어야 하는 그런 피땀 나는 노력을 의미하는 것이라면, 지금 이 나라 철학과들의 꼬락서니는 확실히 싱겁다는 비난을 받아 마땅한 것입니다. 사람들의 가슴을 때리는 철학, 그리해서 사람들의 운명을 뒤바꿔놓을 수 있는 철학, 그리해서 역사의 흐름을 지휘해나갈 수 있는 철학, 그러한 철학이 오늘날 대학의 철학과에서 생산되고 있다는 보도는 접할 수가 없습니다. 어디 그뿐이겠습니까. 백 보 양보해서 오늘날의 철학과의 딩면괴제가 서양(구체적으로는 구미)의 철학사상을 이해, 소개하는 것에 국한되어 있다고 할지라도 우리는 서양철학에 대한 주시의 범위, 정확성, 연구의 양으로 표현될 수 있는 열정, 논문의 책임성, 번역, 출판, 그 모든 면에 있어서 불만투성이인 것 또한 사실입니다. 그럼에도 불구하고 철학도들은 철학에 종사하고 있다는 사실 하나만으로 제법 잘난 체하며 4년간 10분의 1도 제대로 읽지 않을 『순수이성비판』을 옆에 끼고서 겉멋만 부리고 있습니다. 그러면서 걸핏하면 연구자들의 불성실을 탓하고, 철학이 철학교수의 생계만을 위한 것이라고 비난하며 자신은 그 불성실의 책임을 부당하게 면제받으려 하고 있습니다. 그러니 철학과라고 하는 것은 실로 싱거운 곳이 아닐 수 없습니다. 이 모든 것을 겸허하고 부끄러운 심정으로 인정합니다.

그러나 춘원, 우리는 대학의 철학과의 싱거움을 탓하기 전에 먼저 이 시대를 살고 있는 우리 모두의 비철학성 내지 철학에 대한 오해와 무지를 깊이 반성해볼 필요는 없을는지요. 예를 들면, 삶의 의미에 대한 아무런 검토나 음미도 없이 그저 닥치는 대로 삶의 시간을 보낸다든지, 철학이란 미아리 점쟁이들이 하는 운명 감정 같은 짓이라든지, 또는 철학은 뭔가 좀 이상한 사람들이 하는 별난 짓이라든지 하는 얼토당토않은, 경우에 따라서는 악의적인 견해들이 우리 주변에 난무하고 있는 것이 사실인 것입니다.

시대를 살고 있는 '사람'들이 자신들의 삶의 피상성과 경박성을 조금이라도 염려하고 스스로 자신의 삶에서 철학적인 의미들을 목말라한다면, 그리해서 강도 높은 목소리로 그것을 요구한다면, 그리해서 조그만 성과가 발견되었을 때 그것을 진심으로 평가하고 칭찬하고 감사한다면, 철학과 또한 부끄러워서라도 그리고 신이 나서라도 분발하지 않을 수 없을 것입니다. 철학도 인간의 것이고 철학과도 인간의 것입니다. 인간에게는 본성이란 게 있어서, 그 본성상 인간은 평가받는 것을 좋아합니다. 평가를 받으면 신이 나기 마련입니다. 신이 나면 분발하기 마련입니다. 분발하면 무언가가 결실을 맺게 될 가능성이 그만큼 커지는 것입니다. 철학을 자연스럽게 요구하고, 평가하고, 그리고 철학이 자연스레 그에 답하는 그런 시대에 사는 많은 나라가 있다는 것을 우리는 알고 있습니다.

철학은 무릇 인간과 세계와 신과 직접 대결하여 그로부터 이성적 지(知)를 쟁취하려는 인간 일반의 정신활동이고, 철학과는 그러한 활동에 봉사하는 데 그 의미가 있지 않겠습니까. 철학 그 자체가 하나의 자연스러운 문화로서 이 땅에 뿌리를 내릴 수 있도록 하는 그런 따뜻한 격려가 먼저 필요하지 않겠습니까. 철학이라는 것이 없기보다 있어서 좋은 것이라면, 그러한 격려 또한 좋은 것이 아니겠습니까."

당시 내가 느낀 기묘한 감정은 대략 그러한 것이었다. 그러한 생각은 지금도 유효하고 또 춘원이 말한 그 싱거운 철학과에 몸담고 있는 많은 사람들로부터 공감을 얻을 수 있으리라고 나는 믿는다.

그러나 그동안 약간의 변화도 있었다. 성실한 연구자들의 층도 두터

워졌고 철학에 대한 시대의 관심과 평가도 높아졌다. 다만 최근의 한 풍조에 대해서는 나는 좀 불만을 느끼고 있다. 단적으로 말해 그것은 '철학의 다양성에 대한 무지 내지 무시'다. 예를 들면 오늘날 "철학은 시대적 현실의 아픔에 동참하고 그것을 피로써 체험해야 한다. 오직 그 것만이 철학의 진정한 의미일 수 있다"고 하는 식의 주장이 목소리를 높이고 있다는 것이다. 나는 그것이 영 못마땅하다. 이렇게 말하면 혹 자는 다짜고짜, "너는 부르주아 반동 철학자"라고 대들지 모르겠지만 나는 그것 또한 못마땅하다. 왜냐하면 나는 폭력을 배제하고 제대로 된 대화 상황만 보장된다면, 위의 주장을 포함해서, 있을 수 있는 모든 목 소리를 허용하는, 즉 사람의 다양성을 기본적으로 인정하는 사회가 좋 은 사회라고 굳게 믿고 있기 때문이다. 그러면 또 한편 "그러면 이 현 실의 문제들을 어쩌자는 말이냐", "너는 그런 현실을 모르는 철부지 이 상주의자"라고 또 누군가 대들지 모르겠지만 그러나 자유로이 생각하 게 하고 자유로이 말하게 한다고 하는 것이 사회의 혼란을 방치한다고 비난하는 것은 독단과 고집에서 말미암는 편견은 아닐까. 그런 편견은 오히려 더 위험할 수 있다. 자유로운 생각과 자유로운 발언을 존중하지 않는 것은 한 사회가 갖는 자율적 힘을 간과하는 것이다. 사회 자체가 그 다양한 생각, 다양한 표현에서 어떤 것을 살리고 어떤 것을 도태시 키는 자연스러운 운영 능력을 갖고 있지 않다면, 내 생각으로는, 그것 이야말로 이미 병이다. 우리 사회가 그러한 병든 사회라면, 그렇다면 철학자, 사회학자, 정치인, 언론인, 경제인, 예술인, 종교인, 모두가 모 여 그 치료를 의논해야 할 일이다. 그러나 나는 우리 사회가 그토록 약 한 사회라고는 믿지 않는다. 아무튼, 중요한 것은 그러한 다양성을 인 정하는 것이다. 철학은 다양한 것이다. 그것이야말로 철학을 제대로 이해하기 위한 하나의 기본조건이다. 철학을 그냥 철학이 아니라 철학

'들'로서 인정하는 것, 그것을 나는 '철학적 다원주의', '철학적 공화주의'라는 말로 부르고 싶다.

나는 그렇게 생각한다. 철학은 좋은 것이다. 그리고 그것은 너무나도 다양한 모습으로 주어져 있다. 우리는 그 다양성을 인정하고서 철학에 접근해야 한다. 또 한 가지 중요한 것은, 철학은 뭐니 뭐니 해도 그때그때의 뛰어난 철학적 영웅들에 의해 주도되어 왔다는 것이다. 따라서 그 한 사람 한 사람의 고유한 철학적 관심을 그 고유한 맥락에서 바라보는 것이 무엇보다도 철학을 이해하기 위한 올바른 길이다. 만일 철학에 주어질 영광이 있다면 그것은 각각의 철학적 영웅들에게 돌려져야 하고, 만약에 철학에 주어질 책임이 있다면 그것 또한 각각의 인물들에게 돌려져야 한다. 그 점에서 철학은 문학이나 음악이나 미술과 유사하다. 철학도 그렇게 '누구누구의 철학'인 것이다.

이러한 입장에서 우리는 철학의 뛰어난 영웅들을 각자의 관심에서 선택해(왜냐하면 그러한 인물들은 너무나도 많기 때문에) 그들의 가장 고유한 철학적 관심사 특히 그 핵심적 내용과 동기와 의도를 탐색해볼 필요가 있다. 즉 그들 각각의 철학이 무엇이며, 그것이 무엇을 위한 '철학'인가를 물어보아야 한다. 왜냐하면 그렇게 하는 것이 철학의 본질을 가장 정확히 이해하고 향유할 수 있는 길이기 때문이다. 각각의 철학이 발생해 나온 그 고유한 현상적 지반, 그 고유한 문제의 지평을 철저히 이해하지 않고서는 그 철학의 진의가 결코 정당하게 파악될 수 없다. 모든 철학들에게 그 고유한 출발점과 귀착점들을 물어보는 것, 바로 거기서 "무엇을 위한 철학인가?"의 대답도 찾아질 수 있을 것이다. 그것도 아주 다양한 모습으로.

1990. 1.(36세)

인생론의 밑그림

인간이 그의 철학적 사색에 있어서 물을 수 있는 가장 근원적이며 또 가장 궁극적인 물음이 있다면 그것은 어떠한 물음일까? 그러한 물음은 아마도 라이프니츠와 하이데거에 의해 물어진 적이 있는 저 물음, 즉 "도대체 왜 존재자가 존재하며 오히려 무가 아닌가?" 하는 물음일 것이다. 이 물음이야말로 인간이 그의 철학적 사색에 있어서 물을 수 있는 가장 근원적이면서 동시에 가장 궁극적인 물음이다. 존재하고 있는 이 모든 것 ― 그것이 유심론에서 말하는 정신으로 해석되든, 유물론에서 말하는 물질로 해석되든, 혹은 가상이나 표상, 의지, 의식 등 그 밖의 어떤 것으로 해석되든 ― 의 '존재'는 적어도 깨어 있는 철학적 의식의 소유자에게 있어서는 물음을 던지지 않을 수 없도록 하는 '문제 그 자체'로서 경험된다. 생각해보면, 애당초 아무것도 없고 꼭 이러하지 않을 수도 있을 터인데, 왜 무가 아니고 이 모든 것이 이와 같이 존재하고 있는 것인가?

　그러나 이러한 물음에 대한 직접적인 대답은 주어지지 않으며 주어질 수도 없다. 무릇 "왜?"라고 하는 물음은 그 물음 자체의 성질상 "무엇무엇 때문에 그렇다"고 하는 대답을 요구한다. 그것이 일반적이다. 그런데 "도대체 왜 존재자가 존재하며 오히려 무가 아닌가?" 하는 이 물음에 대해서는 '무엇무엇 때문에' 존재자가 존재하고 있다는 그런 인과적인 대답은 주어지지 않는다. 그것은 결코 우리 인간의 지적 능력이 모자라서가 아니다. 그러나 이 물음에 대한 직접적인 대답이 주어질 수 없음에도 불구하고, 이 물음에는 두 가지의 간접적인 대답이 가능하다. 그 하나는, 이 일체존재를 초월한 절대자, 이를테면 신을 상정하여 그 "신의 뜻에 따라" "모든 것은 존재하고 있으며 도리어 무가 아니다"라는 대답이고, 또 하나는, "모든 것이 이와 같이 존재하고 무가 아닌 것은 저 스스로 그러한 것 — 즉 자연(自然)이다"라는 대답이다. 그러나 이러한 종류의 대답은 그 어느 쪽도 "왜?"라는 물음에 대한 충분한 직접적인 대답은 될 수 없다. 왜냐하면 무전제적인 대답을 기대하는 이성이 결코 그것으로 만족하지 못하기 때문이다. 이러한 종류의 물음에는 애당초 충분한 직접적인 대답이 있을 수가 없다. 그렇다면 그럼에도 불구하고 이러한 물음이 제기되는 것은 왜인가? 그 까닭은 이러한 물음을 진지하게 제기했던 하이데거에 의해서 이미 어느 정도 해명되어 있다. "오로지 무가 현존재[인간]의 근거 속에서 드러나 있는 까닭에, 존재자의 아주 괴이한 성격이 우리를 엄습하여온다. 오직 존재자의 괴이한 성격이 우리를 압박하여올 때에만 존재자는 경이를 불러일으키며 또 경이의 대상이 된다"는 것이다. 무의 경험을 매개로 한 존재의 경이, 이것을 근거로 해서 비로소 "왜?"라고 하는 진정한 물음이 일어난다. 이때 존재자의 괴이한 성격이란 '존재자가 존재함의 신기로움'

을 의미한다고 보아도 좋을 것이다. 이와 같이 "도대체 왜 존재자가 존재하며 오히려 무가 아닌가?" 하는 이 물음은 '존재의 신비에 대한 경이(thaumazein)의 고백' 이외의 다른 것이 아니다. 가능성으로서야 티끌 하나 없는 완전한 무일 수도 있을 터인데 도대체 왜 이 모든 존재자가 이렇게 존재하고 있는 것인가? 우리는 라이프니츠와 더불어 다음과 같이 말하지 않을 수 없다. 정말이지 "존재자가 있다는 혹은 존재가 있다는 이 사실보다 더한 수수께끼가 또 어디에 있을까."

그런데 이 최후적인 물음은 다름 아닌 '인간'에 의해서 물어지고 있다. 그런 만큼, 묻고 있는 인간 자신의 입장에서 다양하게 분절되어 나갈 수가 있다. 그중 우선적인 것은 이 모든 존재의 신비성에 앞서 인간 자신에게 보다 직접적인 그 어떤 신비성, 즉 다름 아닌 '인간 자신의 존재의 신비성'에 대한 물음일 것이다. 인간 자신이야말로 인간에게 있어 가장 실감 나는, 가장 진지한 물음거리가 아닌가. 이 모든 존재자가 아무런 까닭 없이 그저 어쩌다가 우연히 존재하고 있다고, 백 보 양보해서 그렇게 인정한다 치더라도, 그렇다면 우리 "인간은 왜 이와 같이 존재하고 있는가?" 이것은 자기 자신에 관한 일인 만큼 그냥 넘길 수는 없는 독특한 무게를 지닐 수밖에 없다. 따라서 인간 자신에게 있어서 가장 우선적이고 가장 직접적인 물음이 있다면 그 물음은 아마도 이러한 물음이 될 것이다. "도대체 왜 인간이 이와 같이 존재하고 있으며 오히려 무가 아닌가?"

이러한 물음으로써 우리는 일체존재의 신비에서 인간존재의 신비로 관심을 좁혀올 수가 있다. 이러한 한정 내지 전이는 자연스러운 것이며 무리한 논리적 비약은 아니다. 그런데 문제는 여기에서 끝나지 않는다. 인간존재의 신비가 일체존재의 신비보다 인간 자신에게 '더욱' 가깝기는 하지만, 단순한 '인간의 존재함'이 인간에게 '가장 가까운' 것은 되지 못한다. 왜냐하면 '인간'이라는 이 존재자는 그저 존재하고 있는 것이 아니라, 그리고 그저 생존하고 있는 것이 아니라, 유일하게, 어떤 특별한 의미에서, '살면서(lebend)' 존재하고 있기 때문이다. 아니 어떤 점에서는 인간의 존재라는 것 자체가 '삶'으로 이해되지 않으면 안 된다. 인간존재의 삶 ─ 이것은 술어상 '인생'이라는 말로서 표현되고 있다. 따라서 인간 자신에게 있어서 최초이자 최종적인 문제는 바로 '인생' 그것일 수 있다.

우리는 여기서 또 한 번 우리의 관심을 한정할 필요가 있다. 즉 인간이 그의 철학적 사색에 있어서 물을 수 있는 일차적인 물음은 우선 무엇보다도 '인생'이라는 주제를 향해서 던져져야 할 것이다. 그런데 이 주제에 대한 물음은 구체적으로는 아주 다양한 형태로 전개될 수 있다. 예컨대 "도대체 왜 우리는 인생을 살아야만 하는가?"라고 물을 수도 있고, "도대체 어떻게 우리는 인생을 살아야만 하는가?"라고 물을 수도 있고, 보다 근본적으로 "인생이란 무엇인가?"라는 형태로 물을 수도 있다. 그 물음의 형태가 구체적으로 어떤 것이든 간에, 그 모든 것이 우리가 이미 '인생을 살고 있다'고 하는 '원 사실'을 기초로 하고 있다면, 그리고 그 인생의 구체적 상황 속에서 물어진다면, 그것은 '진정한' 물음이 될 수가 있다. 아무튼 그러한 물음들과 그 물음과 관련된 대답의 시도들을 총괄하여 우리는 '인생론' 또는 '인생철학'이라고 부를 수가 있다.

그런데 우리는 '철학'에 종사하는 자로서, 그러한 '인생의 문제'가 철학 내에서 과연 정당하게 다루어져 왔으며 또 다루어지고 있는가 하는 것을 묻지 않을 수 없다. 우리는 이른바 연구자들로부터의 몇 가지 반응을 예상할 수 있다. 첫째, 인생론은 철학사의 과정에서 다양한 형태로 전개되어 왔다고 하는 것, 둘째, 인생론은 학적인 철학의 진정한 주제가 아니므로 철학이 그것을 다룰 필요가 없으며 다루어서도 안 된다고 하는 것, 셋째, 인생론은 철학의 능력과 권리를 벗어난 것이므로 철학에서는 다룰 수가 없다고 하는 것 등등이다. 그러나 우리는 이렇게 본다. 철학사의 과정에서 다양한 형태로 전개돼 온 인생론이라고 하는 것은, 비록 그 자취가 일부 인정될 수 있다 치더라도 그 양과 질에 있어서 충분하지 못했으며 그 중요성에 비해 결코 정당한 위치를 차지하지도 정당한 평가를 획득하지도 못했지 않았는가. 그리고 인생론이 학적인 철학의 진정한 주제가 아니라고 하는 것은 철학의 근기 없는 오만 또는 무지가 아닌가. 그리고 인생론이 철학의 능력 바깥에 있다는 것은 부당한 직무유기가 아닌가. 물론 우리는 '인생론'이라고 하는 것이, 이미 세상에 출판된 수많은 '통속적 인생론'들로 말미암아, 이미 충분한 오해의 가능성 위에 놓여 있을 뿐 아니라, 진부하고 천박한 느낌을 주는 경우마저 있다는 것을 인정할 수밖에 없다. 그런 식의 통속적인 인생론을 일종의 상품으로서 유통시키는 것이 철학의 할 바가 아니라는 것은 백 번 천 번 지당한 말씀이다. 그러나 그 주제 자체는 누가 뭐라고 해도 철학이 빠트려서는 안 될 일차적인 주제, 주제 중의 주제인 것이다. 따라서 우리가 학으로서 다루어야 할 '철학적 인생론'은 이른바 '통속적 인생론'들과는 엄격히 구별되지 않으면 안 된다. 물론 '통속적'이라고 하는 평가의 기준이 결코 함부로 쉽게 마련될 수 있는 것은 아니다. 그러나 우리는 대략 다음과 같은 몇몇 사실을 그러한 통속적인 인생론의 '특징'으로서 매거할 수는 있을 것이다. 첫째, 그것들은 주로 개인적인 사견에 근거하여 쓰여졌다는 것, 둘째, 그것들은 어디까지나 '대중'들을 독자로 예상하고 쓰여졌다는 것, 셋째, 그것들은 학적인 개념화의 과정을 거치지 않았다는 것, 넷째, 그것들은 무엇보다도 단편적인 예지의 나열로서 유기적인 체계성을 무시하고 있다는 것 등등.

아무튼, 학으로서의 철학이 다루어야 할 '인생론'은 이러한 몇 가지 사실을 지양하지 않으면 안 된다. 단적으로 말해 학으로서의 '인생론'은 사견에 의해 이런저런 지혜를 단편적으로 나열하는 것이 아니라 엄밀한 철학적 '절차'를 거쳐서 '불변하는 인생의 아프리오리한 구조 내지는 근본사실들'을 밝혀주어야 한다는 것이다. 예를 들자면 출생, 배움, 일, 놀이, 사랑, 죽음 등이 그 한 단편이 될 수 있을 것이다. 이 중에서 출생과 죽음은 기본이다. 인생은 그 누구의 것이든 이 두 가지 기본사실의 '사이'에서 전개되는 것이기 때문이다. (석가나 예수도 이 점에서는 예외가 아니었다.)

그렇다면 '철학적 인생론'이 궁극적으로 목표 삼는 바, 지향할 바는 무엇인가? 그것은 물론, 일차적으로는, 인생의 근본사실들을 밝혀 언어화하는 것이다. 그러나 최종적으로는 그러한 언어화의 성과를 각각의 인간들이 '듣고' '깨달아서' 각각의 인생에 참고함으로써 인생의 의미를 찾고 따라서 더 윤택한 각각의 '삶'을 살아가도록 하는 것, 그것이라고 할 수 있겠다. 이는 지극히 당연한 평범한 이야기임에 틀림없다. 그러나 사실 생각해보면 지극히 당연한 것이야말로 지극히 어려운 것이며 또한 지극히 중요한 것이라는 것을 알 만한 사람들은 다 알고 있을 것이다.

이러한 취지에서 이제 우리 나름으로 파악한 몇 가지 근본사실들을 정리해본다. 그것은 대략 다음과 같다.

1. 인간은 '삶'의 주인공이라는 것
2. 삶은 '행위'의 총체라는 것
3. 행위는 '상호적 관계함'이라는 것
4. 상호적 관계함은 '신분'에 기초한다는 것
5. 신분에는 각각의 '관심'이 있다는 것

6. 관심의 기초에는 '욕구'가 있다는 것

7. 욕구는 '좋음'을 지향한다는 것

8. 좋음이 '인생의 궁극적 원리'라는 것

이상에 관해 상론은 불가능하지만 약간의 해설을 곁들이자. 우리가 보기에 인간에게 있어 가장 기본적이고도 중요한 사실은 '삶'이다. 인간 이외의 모든 존재자는 그저 '존재'하거나 '생존'할 따름이며, 오직 인간만이 '삶'을 살아간다. 즉 인간은 '삶의 주인공'인 것이다.

그런데 '산다'는 것은, 실은 우리 인간이 매일매일 의식적으로 혹은 무의식적으로 행하는 수많은 행위의 총체에 다름 아니다. 이를테면, 사랑한다든가, 미워한다든가, 약속한다든가, 배신한다든가, 가르친다든가, 배운다든가, 논다든가, 일한다든가 하는 등등의 모든 것들이 그런 '행위'의 실질인 것이다. 생각한다는 것도 말하자면 그런 행위의 일종이다.

그런데 이 '행위'란 것은, 대개의 경우 다른 사람(또는 사람들)과의 관계 속에서 이루어진다. 그런 점에서 행위는 '관계함'이라는 성격을 갖는다. 또한 이 관계함은 일방적인 것이 아니라 상호적인 것이다. 즉 이것은 서로가 서로에게 관계하는 사회적인 것이다. 물론 하나의 특수한 경우로서 자기가 자기에게 관계하는 그런 실존적인 관계함도 있다.

그런데 이 관계의 양단에는 각각 행위의 주체가 있고 그 주체들은 어떤 경우에든 모종의 '신분'에 제약되어 있다. 상호적 관계함으로서의 행위는 어떠한 경우에든 반드시 어떤 '입장'을 대변한다. 즉 우리 인간은 반드시 누구누구'로서', 무엇무엇인가를 욕구하는 것이다. 이러한 '로서'를 우리는 '신분'이라고 부를 수 있다. 인간은 태어나서 죽을 때까지 누구누구'로서', 예컨대 누구누구의 자식으로서, 학생으로서, 아내로서, 사장으로서, 한국인으로서… 끊임없이 신분에 제약되어서 행위할 수밖에 없는 것이다.

그리고 신분에 제약된 이런 '행위'들은 유심히 통찰해보면, 거기에는 각각 그 행위 주체들의 고유한 관심 내지 욕구가 근저에 도사리고 있음을 발견할 수 있다. 이 관심 내지 욕구는 무조건적인 것이며 어떤 점에서는 선천적인 것이다. 그 내용은 실로 다양하면서도 끝이 없다. 바로 이 다양한 무한의 욕구들이 '삶'의 다양한 실질적 내용을 이루는 것이다.

그런데 이 '관심' 내지 '욕구'들은 '무언가에 대한' 욕구이며 특히 '무언가 좋은 것'에 대한 욕구다. 다시 말해 모든 욕구는, 그것이 어떠한 종류의 것이든 간에 그 어느 것 하나 예외 없이 '좋음'을 지향하고 있다는 것이다. '좋음'은 인간 행위의 궁극적 지향점이다. (이른바 행복이라는 것도 이 범주에 포함된다.)

이렇듯, 좋음을 지향하는 욕구, 욕구가 결정하는 관심, 관심에 가로 놓인 신분, 이러한 신분들끼리 각자의 욕구 충족을 위해 끊임없이 관계를 맺으며, 상호적으로 행위하는 것이 우리들의 삶이요, 이 '삶'이 다름아닌 인간의 '본질 중의 본질'인 것이다. 이런 것이 우리 '인생'의 기본적인 틀임을 부인할 수 없다. 이러한 것인 이상 철학은 이 주제를 결코 결여할 수 없는 것이다.

철학에 몸담고 고민해온 하나의 흔적으로 이 단상들을 기록해둔다. 언젠가는 충실한 내실로 채워져 하나의 철학적인 인생론으로 완성될 것을 기약하면서.

1978. 3.(24세)

246

잠시 일상을 떨치고
― 인생이 무엇인가 묻는 주책없는 젊은이의 여행 수첩

　1976년 8월, 안동. 방학해서 귀향한 이래, 난 무엇인가 고원한 이론을 찾아내려고 이것저것 생각해보고 있었다. 그러나 기대하던 한 줄기 밝은 빛은 비쳐오지 않았고, 하루하루 이어지는 더위가 완전히 나를 압도해 차츰 내 의식을 정복해 들어가고 있었다. 책상머리엔 권태의 상징처럼 몇 권 철학서와 노트, 볼펜, 안경 따위가 제멋대로 널려 있었고, 그 위에 엎드린 채 난 낮잠에 떨어지곤 했다. 그렇듯 더위 앞에서 녹아내리며 나태와 허탈에 빠져버리는, 있는지 없는지도 모를 나 자신에게 한심한 생각이 들어 난 다음과 같은 명제를 조작해내었다.

　"I move, therefore I am."

　따라서, 귀중한 존재를 확보하기 위하여 난 어떻게든 움직이지 않을 수가 없었다. 그러던 차에 제주대학을 다니는 이웃 친구 H를 길에서 우연히 만나게 되었다. 이 친구도 때마침 제주로 떠날 참이었던지라 우린 벼락같이 쌍무협정을 맺게 되었다.

─ 같이 가자.

─ 좋다, 가자.

─ 5일날 와, 준비하고 기다릴게.

─ 좋았어, 그럼 그날.

그래서 나는 부산히 제주행 짐을 꾸리기 시작했다. 다락에 처박혔던 배낭을 꺼내 먼지를 털고, 쌀, 세면도구, 비상약, 수첩, 모자 따위를 준비했다. 그리고 지도를 펴보며 일정을 계획하고 또 읽고 있던 김형효의 『평화를 위한 철학』도 집어넣었다. 그건 아마도 훌륭한 길벗이 될 것 같았다.

떠나기 전날 / 8월 4일 / 안동

밤 열 시. 이제 준비는 다 됐다. 어쩌면 이번 기회에 ─ 약관도 벌써 이태씩이나 지나버린 이제 와서야 ─ 비로소 여행이라는 말을 배우게 될 것 같은 가벼운 흥분으로 해서 잠은 아직 저만치 낙동강변에나 머물고 있는 모양이다. 수첩의 첫 장을 적어 넣는다.

에밀 파게라는 이는 여행을 일컬어 '바보들의 낙원'이라고 했다. 그러나 그건 아무래도 너무 성급하고 무책임한 말인 것 같다. 전에 본 어느 여행기의 첫머리에 말하기를 "여행은 인간을 겸허하게 만든다. 여행자는 이 세상에서 인간이 차지하고 있는 부분이 얼마나 미미한가 하는 것을 보게 되기 때문이다"라고 했는데, 굳이 이런 인용을 아니 하더라도 여행자는 거주자보다는 좀 더 자유에 가까워지며 또 더 많은 것들을 보고 생각하게 될 것이다. 산, 강, 바람, 길섶의 이름 모를 풀꽃들, 그리고 하늘을 나는 갖가지 새, 이런 모든 것들이 여행자에게는 실감 있는 친구가 되어줄 것이다. 그러나 다만 여행자라는 말의 적용 범위는 고려되어야 한다. 서울 교외선에서 자주 보이는 저 여행놀이 하는 철부지들은 고성방가를 그 특성으로 하며, 그러므로 그들 부류는 여행자의 범주에서 제외되어야 할 것이다. 이 순간에 나는 임어당(林語堂)이 그의 『생활의 발견』에서 극찬한 바 있는 명료자의 유유자적한 여행을 생각해본다. 그와 같은 형식하에 나는 세계라고 하는 이 거대한 존재의 성(城)을 한 바퀴 휘 돌아보고 싶어진다.

첫날 / 8월 5일 / 안동-경주-부산-바다

조용한 흥분이 여섯 시에 나를 기상시킨다. 아직껏 차분한 새벽공기를 깊이 들이켜며 거리로 면한 2층 창가에 선다. 아, 이제 도시의 잠깨는 소리를 듣는다. 여름날의 더위가 나태와 권태를 불러왔고, 오랫동안 난 이 도시의 시동에 참여하지도 않았던 것이다. 도시의 하루가 이제 막 열리는 시점에서, 천태만상의 우주와 세계가 어디론지 귀일되고 있음을 언뜻 감지한다. 신의 섭리라고 할까, 도라고 할까, 자연이라고 할까. 그 서로 다른 이름 사이의 동일성이 아른아른 보일 듯도 하다. 비단 오늘뿐일까. 사실상 나의 여행은 오래전부터 출발된 것이었다. "무릇 천지란 만물의 여숙이요 세월이란 백대의 과객(夫天地者萬物之逆旅 光陰者百代之過客)"이라고 아니 하였던가. 그렇게 말한 이백은 아마, 임어당이 얘기하던 홍안백발의 노신사였음에 틀림없다. 이제 이 여행으로 잠시나마 부끄러운 대기를 뱉어버리고 싶다.

■

빗속에서 올라탄 완행열차는 안동에서 경주까지 내내 진풍경이었다. 난 특히나 그 가운데서 너무나도 각양각색인 사람들의 생활상에서 귀납적으로 얻어지는 단 하나의 진실을 보고 싶었다. "ekam sad viprā bahudhā vadanti(하나의 진리를 현자들은 여러 가지로 말한다)"라고 한 옛 인도 사상의 한마디가 왠지 큰 함축을 지닌 것같이 생각되었던 까닭이다. 그러나 그 하나의 진실이 쉽사리 내게 보이지 않는 것이 안타까웠다.

안동에서 시작된 두 농부의 대화는 경주에 닿을 때까지 쉴 사이가 없었다. "딴 거라면 몰라도 돼지와 사과라면 내 앞에서 말을 말게" 하던 그중 한 농부의 일장 연설은 뭔가 가슴에 와 닿는 것이 있었다. 인생은 저런 모습으로도 전개될 수 있는 것이구나, 하고 느껴진 것이다. 일에 의욕하고, 몰두하고, 그리에서 다시 의욕이 일고, 그것으로 먹고 가족을 돌보고…. 그렇다. 이 농부의 인생은, 연구실에서 철학 원서를 읽고 자료를 뽑아 논문을 작성하는 어느 교수분의 인생과 비교해도 전혀 가볍지 않은, 똑같은 중량을 지니는 것이다. 자, 이 순박하고 소박한 농부들에게도 권위를!

■

차 시간이 비어 한 시간을 경주에서 쉬었다. 터미널이 가까운 어느 냇물에 발을 담그고 있자니 여기저기 나지막한 산들은 신선처럼 누웠고 어느새 갠 하늘엔 몇 점 구름이 한가로이 떠돈다. 저만치 강둑에선 말 탄 화랑이 이제라도 곧 나타날 것 같은 기분이다. 실로 "산천은 의구하되 인걸은 간데없다." 조잘거리며 흘러가는 냇물은 먼 옛날 번영하던 서라벌 시대의 이야기를 끝도 없이 들려준다. 혁거세의 전설, 김유신과 김춘추의 무공담, 또는 노힐부득과 달달박박, 광덕과 엄장의 도화라든가 진성여왕의 가련한 사랑 이야기….

이제 부산으로 가는 고속버스에 몸을 싣는다. 차창으로 비쳐오는 경주의 모습은 산과 강과 그리고 집들뿐으로 안동과 별반 다를 바 없지만 단지 이곳이 경주라고 하는 것만으로 나는 역사의 향훈을 맡는 듯하다. 이미 천 년을 지나왔다. "역사는 과거와 현재와의 대화이다"라고 역사학자 카는 압축해서 말했다는데, 나로서는 역사의 큰 뜻을 아직 알 수가 없고, 다만 그가 말한 의도만을 어렴풋이 짐작할 따름이다. 지금 경주를 지나는 내 심정은 그보다도 "세계 역사는 세계의 심판이다"라고 한 헤겔의 말을 실감한다. 하대의 신라와 후삼국과 그리고 고려를 굳이 변증법적인 정-반-합으로 표현하지 않더라도, 그것은 하대의 부패한 신라 세계에 대한 준열한 심판이었음이 분명하다. 신라는 찬란하였다. 그러나 보라. 번쩍이는 금관은 박물관 전시장에서 낡아가고 있으며, 또 절대 군왕들의 유택도 지금은 한낱 공원이 되어 있나. 그렇다. 기대한 이 존재의 성은 언제 어디서나 무화(無化)의 그림자를 드리운다. 신라의 향기를 맡노라 어쩌노라 하는 이 '나'라는 앙큼한 존재도 얼마 후면 신라만큼이나 허허탕탕해져 버릴 것이다. 진실을 파악해본다는 것은 그래서 바쁜 일이다. 무위도식으로 이 생명이 촛불처럼 꺼지게 할 수는 없다. 명심하자. 제행무상(諸行無常), 제행무상….

■

원반같이 느껴지는 바다. 생애 첫 경험인 360도의 수평선. 보이는 것은 오직 물, 물, 물. 아, 지구는 사실상 수성이었다. 갑자기 실감 나는 탈레스. 그리고 저 광활한 하늘과 갈매기의 날개 사이로 부서지는 햇살. 그 햇살이라는 것도 새로운 감각으로 느껴본다. 저리도 요란한 파도소리. 알 수 없으리만치 깊은 저 물속. 그 깊고 거대한 속은 지옥처럼 어둡고 조용하다고 한다. 인간이란 말의 한계가 언뜻 보인다. 인간은 참으로 대단한, 위대하리만치 대단한 존재였다. 그러나 이제 인간만의 마을을 떠나서 보게 되는 인간의 한계 앞에서는 일상의 오만을 떨구고 싶다. 인간이 세계 내적 존재라고 하는 것은 이같이 그 세계의 국경선에 와서 더욱 실감 있게 느껴진다.

저만치, 이제는 수평선 한 곳의 점이 되어버린 부산. 저 속에서는 인간적인, 너무나 인간적이어서 눈물겨운 여러 죄악들이 시시각각 신의 뜻을 배반하고 있다. 살인, 강도, 강간, 사기, 횡령…. 아아 그런 것들로 얼굴을 꾸미는 신문이 갑자기 안타까워진다. 이제 우리 인간은 우리 스스로의 한계 내에 있는 지혜로, 그 축복받은 슬기로 진실한 자유와 평화 그리고 행복을, 그 신의 선물을 창조적인 자세로 건설해야 할 의무를 진다. 그러한 의무를 부서지는 파도 위에서 또 잠깐 느껴본다.

■

여행은 과연 에밀 파게의 말처럼 "사유를 제거당한 바보들의 낙원"일까? 천만에. 이 순간 난 여행을 통해, 거짓 없이 진실한 자연 앞에서 가장 정직한 사유를 할 수 있다는 가능성을 본다. 태곳적의 얼굴을 그대로 지닌 저 바다, 저 하늘, 저 구름, 저 파도에서 난 태초의 그 귀한 모습을 구경한다. 일순, 일체의 인간적 idola는 저절로 눈 녹듯 꺼져버린다. 여행은 실로 믿을 수 있는 선생이다.

■

하늘은 땅에서나 바다에서나 똑같게만 보인다. 그러나 땅에서 보던 하늘과 바다에서 보는 하늘은 전해오는 느낌이 사뭇 다르다. 바다에서 보는 하늘은 땅에서 보던 하늘보다 훨씬 더 크고 훨씬 더 점잖고 훨씬 더 위협적이기도 하다.

어느 날 서울에서 이런 일기를 쓴 적이 있었다.

"오늘, 창문에 붙은 쇠창살을 뜯어 치워버렸다. 사각으로만 내게 주어지는 하늘을 그나마 조작조각 찢어놓는 그놈이 미웠던 게다. 그러나 내 마음의 창에는 아직껏 그놈의 쇠창살이 붙어 있다. 이 도시가 끝날 때까지 그건 끈질기게 나를 구속할 것만 같다."

그런데 이제 나는 내 눈으로 볼 수 있는 최대한의 하늘을 본다. 그래서 저 하늘은 크다. 훨씬 더 크다. 그리고 저 하늘은 위협적이다. 땅에 사는 우리는 하늘의 위협을 별반 느끼지 않는다. "숨을 곳이 확실할 때는 폭풍우라도 즐겁기만 하다"고 프랑스의 어느 시인은 말하였다. 명쾌한 심리 분석이다. 그렇듯 우리는 숨어서 폭풍우를 즐길 수도 있었다. 그러나 숨을 곳 없는 여기서 보이는 저 하늘은 이 바닷속만큼이나 위협적이다.

여기서도 보이는 저 구름. 진실로 저 구름처럼 된다면, 어느 샌가 흩어져도 한마디 불평 없이 고요하기만 한 저 공(空)의 얼굴에 내 얼굴이 닮는다면, 아, 나는 그걸로 그만일 텐데….

거대한 바다 위에서 나 자신이 실로 조그맣게 느껴지면서, 생각나는 사람은 석가와 예수, 그리고 공자와 소크라테스. 그들은 저 바다만큼이나 큰 인물이 아니었던가.

■

갑판에서 한 외국인을 만났다. 배낭에 적힌 그의 글씨에서 ö 자를 발견하고 나는 호기심에서 그에게 말을 걸었다.

— Entschuldigen Sie bitte, sind Sie Deutscher?

(실례합니다만, 독일인이신가요?)

— Ja.

(네.)

— Gefällt die Reise in Korea Ihnen gut? …

(한국 여행은 마음에 드시나요? …)

— Ja, wirklich sehr! Sie sprechen aber gut Deutch.

(네, 정말 좋습니다. 그런데 독일어를 아주 잘하시는군요.)

난 당황해서 금방 바닥을 드러냈다.

— Nein, just a little, I can speak german.

(아니, 아주 조금밖에 못합니다.)

— Sie sind der erste, wer spricht mich auf Deutsch an in Asien.

(당신이 아시아에서 독일어로 말 걸어준 제일 첫번쩹니다.)

그는 웃으며 말을 했다. 확실히 반가운 표정이었다. 몹시도 반가운 표정이었다. 그는 브루노(Bruno)라고 했다. 이렇듯 사람들이 저마다 자기의 언어를 갖고 그 속에서 자기의 세계를 그린다고 하는 것이 하나의 신비로 내 가슴에 느껴진다.

이튿날 / 8월 6일 / 제주

저대로 이는 파도에 몸을 싣고, 철부지 같은 불안을 붙들어 안고 바다 위의 하룻밤을 지새웠다. 어젯밤은 실로 무서운 밤이었다. 나뭇잎처럼 흔들리는 제주1호의 삼등 선실은 발 디딜 틈도 없었다. 갑판 한구석에서 배낭을 의지해 애써 잠을 청하고 있었다. 밤중의 바다는 더욱 거칠었고 하늘엔 별 하나 보이지 않았다. 깜빡 잠이 들었을까. 부산한 움직임이 잠결에 느껴졌다. 몽롱한 채 잠이 깨었다. 시계는 세 시 십 분을 막 달리고 있었다. H는 코를 고는데 비가 쏟아지고 있었고, 선원인 듯한 사람들이 당황한 표정으로 바삐 오가고 있었다. 그들의 얘깃소리가 들려왔다.

— 큰일났네, 폭풍주의보다.

— 파고는?

— 3-4미터는 될걸. 부산에서 되돌아오라는 무전인데.

— 말도 안 돼, 한복판인데 어떻게?

— … 죽든 살든 가봐.

잠이 오지 않았다. 아니, 올 리가 없었다. 비는 계속해 쏟아졌고 잠시 시간이 흘렀다. 그들의 말소리가 다시 들려왔다.

— 아이 씨, 이거 참, 기관까지 고장인가 본데?

— 끝장났군.

— 어떡하지?

— 빨리 고쳐봐. 사람들한테는 말하지 말고.

잠은 완전히 달아났다. 그때 생각나는 이야기가 있었다. 옛날 일본에서 미국으로 가던 여객선이 태평양 한가운데서 폭풍우를 만났다. 침몰하는 배 안에서 모든 사람들이 좌충우돌 온통 아수라장이었다. 그런데 한 젊은 대학생만이 조용히 앉아서 죽어갔다고 구소된 한 사람이 나중에 전하였다. 그의 마지막 말은 "Es ist gut!(좋군!)"(칸트의 마지막 말) 그는 칸트를 좋아했던 철학도라고 했다. 그 이야기와 더불어 나는 물고기가 뜯어먹고 있을 나의 모습을 상상했다. 몸서리가 쳐졌다. 실로 처절한 심정이었다.

그러나 잠이 오는 듯 마는 듯 시간은 가고 배도 가고 날도 밝았다. 저만치 내다보이는 한라의 기슭, 저 부드러운 녹색. 저건 그대로 감격이다. 난 살아난 것이다. 선잠을 깨고 일어난 사람들이 갑판 난간에 옹기종기 섰다. 거기에 부딪는 금빛 햇살. 어젯밤의 일을 아는지 모르는지 더러는 칫솔을 입에 문다. 아, 이것이 생명이었구나. 나는 느낀다. 제가끔 자기의 생명 하나씩을 운전하면서 인간들은 살아간다. 그건 이제 와서 보니 이 시푸른 바다만큼이나 신비스럽다. 지금 여기서라면 '평화를 위한 철학'도 도시의 부끄러운 대기 아래서보다는 훨씬 실감이 난다.

… 나는 가정의 분위기요 가정의 역사이다. …

그래, 평화와 가정…. 그래서 내 가정의 어떤 의식은 지금 나와 함께 저 한라 영봉을 바라보고 있을지도 모른다. 이 순간, 비가 갠 가을날의 호반을 걷는 듯 상쾌함의 의미를 새로이 발견한다.

■

폭풍우의 한가운데를 뚫고 이제 한라산의 발치에 올라섰다. 무려 열일곱 시간(오후 다섯 시부터 오전 열 시까지)의 긴 배 동무들은 각자 저마다의 갈 길로 가버렸다.

— Auf wiedersehen!(또 봅시다.)

브루노는 기약도 없는 인사를 웃음으로 던졌다.

바다가 보이는 여기 제주대학 언덕에서의 이런저런 생각은 생각이라기보다는 차라리 공허함 같다. 다시금 생각해봐도 바다, 바다, 또 바다, 온통 바다… 그 드넓은 바다에서, 아, 제주도는 외롭기도 해라. 그렇지만 여기도 사람의 세상. 모든 것이 유사하다. 조직도 권위도 시장까지도 모두 똑같다. 여기서 먹어보는 빙그레 아이스크림이나 환타나 냉면이나 단지 일상의 범위 안에서 별로 새로운 느낌을 주지 못한다. 그러나 거리에는 눈에 익은 플라타너스 대신 식물원에서나 보던 열대의 종려나무가 죽 늘어서 있다. 이것만이 제주도를 실감케 한다. 난 여행하고 있다. 그렇듯 무엇무엇하고 있는 나를 내가 발견한다. 나는 있다. 그리고 무엇무엇이다. 나는 세계-내-존재다. 내 의사와 관계없이 이미 그렇게 던져져 있는 것이다. 그리고 아직은 가정-내-존재다. 그러나 그저 '나'가 아닌 성인들, 이미 '나'를 버린 성인들은 평화 따위가 문제였을까…. 궁금해진다. 석가나 예수가 폭풍을 두려워하던 나를 닮아 있었다면 난 그들의 이름을 친구처럼 마음 놓고 부를 수도 있을 것이다. 나는 자꾸만 나를 생각한다. 제법무아(諸法無我), 제법무아라는데….

■

돌, 온통 돌천지 같은 언덕길을 올라 여기 제주대학에 이르기까지 억세게도 바람이 불어댄다. 거기에 실려오는 짭짤한 바다 내음. 흩날리는 머리카락은 어쩌면 멋있게까지 느껴진다. 이제 여자만 발견하면 그야말로 제주도를 실감하게 된다. 제주도는 삼다도라던 국민학교 4학년 때의 교과서 한 면이 문득 생각에 떠오른다.

H의 자취방에 짐을 푼 후, 그는 제주도의 '한잔'을 낸다. 제주대학 학생들의 단골집이라는 이 조그만 공간. 여기서도 속살이 비치는 옷을 걸친 채 담배를 꼬나문 여자가 술을 따른다. 아마도 고난으로 이어져 왔을 저 여자의 지난 역사가 괜스레 측은해진다. 이제, 들이켜는 '한잔'만큼의 눈물을 저 가련한 섬 처녀에게 몽땅 쏟아주고 싶다. 자, 이렇게 밤새도록 마시자. 그리고 밤새도록 울어주자. 그리해서 저 가련한 이브에게 눈물의 왕관을 씌워주자.

■

거주함(Wohnen)의 철학적 의미는 여행 중에 더욱 생생하게 느껴진다. 그 의미를 새겨보면서 제주 시내를 나선다. 오늘부터는 관광인 셈이다. 왼편으로 바다가 보이는 일주도로를 달려 우선 금녕과 만장 두 굴을 보고 나왔다. 몇 백 미터 캄캄한 굴을 갔다 오는 동안 내 눈은 엉뚱하게도 눈을 보았다. 그것을 구경하는 사람들의 눈이 우습게도 새로웠던 것이다. 어둠 속에서 반짝반짝 빛나는 구경하는 눈.

무릇 인간의 눈이 할 일은 보는 것과 윙크하는 것과 또 안과 의사며 안경 장사를 밥먹여 주는 외에 더 무엇이 있단 말인가. 하지만 그토록이나 단순한 눈도 역사상에서는 전혀 다른 모습으로 그 위대함을 보여주기도 했다. 만장굴을 나서면서 언뜻 범인들과는 전혀 다른 것들을 바라보았던 예수, 부처, 공자, 소크라테스, 그리고 내 서가에서 항상 나에게 눈짓을 하던 저 무수한 현자와 철학자들의 모습이 보였던 게다.

눈은 마음의 창이니 뭐니 하는 말도 그럴싸하지만 상업주의에게 도용된 그 말에서 난 속화된 인품만을 느끼게 된다. 그러한 눈. 사실인지는 모르겠지만 제 눈알을 빼어주고 나라를 구했다는 저 불교 설화 속의 쾌목왕이 또 하나 가지고 있던 그런 지혜와 자비의 눈은 또 어떤 눈일까?

■

성산포로 향하는 길가에는 이따금씩 묘비가 눈에 띈다. 한 인간의 존재를 기념하는 저 돌은 "모든 존재는 무화라는 속성을 운명처럼 지닌다"라는 진실을 다시금 생각나게 한다. 사실상 모든 존재는 무라는 지반에 그 뿌리를 내리고 있고, 그러므로 하이데거도 "Ex nihilo omnes ens qua ens fit(무로부터 모든 존재자로서의 존재자가 생긴다)"라고 말을 했었다. 그렇다면 그 무는? 그것은 그냥 무 자체로 있다. 그래서 "Das Nichts selbst nichtet(무 자체가 무이고 있다)"라는 설명도 가능했던 것이다. 그렇지만 한편 눈을 돌려 생각해보건대 인간은 너무나도 신을 닮았다. 인간은 자유가능적 존재이기 때문이다. '평화를 위한 철학'에서처럼, 과연 자유라는 상태를 그렇게, 자신이 창조하지 않은 바의 것을 받아들임으로써 이루어진다고 정의할 수 있다면 인간은 필연코 자유가능적 존재다. 너무나 많고 또 놀랄 만한 사실들이 그것을 증명해주고 있지 아니한가. 인간은 불을 가졌고, 연장을 만들었고, 손을 썼다. 그리고는 또 말이라는 것을 배웠다. 국민학교 때 배웠던 사회책의 한 면이 새삼스런 가치로 마음 한구석에 전하여 온다.

■

성산포 일출봉의 정상에 올랐다. 태고의 그 부드러운 곡선, 차분한 연록의 색채는 저만치 눈 아래 퍼져 있는 바다와 더불어 참다운 아름다움이 어떤 것인지를 가르쳐준다. 이것이었던가. 자연의 아름다움이라던 것이 바로 이것이었던가. 아아 자연이여, 자연이여, 자연이여. 그렇다. 이제 나는 위대한 자연의 이름을 이렇게 세 번씩이나 거듭해서 부르지 않을 수 없다. 문득 느껴지는 이런 사실 앞에서 신을 생각해본다. 자연을 소유하는 신은 너무도 숭엄 장대하리라 느껴진다. 그런데 보라. 이처럼 아름다움을 아름다움인 줄 알고, 그렇게 안다는 사실을 나는 또 파악한다. 이래서 영악한 인간은 과연 신을 닮았다.

이 언덕에서 눈앞에 보이는 것은 너무도 많다. 하늘, 구름, 바람, 수평선, 바다, 파도, 갈매기, 그리고 산, 언덕, 목장, 마을, 마을…. 인간의 자취는 그 뒤로 죽 뻗어 있다. 그것은 아마도 저쪽 바다가 보이는 언덕까지 계속되다가 또다시 파도, 바다, 수평선… 그리 되겠지. 이 한순간엔 내 마음이 참으로 유유하다. 저기 저 바다처럼, 구름처럼, 그리고 바람처럼, 하늘처럼….

■

정상을 내려오다 보니 너무도 아름다운 경치가 옷자락을 잡아끌어 잠시 기슭에 멈춰 선다. 수평선에서부터 차츰 깔려오는 저녁놀은 부서지는 파도에 스며 보석처럼 반짝인다. 저만치 외로운 돌섬은 달관한 도사의 모습을 보여주고, 나는 마치 어느 자막 속의 주인공인 듯한 착각에 빠져든다.

■

다시 제주로 가는 버스에 올랐다. 이젠 해녀들도 떼지어 집으로 돌아가는데 해가 진다. 아침에 돋는 해보다 하루의 운행이 끝나고 피곤한 듯 져가는 해는 달관자의 뒷모습처럼 깊은 여운으로 숭엄을 자아낸다.

■

여기서는 공사장의 모습도 새로운 의미로 느껴진다. 제주의 어느 산비탈을 깎아내는 불도저, 크레인의 소리. 피땀으로 움직이는 저 기계들이 지나간 곳에 비로소 문명은 꽃피는가. 나는 여기서, 자연과 항쟁하여 생존권을 얻어내던 고대인의 모습을 겹쳐서 그려본다. 그리고 또, 건설을 외치는 이 나라 대통령의 입김을 느껴본다.

■

애초에 의도했던 내 뜻은, 이렇게 작은 부분부분들이 명백해져 감에 따라 귀납적으로 얻어지는 진리를 보고자 함이었다. 말하자면 난 자연이 아니라 인간을 관찰하는 과학자인 것이다. 온갖 편견이 사라진 여행길에서는 그런 진리가 때 묻지 않은 채 순수한 그대로 보인다.

한 껍데기만 벗겨놓으면 그 본질은 다 똑같은 인간이건만 그럼에도 불구하고 각 인간은 구별이 된다. 대부분의 사람들은 수천 년간의 전통에 따라, 나서 배우고 결혼하고 일하고 애 낳아 기르고 그리고 늙어서 죽어갔다. 그러나 때로는 신적인 인간들도 있었고 동물적인 인간들도 있었다. 신적인 인간들은 참된 가치가 무엇인가를 보여주었고 동물적인 인간들은 밀림의 법칙을 몸소 실천함으로써 진실로 미워해야 할 것이 무엇인가를 알려주었다.

여행길에서는 그러한 삶의 모습들이 선명하게 비쳐온다. 말로만 듣던 신적인 인간들이 얼마나 위대한 삶을 살았던가를 눈물겹도록 느껴본다. 난 하루바삐 이 거대한 존재의 성을 다 돌아보고 그것이 딛고 서있는 무라는 지반을 파악하고 싶어진다.

한밤, 용두암에 올라 먼 어둠 속의 바다를 바라보는 나는 끝도 없는 사색의 길로 자꾸만 나아간다.

넷쨋날 / 8월 8일 / 제주-협재-모슬포-천지연-서귀포

어젯밤 용두암에서의 야경은 인상적이었다. 그래선지 이젠 내 기분도 그냥 바람 같다. 일출봉을 내려와 제주에 이르기까지 많은 생각들이 떠올랐지만 채 적히기도 전에 저대로 훌훌 떠나버렸다. 그것들은 바람결에 어떤 새 주인을 만나게 되리라.

오늘은 그냥 관광이다. 서울 사람, 부산 사람, 그리고 일본 사람들 틈에 끼어 이 나도 그냥 그런 채 한 관광객이다. 제주에서 협재로 모슬포로. 해서 지금은 천지연 구경하고 사진 찍고 밥해 먹고…. 이런 여행은 (아니 여행이 아니라 관광이지만) 그냥 그렇다. 앞으로 남은 여정은 서귀포, 그리고는 귀로에 오르리라.

이 별것 아닌 폭포수에도 수없이 많은 사람들이 다녀간다. 그건 참으로 우스꽝스러운 듯이 느껴지지만 그 속엔 '구경'을 좋아한다는 인간적인 진실이 숨어 있다. 오래전에 이 폭포를 처음 발견한 이는 그 눙임힌 자태에 입을 다물 수가 없었을 게다. 그건 그에게 있어서는 경배의 대상일 수도 있었으리라. 이제 그 물은 한낱 관광객의 눈요깃감이다. 그토록 질식할 것 같기만 하던 사회라는 것이, 이제 '인간적'이라는 범위 안에서 긍정적으로 보인다.

∎

— 거기, 돌하루방 옆으로 서세요. … 아니, 좀 더 다정하게 붙어서… 어깨에 손이라도 걸치세요… 그리고 웃으셔야죠, 길이 간직할 순간인데… 네, 됐습니다. 그대로… 하나, 둘, 찰칵.

천지연에서 한 신혼부부를 만났다. 난 자청해서 그들의 셔터를 눌러주었다. 아름다운 풍경이다. 결혼은 저토록 아름다운 모습으로 전개된다. 그것은 신에게서 부여받은 것이기에 미안해할 필요는 없다. 그러나 그 아름다움을 그대로 끝까지 지속시키는 부부는 칭찬할 만하다. 세상을 보면 저 또한 얼마나 험난한 항로였던가.

결혼이란 두 개의 생활이 하나로 어우러지는 것을 의미한다. 거기에는 조화라는 요소가 필연적으로 요구된다. 그런데 내 심정은 저 아름다운 풍경 앞에서 그만 혼란에 빠지고 만다. 성서의 어느 한 구절이 생각나는 것이다.

"진실로 충고하거니와, 아직 장가가지 않은 자들이여 장가가지 말라. 그리고 이미 장가간 자들이여 네 아내를 버리지 말라."

"본래부터 된 고자도 있고 남이 만든 고자도 있고 또 저 스스로 된 고자도 있느니라. 진실로 이 말을 받을 만한 자는 받을지라."

그리고 또, 아내를 내버려두고 출가 성도한 싯다르타 태자의 경우가 생각나는가 하면, 아기자기하게 인간적인 행복의 성을 쌓아가는 내 형의 가정이 생각나기도 한다. 그건 확실히 서로 다른 두 개의 차원이다. 머지않은 어느 날 그 문제는 현실적으로 나를 찾아와 'Entweder-oder(이것이냐 저것이냐)'를 요구하며 나를 윽박지를 것이다.

■

바다로 떨어져 내리는 동양 유일의 정방폭포. '장관(壯觀)'이라는 단어를 비로소 실감한다. 그 물방울을 얼굴에 느끼며 쪼그리고 앉은 채 제주 남단의 소라를 까먹는다. 맛있다.

다섯쨋날 / 8월 9일 / 서귀포-중문-영실-제주

우리나라 최남단 서귀포의 널찍한 풀밭에서 다섯 번째 아침을 맞는다. 어쩌면 환희 같은 또 어쩌면 허허로운 이 아침. 태양은 참 성실하게도 뜨고 지고 있었다. 놀라우리만치 위대한 저 아침이라는 신의 예술은 누구에게나 공평했었다. 아직껏 혼탁한 우치 속에 허덕이는 내게도 자연은 제 따뜻한 손을 내밀고 있지 않은가. 덕분에 내 마음은 저기 저 바다만큼이나 잔잔하다.

어쨌거나 난 평범한 인간임을 확인했다. 그리고 이제 다시금 인간의 둥지로 돌아갈 시간이다. 거기서 난 또다시 명예, 자존, 우정, 사랑, 그 참으로 인간적인 — 어쩌면 부끄러운 — 공기를 호흡하며 살아갈 것이 아닌가. "인간은 이미 사형선고를 받고 태어난다"던 쇼펜하우어는 바로 봤다. 먼 훗날 나의 형(刑)이 집행된 후에 "백마 타고 오는 초인이 있어" 나를 기억이나 할 것인가.

이런저런 생각들, 몹시도 허허탕탕한 생각들 속에 이제 조금씩 사그라지는 노스탤지어. 거기서 얼핏 보이는 '인간'이라는 나의 한계. 궁극의 자유란 속인이 감당하기에는 그 무게가 너무 무겁다.

■

아침에 서귀포 앞바다를 보고 떠난 것이 지금은 저만치 제주와 그 앞바다가 보이고 있다. 이정표는 앞으로 10킬로미터를 알리고 있다. 한라산을 내 두 다리로 걸어 종단한 것이다. 놀랍다. 한때 언덕길도 힘들어하던 내가 산길 수십 리를 걷다니. 아무리 생각해도 뿌듯할 뿐이다. 배에서 바라보던 한라는 위협적이기만 하였는데 한 연약한 인간의 발걸음이 그것을 넘었다. 자유를 향한 발걸음은 이제 자신(自信)에까지 왔다. 여기 이 드넓은 초원, 그리고 저기 저 도시와 광활한 바다. 뒤로는 한라의 상쾌한 바람. 이런 곳에서 불현듯 형들이, 또, GH, GS, SI, IT, PG… 그런 친구들의 모습이 생각난다. 이제 곧 만나보자. 무와 함께 긴긴 여정에 오르기까지 그들과의 단란한 우정의 시대가 아직은 남아 있다. 그것은 — 사귐은 — 어쩌면 거주함의 철학적 가치만큼이나 거대하다.

여섯쨋날 / 8월 10일 / 제주-하늘-부산

나와 코스를 달리해서 백록담에 갔던 두 일행은 어젯밤, 하나가 쓰러진 채 약속장소로 내려왔다. 의사는 더위를 심히 먹은 것이라 했다. 급히 입원을 시키고 나니 돌아갈 여비가 떨어졌다. 비상사태다.

하여간 여행 중에 앓는 사람을 보니 안타깝기 그지없다. 가쁜 숨을 몰아쉬면서 그가 내뱉는 말은 "아이구 엄마, 아이구 엄마." 이런 사실은 도대체 무엇을 의미하는가? 그는 저 자신의 존재의 종착역을 알리는 듯한 그 가쁜 호흡 속에서 완전히 저 자신의 존재와 만나고 있는 것이다. 그는 무서워진다. 숨겨져 있었던 저 자신의 비밀, 병(病)과 사(死)라는 그 비밀의 중압감을 감당할 수가 없는 것이다. 해서 그는 엄마를 찾는다. 세계 속에서, 그것도 가정 내에서 무엇무엇인 채 존재하고 싶은 것이다. 아, 이렇듯 범인(凡人)들은 은연중에 제 존재의 영원성에 대한 신앙을 지니는 것이다. "그래 언젠가는 죽겠지. 하지만 아직은…." 그런데 병은 그러한 신앙을 여지없이 깨뜨려버린다. 병이 그를 괴롭히고 있는 동안 병자는 얼핏 저 무시무시한 무화의 법칙이 자기에게도 예외가 아님을 감지하는 것이다. … 이렇듯 아름답게만 보이는 세상을 내가 떠야 하다니. 더구나 내 뜻도 아닌데…. 그래서 가련한 병자는 눈물까지도 보이는 것이다.

■

입학 선물이었던 금반지를 빼 팔았다. 어머니의 정성은 이렇듯 먼 객지에 와서 진가를 발휘했다. 덕분에 풍족한 여비가 마련되었다.

■

오후 일곱 시. 난생 처음으로 타보는 비행기. 구름을 뚫고 오른 비행기 안에서 나는 마냥 떨리는 마음을 감출 길 없다. 저기 저 보이는 낙조(落照), 숱하게 보아왔던 저 햇살이 이런 곳을 거쳐 왔구나 하는 새삼스러움과 창공의 이 광활함과 그리고 나의 용렬함. 어린이 잡지에서나 볼 수 있었던 라이트 형제가 이제 실로 거대하게 또 육중하게 내 가슴에 부딪쳐 온다.

그리도 많던 나날 속에서 난 아무런 역사도 이루지 못하였다. 그토록 안일하게 근거 없는 오만을 떨면서 철학도라는 어쭙잖은 권위를 즐겼던 것이다. 이제, 하늘을 얻어낸 인간이 있었다는 이런 사실 앞에서 나는 옷깃을 여미고 싶도록 경건해진다. 그러나 이젠 파악되었다. 파악한다는 것은 휘어잡아 자유됨이다. 이미 파악한 이상 그러한 사실은 내 앞에 놓인 대상물이고 난 거기서 벗어나 그만큼 자유로 나아가는 것이다.

여기 이 비행기 안에서 인간의 참모습을 조금 더 보는 셈이다. 아집하는 '나'를 떠난 '인간'이라는 말의 참모습. 그것은 머지않은 날 나의 거설적인 창조에 이바지하게 될 것이다.

■

하늘에서 보는 남해는 과연 다도해다. 바닷가 마을에는 이제 방마다 불이 켜졌다. 해가 지면 사람들은 다 제가끔 저렇게 자기의 보금자리에 깃든다. 이제 착륙이다.

부산. 초라한 여관에 짐을 풀고 또다시 도시의 밤공기를 맡는다. 극장 앞에 나붙은 '로보트 태권 V'가 돌아온 부산을 실감케 한다. 이 부끄러운 대기 아래 어느 구석에서는 여전히 시끄러운 재즈, 고고, 그리고 도박, 사기, 협잡, 횡령, 절도, 강도….

일곱쨋날─귀로 / 8월 11일 / 부산─대구─안동

부산을 떠나 이젠 다시금 집으로 돌아간다. 나그넷길에서 생생하게 느껴보던 거주의 현상학. 일상의 휘장 뒤에서 완전히 가려져 있던 '아버지'라는 '어머니'라는, 또 가족, 집, 우애, 화목이라는 것들. 그런 것의 가치를 생생하게 깨닫는다. 생각해보라. 아버지와 엄마에게서 내가 받아온 보살핌은 얼마나 크고 또 큰 것이었던가. 내 마음의 평온과 기쁨을 위해 얼마만한 형제의 우애가 기여했던가. 그것이 지금 이 길에서는 내가 딛고 서 있는 이 땅덩어리만큼 한 가치로서 느껴진다. 인간을 일단 가정-내-존재로 파악한 바슐라르는 옳게 본 셈이다. 그러나 내가 이렇듯 가정을 느끼는 것은 그 가정에서 언젠가는 내가 떠나야 한다는 가능성을 알기 때문에 그러한 긴장 속에서 느껴지는 것이나 아닐까.

진실은 조금씩 밝혀질수록 범인을 두렵게만 한다.

■

일상 속에서, 그동안 난 물결 따라 흘러가는 종이배처럼 그렇게 살아왔다. 그런 상태에서 난 내 운명이라는 놈과 단 둘이 만나 그놈과 악수하고 만 것이다. 그렇게 해서 난 나 자신을 완전히 잃어버렸던 것이다. 난 자유의 길로 나아가고자 했다. 자유란 스스로에게 말미암은 정신적 상태인 것이고 그러자면 나는 철저하게 나의 주인이어야 했다. "나는 과연 나의 주인인가?" 하는 물음을 나에게 던지면서, 이제 나는 느낀다. 자유의 가장 큰 적은 무엇보다도 나 자신 속에 있다. '극기'라는 교훈은 과연 어려운 것이었고 사실상 나는 나의 주인이지 못하였다. 나는 단지 나의 방관자였고 관람객이었고 구경꾼이었다. 나의 주인은 오히려 신문 속에, 라디오 속에, TV 속에, 그리고 내 주변인들의 혓바닥 속에, 그리고 무엇보다도 바로 책 속에 있었다. 그런 와중 속에서 나는 — 아니, 대부분의 사람들은 — 조금씩 자신의 나그네로 되어갔던 것이다.

그러나 이제 나는 결단을 내려야 한다. 나의 존재를 부여해준 그 누군가에게 부끄럽지 않기 위해서 나는 다시금 일상으로부터 나를 탈환해야 한다. 그리고 그런 채 또다시 세상이라는, 현실이라는, 마련된 존재론적 영역 속으로 나아가야 한다. 거기서 나의 위치를 확고히 설정하고 나의 역할을 성실히 수행해야 한다. 그것만이, 생의 한동안만이라도, '무화'라는 인간의 허무와 싸울 수 있는 힘이 되어줄 것이라고 나는 감지한다.

제주 여행이라는 나의 움직임은 결국 이렇게 아무것도 이루어놓지 않은 채로 마무리짓는다. 그러나 한편 눈을 돌려 생각하건대 나는 이 여행을 통해 인간으로서의 나의 모습을 조금은 더 넓고 깊이 이해하게 되었고 그리해서 소박한 나름대로의 인생관을 얻어 가지게 되었다. 이 건 실로 '조용한 혁명' 그것이다. 그리고 이건 만여 원이라는 나의 여비에 비한다면 너무도 크고 고마운 보수라고 나는 느낀다. 어느 시인의 말처럼, 나는 "인생이 무엇인가 묻는 주책없는 젊은이"인지도 모른다. 그러나 그 주책없는 젊은이는 그렇게 주책없이 물음으로써, 인생이라는 이 험한 바다에서 귀한 진주를 캐는 것이다. 그렇게 묻는 자만이 얻을 수 있는 귀한, 아름다운 진주.

■

대구. 귀에 익은 사투리들이 주변에 시끄럽다.

■

구안(丘安) 가도를 달려 이제 낙동강 다리를 건넌다. 저만치 우리 집이 눈에 들어온다. 낙동강엔 멱 감는 꼬마들이 바글거린다.

■

여행은 끝났다.

1976. 8.(22세)

이수정(李洙正)

일본 도쿄대(東京大) 대학원 인문과학연구과 철학전문과정 수료(문학박사).
한국하이데거학회 회장 및 한국철학회, 철학연구회, 한국해석학회 이사, 창원
대 인문과학연구소 소장 및 인문대학 학장, 일본 도쿄대, 독일 하이델베르크대,
프라이부르크대, 미국 하버드대 방문교수, 일본 규슈대(九州大) 강사 등을 역
임.
월간 『순수문학』으로 등단(시인).
현재 창원대 철학과 교수로 재직.

저서로는 『달려라 플라톤 날아라 칸트 ― 어린이 서양철학』(공저, 해냄출판사),
『하이데거 ― 그의 생애와 사상』(공저, 서울대출판부), 『여신 미네르바의 진리
파일 ― 시로 읽는 철학사』(철학과현실사: 문화체육관광부 우수도서), 『편지로
쓴 철학사』(아테네: 문화체육관광부 우수도서), 『하이데거 ― 그의 물음들을 묻
는다』(생각의 나무: 한국연구재단 우수저서), 『본연의 현상학』(생각의 나무: 문
화체육관광부 우수도서)이 있고, 시집으로 『향기의 인연』(생각의 나무), 『푸른
시간들』(철학과현실사)이 있으며, 번역서로 『현상학의 흐름』(이문출판사), 『해
석학의 흐름』(이문출판사), 『근대성의 구조』(민음사), 『일본근대철학사』(생각의
나무)가 있다.

메일 : sjlee@changwon.ac.kr

인생론 카페

지은이　이수정

1판 1쇄 인쇄　2013년 8월 15일
1판 1쇄 발행　2013년 8월 20일

발행처　철학과현실사
발행인　전춘호

등록번호　제1-583호
등록일자　1987년 12월 15일

서울특별시 종로구 동숭동 1-45
전화번호 579-5908
팩시밀리 572-2830

ISBN 978-89-7775-768-4　03800
값 12,000원